聊齋志異

原著／蒲松齡
編撰／曾珮琦
繪圖／尤淑瑜

好讀出版

一窺《聊齋》的宗廟之美，百官之富

文／盧源淡

《聊齋志異》是值得一看再看的好書。

這部小說光在清朝就有近百種抄本、刻本、注本、評本、繪圖本，截至目前，相關詮釋與討論的文字數以億計，根據它的內容所改編的影劇與戲曲也有上百齣，而這部中文短篇小說集到現在已有將近三十種外語譯本，世界五大洲都可發現它的蹤跡。這不是好書，什麼才是好書？

我很高興此生能與這本書結下不解之緣。

小時候，我和《聊齋志異》的首度接觸，是在兒童月刊《學友》。這本雜誌會不定期刊載童話版的志怪小說，當時只覺得道人種桃、古鏡照鬼的情節很好看，根本不知道、也不會想知道這些故事是怎麼來的。另外，《良友》之類的雜誌也會穿插短篇的《聊齋》連環圖，至今還依稀記得〈偷桃〉、〈妖術〉、〈佟客〉的精彩畫面。初中時，看過樂蒂和趙雷演的《倩女幽魂》，無意間從海報認識「聊齋」這個詞彙，後來聽老師講述，這才明白以前看過的那些鬼狐仙妖，都是從這本小說孕育出來的。

五十多年前的《皇冠》雜誌偶爾也有白話《聊齋》故事，印象較深的有〈胡四娘〉、〈局詐〉等等，都改寫得非常精彩，這也激起我閱讀原文的念想。就讀大學時，曾向圖書館借到一本附有注釋的《聊齋》，不過那本書品質粗糙，不但排版草率，聊備一格的注釋對讀者也毫無助益。後來雖在書店發現一些性質類似的「精選」本，但情況毫無二致。最後好不容易買到一套手稿本，卻讀得一頭霧水，即便手邊擺著一套《辭海》，仍舊跨不過那百仞宮牆。幸好，這一盆盆的冷水並沒有完全澆熄我對《聊齋志異》的滿腔熱火。

由於《聊齋志異》的手稿本斷簡殘編，因此幾十年前學者研讀的都以「青柯亭本」或「鑄雪齋本」為主。呂湛恩與何垠的注解本雖在道光年間就有了，但不易取得。而一般讀者看的則大多是白話改寫的選本，通常都是寥寥二三十篇，實不容易滿足向慕者的需求。一九六二年，大陸學者張友鶴主編的《聊齋誌異會校會注會評本》問世，這對專業學者與業餘讀者來說，眞不啻為一則天大的福音，有了這套工具書，研讀《聊齋志異》就相對輕鬆多了。後來，「康熙本」、「異史本」、「二十四卷本」，還有蒲松齡的相關文物陸續被發現，這些珍貴資料為專家開闢不少探微索隱的幽徑，也造就一波波研討的浪潮。五十多年來，世界各地專家學者針對蒲松齡及《聊齋志異》所提出的論著和輯校的圖書，就像雨後春筍般出現，如：路大荒的《蒲松齡年譜》、盛偉的《蒲松齡全集》、馬瑞芳的《聊齋志異創作論》、于天池的《蒲松齡與聊齋志異脞說》、馬振方的《聊齋藝術論》、任篤行的《全校會注集評聊齋志異》、袁世碩與徐仲偉的《蒲松齡評傳》、朱一玄的《聊齋志異資料滙編》、朱其鎧的《全本新注聊齋誌異》等，數以千計。另外還有《蒲松齡研究》季刊和不定期舉辦的研討會，為專家提供心得發表的平臺。「蒲學」遂一時蔚成風氣，足以與國際「紅學」相頡頏。

拜「蒲學」潮流之賜，我的夙願也得以逐步實現。兩岸開放交流後，我就經常利用暑假前往大陸，不是在圖書館蒐集資料，埋首抄錄，便是到書店選購「蒲學」相關文獻。我還三度造訪淄川蒲家莊和周村畢自嚴故居，向紀念館內的專業人士請益，並流連於柳泉、綽然堂，與「短篇小說之王」作穿越時空的交心偶語。我也曾赵趄濟南的大明湖畔，想像「寒月芙蕖」的奇觀；我也曾彳亍荷澤的牡丹花徑，領略「曹國夫人」的丰采。每次返臺，行囊、衣襟盡是濃郁的書香，這才體悟到梁任公所揭櫫的道理：「任何一門學問，只要深入的研究，必能引發出趣味來。」這是我畢生最引以為樂的個人經驗，特地在此提出來與各位讀者分享。

在紙本文字日益式微的當前，好讀出版仍不惜耗費鉅資，禮聘學者點評、作注，出版一系列古典小說，促成多本曠世名著以最新穎的編排及更精緻的內涵增進大眾閱讀樂趣。這是經營者崇高的理念，更是使命感的展現，既獲取讀者的口碑，也贏得業界的敬重。而在決定出版《聊齋志異》全集時，好讀出版精挑的專家則是曾珮琦君。

曾珮琦君是位詠絮奇才，在學期間尤其屬意於中文，國學根柢扎實深厚。就讀研究所時，專攻老莊玄學，在王邦雄教授指導下，完成論文〈《老子》「正言若反」之解釋與重建〉，取得碩士學位。另外著有《圖解老莊思想》、《樂知學苑．莊子圖解》等書，字字珠璣，鞭辟入裡，備受學界推伏。近年來，曾君醉心《聊齋志異》奼紫嫣紅的幻域，含英咀華，芬芳在頰，乃決意長期從事注譯的編撰，將這部古典巨著推薦給青年學子，目前已發行《義狐紅顏》、《倩女幽魂》兩集單冊。我發現書中注釋引經據典，精確賅備，對理解原文必有極大裨益；白話翻譯則筆觸流利，既無直譯的生澀，亦無擴寫的模糊，文白對照，可獲得閱讀樂趣，並有助國文程度提升。此外，尤淑瑜君的插畫也能引領讀者進入故事情境，頗具錦上添花之效。我相信全書殺青後，必足以在出版界占一席之地。

馮鎮巒曾在〈讀聊齋雜說〉謂：「讀聊齋，不作文章看，但作故事看，便是呆漢。」馮鎮巒是清嘉慶年間的文學評論家，這句話說得眞夠犀利，同時也道出《聊齋志異》的特色。然而，從功利角度而言，但看故事實已値回書價，再涵泳辭藻便是物超所値了。總之，手執一卷，先淺出，再深入，則如倒吃甘蔗，樂即在其中矣。現在就請諸位在曾君的導覽下，跨進蒲松齡的異想世界，一窺《聊齋》的宗廟之美，百官之富。

盧源淡

淡江大學中文系畢業，桃園市私立育達高級中學退休教師，從事蒲學研究工作三十餘年。

著有《詳注．精譯．細說聊齋志異》全八冊，二百七十餘萬言。

中國第一部彰顯女性地位的故事集

文／呂秋遠

在我年輕的那個世代，大學國文只有《古文觀止》可以學習；不過運氣很好，一年級下學期時，學校開放選修文學名著，我選擇了《聊齋志異》。不過，這並不是我的第一次接觸，早在小學就已經開始接觸白話文版本。

《聊齋志異》所使用的語言，並不是艱深的文言文。事實上，作者蒲松齡身處十七世紀的中國，使用的文字已經不是那麼艱澀，而且他所蒐集的故事素材，也是透過不同的訪談及自己所聽說的故事撰寫而成，因此不至於過度艱澀。

有學者以爲，《聊齋志異》這部書，是一個落魄文人對於男性情愛幻想的烏托邦故事集。然而，如果把這部小說放在十七世紀的脈絡觀察，則可以看出當時保守的中國，有多少的女權情慾流動已經躁動萌芽。在《聊齋志異》中，女鬼、狐怪往往是善良的，而男性卻有許多負心人。女性在這部書中的愛情角色是主動積極、毫不畏縮的，如果與故事中的男主角相較，更可以看出其批判禮教迂腐與封閉之處，這點在書中隨處可見。蒲松齡筆下的俠女、鬼狐、民女，都具備勇氣且勇於挑戰世俗。在那個婚姻奉媒妁之言、父母之命的年代，他藉由這些鬼怪故事，塑造出「嬰寧」、「聶小倩」、「白秋練」、「鴉頭」、「細柳」等人，她們遇到變故時總是比男性更爲冷靜與機智；而男性在他筆下，無能者多、負心者眾。因此，論這部書，說它是中國第一部彰顯女性地位的故事集也不爲過。

因此，我們可以輕鬆的來閱讀《聊齋志異》，但是當我們讀這些精彩俠女復仇記，或狐仙助人記的同時，別忘了，蒲松齡隱藏在故事中，想要說、卻不容於當時的潛言語其實是——女性的千言萬語。

呂秋遠

宇達經貿法律事務所律師、東吳大學社工系兼任助理教授。雖為法律背景，然國學根柢深厚，近年經常在FB臉書以娓娓道來的敘事之筆分享經手案例與時事觀察，筆力之雄健、觀點之風格化，贏得了「臺灣最會說故事的律師」讚譽。

熱愛文字與分享，著有《噬罪人》《噬罪人II：試煉》二書，曾於書中提到「希望讀者在書中找到自己人性的歸屬，也可以理解天使與惡魔的試煉，都是不容易通過的。如果能因此讓自己更自在，則一切的經驗分享也就值得了」，巧妙的與蒲松齡在《聊齋志異二．倩女幽魂》〈蓮香〉一文中的精闢結論，若合符節——「唉！死者求生，生者又求死，天底下最難得的，難道不是人身嗎？只可惜，擁有人身者往往不懂珍惜，以至於活著不知廉恥，還不如一隻狐狸；死的時候悄無聲息，還不如一個鬼。」

讀鬼狐精怪故事 讀懂蒲松齡用心

文／曾珮琦

談到《聊齋志異》這部小說（共四百九十一篇故事），給人的印象大多是講述些鬼狐精怪故事，歷來更有不少故事被改編成影視作品（且風行不輟、改編不斷）——其中最膾炙人口的是〈聶小倩〉，講述書生與女鬼之間的戀愛故事；〈畫皮〉也被改編爲電影，然原本故事僅講述女鬼變化成美女迷惑男子，裡面並無愛情成分。無論是人鬼戀，抑或鬼怪迷惑男子的故事，《聊齋志異》的作者蒲松齡，於屢次科舉失意後日益醉心蒐羅並撰寫鬼狐精怪、奇聞「異」事，其眞正用意不只是談狐說鬼，而想藉由這些故事諷刺當時官僚的腐敗、揭露科舉制度的弊病，反映出社會現實。

書裡收錄的各短篇故事，均爲奇聞異事，情節有趣、奇妙且精彩，不僅滿足讀者一窺天底下新鮮事的好奇心，還寓有教化世人、懲惡揚善的意涵，這也是這部古典文言文小說能從清朝流傳至今逾三百年的原因。當我們隨著蒲松齡的筆鋒遊覽神鬼妖狐的世界時，或可一邊思考故事背後隱含的思想，這些思想，很可能才是作者眞正想透過故事傳達的。

不過，《聊齋志異》中除了宣揚教化、諷刺世俗的故事，確實不乏浪漫純眞的愛情故事，如〈小翠〉、〈青鳳〉、〈聶小倩〉等均歌頌了人狐戀，意寓眞摯的愛情本質並不爲人狐之間的界限所侷限，此等故事相當感人。

《聊齋志異》第一位知音——清初詩壇領袖王士禛

至於蒲松齡的寫作素材來自哪裡？他是將聽聞來的鄉野怪譚予以編撰、整理，亦有各地同好提供故事題材。他蒐羅故事的經過，傳說是在路邊設一個茶棚，免費提供茶水給過路旅客，條件是要講一個故事（但也有人認爲不太可能，因他一生一直爲生計奔忙，在別人家中設館教書，怎有空擺攤）。明末清初，蒲松齡的家鄉山東慘遭兵禍，當時屍橫遍野，於是流傳了許多鬼怪傳說，由此成了他寫作的題材。

《聊齋志異》這部小說在當時即聲名大噪，知名文人王士禛對此書更是大力推崇。王士禛（一六三四～一七一一），小名豫孫，字貽上，號阮亭，別號漁洋山人，人稱王漁洋，諡文簡。蒲松齡在四十八歲時結識了這位當時詩壇領袖，王士禛讀了《聊齋志異》後十分欣賞，爲之題了一首詩：「姑妄言之姑聽之，豆棚瓜架雨如絲。料應厭作人間語，愛聽秋墳鬼唱時（詩）。」不僅如此，王士禛也爲書中多篇故事做了評點，足見他對此書的喜愛，而其評點文字的藝術性之高，亦廣泛成爲後代文人研究分析的主題。蒲松齡對此甚感榮幸，認爲王士禛是眞懂他，亦做了詩回贈：「志異書成共笑之，布袍蕭索鬢如絲。十年頗得黃州意，冷雨寒燈夜話時。」還將王士禛所做的評點，抄錄收進書中。王士禛的評點融入了他個人對小說創作的理論與審美觀點，這點影響了後世《聊齋志異》的評點家，如馮鎮巒等人。王氏評點貢獻有三：一、評論小說的藝術描寫與生活寫實。二、評論小說中人物形象的刻畫（然，他的評點往往過於簡略，未切合重點）。三、總結與簡述《聊齋志異》裡頭的佳作，所使用的高超寫作手法與傑出藝術成就。例如，他將〈連瑣〉評爲「結而不盡，甚妙」，點出小說的敘事手法，亦表達出他的小說美學觀點。

在介紹《聊齋志異》這部小說前，先來談談作者蒲松齡的生平經歷。他是個懷才不遇的文人，參加鄉試屢次落榜，於是一邊教書，一邊將精力放在編寫奇聞怪譚故事上。讀這部書，可發現蒲松齡實際上將自己的人生經歷與思想寄託在其中——例如〈葉生〉，便是講述一個於科舉考試屢屢名落孫山的讀書人，而後遇到一個欣賞他才華的知府。後來他病重，知府正好在此時罷官準備還鄉，想等葉生一起回去。葉生後來雖病死，魂魄卻跟隨知府一起返鄉，並教導知府的兒子讀書，知府的兒子一舉中榜，這全是葉生的功勞。以此故事對照蒲松齡的經歷來看，可發現他屢經落榜挫折時，也曾受到江蘇寶應知縣孫蕙（字樹百）的青睞，邀他前往擔任文書幕僚，也就是俗稱的「師爺」，兩人不僅是長官與下屬關係，更是知己好友；也正是在此時，蒲松齡看盡了官場黑暗，對那些貪官汙吏、地方權貴深惡痛絕。

在〈成仙〉中，地方權貴與官府勾結，將成生的好友周生誣陷下獄，還隨便編派罪名，要置他於死地；於是成生後來看破世情，出家修道。蒲松齡本人並未如主人翁成生那樣出家修道，反倒將心中的憤懣不平，藉著他手上那支文人的筆宣洩出來。足見，《聊齋志異》不僅寫鬼狐精怪、奇聞異事，更抒發了蒲松齡懷才不遇的苦悶。難怪他在〈聊齋自誌〉中要說「三閭氏感而為騷」，意即將自己比喻成屈原——屈原被楚懷王放逐後，才作了《離騷》；同樣的，蒲松齡也因失意於考場，才編著了《聊齋志異》。

《聊齋志異》的勸世思想——佛教、儒家、道家及道教兼有之

蒲松齡除了將自己人生經歷融入這些奇聞怪譚中，還不忘傳遞儒釋道三教的懲惡揚善思想。如〈畫壁〉，故事主人翁是一名朱姓舉人，和朋友偶然經過一間寺廟，進去參觀，看到牆上壁畫有位美

女，心中頓時起了淫念，隨後進入畫中世界展開一段奇妙旅程。朱舉人在壁畫幻境中，與裡面的美女相好，但擔心被那裡的金甲武士發現，最後躲了起來。朱舉人心中非常恐懼害怕，最後經寺廟中的老和尚敲壁提醒，才總算從壁畫世界逃了出來，脫離險境。蒲松齡在故事末尾評論道：「人有淫心，是生褻境；人有褻心，是生怖境。」（人心中有淫思慾念，眼前所見就是如此；人有淫穢之心，故顯現恐怖景象。）

可見，是善是惡，皆來自人心一念，此種思想頗似佛教所謂的「一念三千」。「一念三千」是指，我們在日夜間所起的一念心，必屬十法界中之某一法界，與殺生等之瞋恚心相應的是地獄界，與貪欲相應的是餓鬼界。所以，顯現在我們眼前的是哪一個法界，源於我們心中起的是什麼樣的心念。〈畫壁〉一文，不僅蘊含了佛教哲理，苦口婆心勸戒世人莫做苟且之事，通篇還使用許多佛教詞彙，足見蒲松齡佛學涵養之深厚。

至於蒲松齡的政治理想，則是孔孟所提倡的仁政——他尊崇儒家的仁義禮智，講求道德實踐，因此《聊齋志異》書中時常可見懲惡揚善的思想。值得注意的是，孔孟所提倡的仁義禮智，並非外在教條，而要我們發自內心理性的自我要求。《孟子．告子上》提到：「仁義禮智，非由外鑠我也，我固有之也，弗思耳矣。」（仁義禮智，不是由外在的制約逼迫、強制自己必須這麼做，而是我發自內心想這麼做。）孟子還舉了個例子——只要是人見到一個小孩快掉進井裡，都會無條件的衝過去救他。這麼做不是想博得美名，也不是想巴結小孩的父母，純粹只是不忍小孩掉進井裡溺死罷了。

這個「不忍人之心」，每個人生下來即有，也就是孔子所說的「仁心」。而孟子將此仁心的十字打開，發展成「仁義禮智」，其實此四者簡言之，就是「仁」而已。清代政治腐敗，貪官汙吏橫行，權貴為一己私慾，不惜傷害別人，甚至做出剝奪他人生存權利之事。孔孟所提倡的仁政與道德蕩然無存，這些貪官汙吏無視、更無法實踐，實是人心墮落與放縱私慾的結果。蒲松齡有感於此，藉著這些鄉野奇譚，寄寓了諷刺當時政治腐敗與人心黑暗的想法。因而，《聊齋志異》不僅是志怪小說，更是一部寓言。書中可看出蒲松齡試圖撥亂反正、為百姓伸張正義的苦心；現實生活中的他無能為力，只好將此憤懣不平心緒，藉自己的筆寫出，宣洩在小說中。

此外，《聊齋志異》也涵蓋了道家與道教的思想，像是書中時常可見《莊子》的詞彙與典故，亦有神仙方術、洞天福地等道教色彩。老莊等道家哲學，是以「道」為中心開展的哲學，追求人的心靈之自由自在，解消人的身體或形體對我們心靈帶來的束縛。而道教則認為，人可以透過神仙方術長生不老、飛升成仙。《聊齋志異》書中多篇故事，於是出現了懂得奇門遁甲法術、捉妖收妖、符咒的道士，這些奇幻的神仙色彩，增添了故事的精彩與可讀性，也讓後世之人改編成影視作品時有更多想像空間。

《聊齋志異》寫作體裁——筆記小說＋唐代傳奇

大陸學者馬積高、黃鈞主編的《中國古代文學史》，將《聊齋志異》分成三種體裁：一、短篇小說體：主要描寫主角人物的生平遭遇，篇幅較長，細膩刻畫了人物性格及曲折戲劇化的故事情節，此類作品有〈嬌娜〉、〈成仙〉等。二、散記特寫體：重點在於記述某事件，不著墨於人物刻畫，此則受到古代記事散文的影響，此類作品有〈偷桃〉、〈狐嫁女〉、〈考城隍〉等。三、隨筆寓言體：篇幅短小，將所聽之事記錄下來，並寄寓思想在其中，此類作品有〈夏雪〉、〈快刀〉等。

《聊齋志異》深受魏晉南北朝筆記小說、唐代傳奇小說的影響。筆記小說，是隨筆記錄下聽到的故事，比較像在記筆記，篇幅短小。此種小說乃受史書體例影響，十分重視將事件確實記錄下來，而非有意識的創作小說；且多為志怪小說，又以干寶的《搜神記》最著名。《聊齋志異》裡頭有多篇保留了筆記小說特點的篇幅短小故事，如〈蛇癖〉、〈眞定女〉等。

唐代傳奇，則是文人有意識的創作小說，內容是虛構的、想像的，題材有志怪、愛情、俠義、歷史等等。像是《聊齋志異》中的〈葉生〉，葉生死後，魂魄隨知己丁乘鶴返鄉，直到回家看見屍體，才發現自己已死；此種離魂情節，乃受到唐傳奇陳玄佑〈離魂記〉的影響。由此可見，蒲松齡無論在創作手法或故事題材上，無不受到古代小說影響，此乃《聊齋志異》之承先。

《聊齋志異》之啓後在於，蒲松齡將六朝志怪與唐宋傳奇小說的主要特色融為一體，給予後世小說家很大啓發，進而出現許多效仿之作，如清代乾隆年間沈起鳳的《諧鐸》、邦額的《夜譚隨錄》等，以及現代諸多影視作品。不過值得注意的是，改編後的電影或戲劇，爲了情節精彩與內容多樣化，不一定按照原著思想精神呈現，若想了解《聊齋志異》的原貌，實應回歸原典，才能體會蒲松齡寄寓其中的思想精神與用心。

此次，爲讓現代讀者輕鬆徜徉《聊齋志異》的志怪玄幻世界，才有了這套書的編撰，畢竟古典文言文小說在我們現代人讀來相當艱澀且陌生。因此，除收錄「原典」，還加上了「評點」、「白話翻譯」、「注釋」。其中，評點部分要感謝元智大學中國語文學系兼任助理教授張柏恩（研究專長：文學批評、古典詩詞創作、明清詩學）、北京師範大學珠海分校文學院講師劉學倫（研究專長：古籍編輯研究、元明清文學作品），提供了許多寶貴資料，特在此銘誌感謝。至於白話翻譯，儘管已盡量貼近原典，然而任何一種翻譯都是主觀詮釋，裡頭融合了編撰者本身的社會背景、文化思想等因素，這些都會影響對經典的理解。但這並不是說白話翻譯不可信，而想提醒讀者，本書白話翻譯僅止於一種詮釋觀點，並不能與原典畫上等號。眞正的原典精華，只有待讀者自己去找尋了。

原典，值得信賴

原典以一九九一年里仁書局出版的張友鶴《聊齋誌異會校會注會評本》（簡稱《三會本》）為底本。

張友鶴是以蒲松齡的半部手稿本，以及鑄雪齋抄本（乾隆十六年抄本，抄者為歷城張希傑）為主要底本，從而編輯了《三會本》。他的版本最為完整，且融合了多家的校注、評點，極富參考與研究價值。

好讀版本的《聊齋志異》，為求彩圖與文章流暢搭配之版面安排，每卷裡頭的文章或有可能調動次序，尚祈見諒。

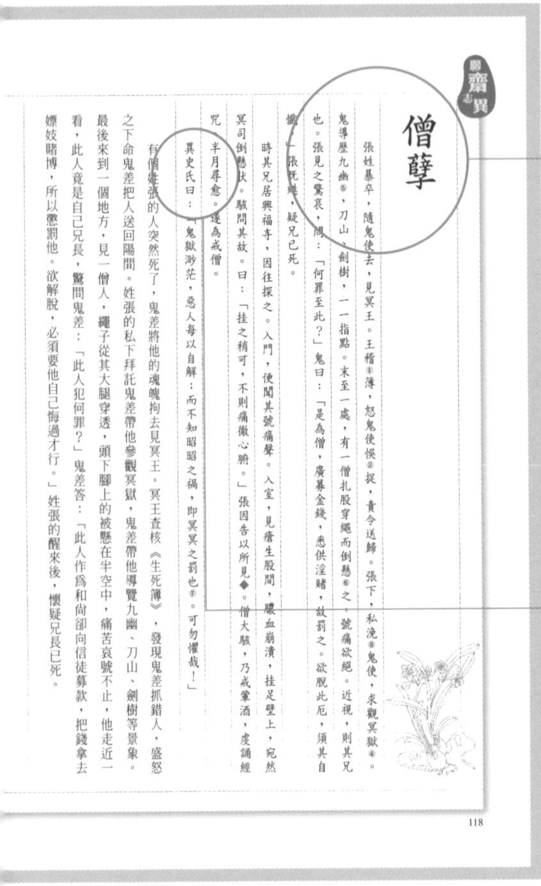

「異史氏曰」，真有意思

《聊齋志異》有些故事在正文結束後，會有一段以「異史氏曰」開頭的文字，這是蒲松齡對故事及人物所做評論，或是陳述他自己的觀點、見解（但他亦有些評論，不見得都冠上「異史氏曰」）。這種作法沿用自史書，如《史記》的「太史公曰」，即司馬遷自己的評論。值得注意的是，有些「異史氏曰」相關文字，不僅僅做評論，還會再附其他故事，以與正文的故事相應和。

文章中除了蒲松齡自己的評論，亦可見以「友人云」為開頭的親友評論，其中最常出現的是蒲松齡文友王士禎以「王阮亭云」或「王漁洋云」為開頭的評論；這些評論由蒲松齡親自收錄在文章中，與後世所作評點不同。

注釋解析，增進中文造詣

針對原典中的艱難字詞加注，既有助讀者領略古人的用語，亦可賞讀蒲松齡作文之美。每條注釋，均扣緊原典的上下文文意而注，惟該字詞自有它用在別處的可能解釋，注釋意涵恐無法盡括。

注釋盡可能跟隨原典擺放，以收對照查看之效。

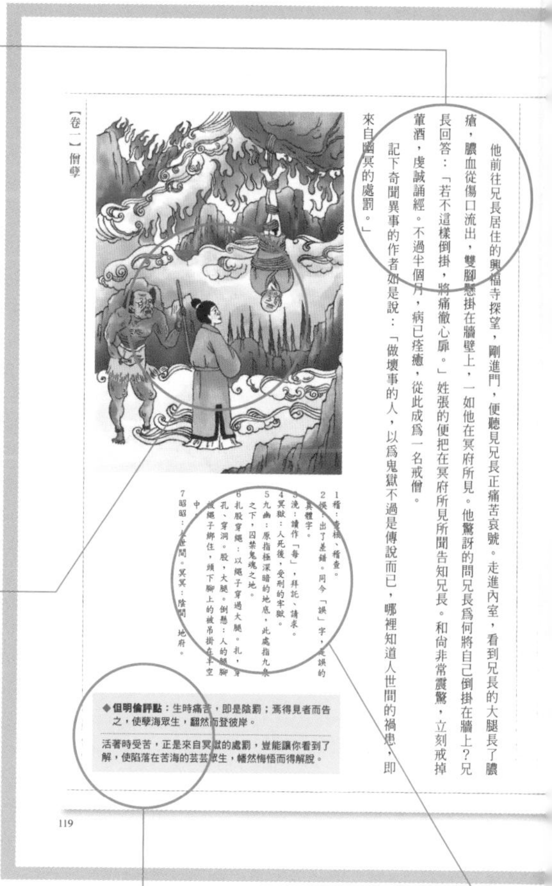

他前往兄長居住的興福寺探望，剛進門，便聽見兄長正痛苦哀號。走進內室，看到兄長的大腿長了膿瘡，膿血從傷口流出，雙腳懸掛在牆壁上，一如他在冥府所見。他驚訝的問兄長為何將自己倒掛在牆上？兄長回答：「若不這樣倒掛，將痛徹心扉。」姓張的便把在冥府所見所聞告知兄長。和尚非常震驚，立刻戒掉葷酒，虔誠誦經。不過半個月，病已痊癒，從此成為一名戒僧。

記下奇聞異事的作者如是說：「做壞事的人，以為鬼獄不過是傳說而已，哪裡知道人世間的禍患，即來自幽冥的處罰。」

1稽：查核、稽查。
2悮：出了差錯。同今「誤」字，是誤的異體字。
3浼：讀作「每」，拜託、請求。
4冥獄：人死後，受刑的牢獄。
5九幽：原指極深暗的地底，此處指九泉之下，囚禁鬼魂之地。
6扎股穿繩：以繩子穿過大腿。扎，穿孔、穿洞。股，大腿。倒懸：人的腿腳被繩子綁住，頭下腳上的被吊掛在半空中。
7昭昭：人世間。冥冥：陰間、地府。

◆**但明倫評點**：生時痛苦，即是陰罰；焉得見者而告之，使孽海眾生，翻然而登彼岸。

活著時受苦，正是來自冥獄的處罰，豈能讓你看到了解，使陷落在苦海的芸芸眾生，幡然悔悟而得解脫。

【卷一】僧孽

119

白話翻譯，助讀懂故事

為了讓讀者能輕鬆閱讀，每篇故事均附白話翻譯（採取意譯，非逐句逐字譯）。

值得注意的是，由於《聊齋志異》為古典文言文短篇小說集，作者蒲松齡講述故事時有時過於精簡，白話翻譯將視情況需要，於貼合原典的準則下，增加一些補述，以求上下文語意完整。

插圖，圖文共賞不枯燥

為了更增《聊齋志異》故事閱讀的生動，一方面盡可能收錄晚清時期珍貴的《聊齋志異圖詠》線稿圖畫，另方面亦邀請廿一世紀新生代繪者尤淑瑜，以藝術家的眼光、樸實的全彩筆觸，讓故事場景更加躍然紙上。

評點，有助理解故事

評點，是中國獨特的文學批評形式，近似讀書心得或讀書筆記。礙於篇幅關係，無法將《三會本》所收錄的評點全都附上，每篇僅擇最切合故事要旨、或發人深省哲思的一家評點，供讀者參考。由於《聊齋志異》並非每篇故事都有評點，若無，即從缺。

常見的代表性評點有與蒲松齡同時代的王士禎評本（清康熙年間）、馮鎮巒評本（清嘉慶年間）、何守奇評本（約清道光年間），以及但明倫評本（清道光年間）。其中，以馮、但這兩家的評點特別能顯出故事中隱藏的思想精神，他們皆以儒家的道德實踐為準則，著重揭露蒲松齡寫作的思想要旨、故事中人物的心理活動，同時也涉及社會現象等層面。

目次

唐序[1]

諺有之云：「見橐駝謂馬腫背[2]。」此言雖小，可以喻大矣。夫[3]人以目所見者爲有，所不見者爲無。曰，此其常也；倏有而倏無則怪之。至於草木之榮落，昆蟲之變化，倏有倏無，又不之怪；而獨于神龍則怪之。彼萬竅之刁刁[4]，百川之活活，無所持之而動，無所激之而鳴，豈非怪乎？又習而安焉。獨至於鬼狐則怪之，至於人則又不怪。夫人，則亦誰持之而動，誰激之而鳴者乎？莫不曰：「我實爲之。」

夫我之所以為我者，目能視而不能視其所以視，耳能聞而不能聞其所以聞，而況於聞見所不能及者乎？夫聞見所及以為有，所不及以為無，其為聞見也幾何矣。人之言曰：「有形形者，有物物者。」而不知有以無形為形，無物為物者。夫無形無物，則耳目窮矣，而不可謂之無也。有見蚊睫者，有不見泰山者；有聞蟻鬭[5]者，有不聞雷鳴者。見聞之不同者，聾瞽[6]未可妄論也。

自小儒為「人死如風火散」之說[7]，而原始要終之道，不明於天下；於是所見者愈少，所怪者愈多，而「馬腫背」之說昌行於天下。無可如何，輒以「孔子不語[8]」一詞了之，而齊諧[9]志怪，虞初[10]記異之編，疑之者參半矣。不知孔子之所不語者，乃中人以下不可得而聞者耳[11]，而謂《春秋》[12]盡刪怪神哉！

留仙蒲子[13]，幼而穎異，長而特達。下筆風起雲湧，能為載記之言。於制藝舉業[14]之暇，凡所見聞，輒為筆記，大要多鬼狐怪異之事。向得其一卷，輒為同人取去；今再得其一卷閱之。凡為余所習知者，十之三四，最足以破小儒拘墟之見，而與夏蟲語冰也[15]。余謂事無論常怪，但以有害於人者為妖。故日食星隕，鷁

飛鴿巢16，石言龍鬬，不可謂異；惟土木甲兵17之不時，與亂臣賊子，乃為妖異耳。今觀留仙所著，其論斷大義，皆本於賞善罰淫與安義命之旨，足以開物而成務18；正如揚雲《法言》19，桓譚20謂其必傳矣。

康熙壬戌仲秋既望21，豹岩樵史唐夢賚拜題

1 唐序：唐夢賚為《聊齋志異》所作的序。唐夢賚（讀作「賴」），字濟武，號嵐亭，別字豹岩，山東淄川人，是蒲松齡的同鄉，兩人交情甚好。唐夢賚是清世祖順治六年（西元一六四九年）進士，授庶吉士；八年，授翰林院檢討，九年罷歸，那時他才廿六歲，從此著書作文，閒居鄉里。

2 見橐駝謂馬腫背：看到駱駝以為是腫背的馬。橐駝，讀作「陀」，駱駝的別名。

3 夫：讀作「福」，發語詞，無義。

4 萬竅：世間所有的孔洞，如山谷、洞穴等。典出《莊子・齊物論》：「夫大塊噫氣，其名為風。是唯无作，作則萬竅怒號。」（大地間的呼吸，人們稱為風。要不就是靜止無聲，然而一旦吹起，世間的孔洞都會隨風怒號。）刁刁：草木動搖的樣子。

5 鬭：同今「鬥」字，是鬥的異體字。

6 瞽：讀作「古」，盲眼，眼睛看不見。

7 小儒：指眼界短淺的普通讀書人。人死如風火散：與「人死如燈滅」同義，人死了就如同燈火熄滅，什麼也沒有。

8 孔子不語：典出《論語・述而》：「子不語怪，力，亂，神。」（孔子不談論神怪以及死後之事。）

9 齊諧：古代志怪之書，專記載一些神怪故事，另一說為人名；後代志怪之書多以此為書名，如《齊諧記》、《續齊諧記》。

10 虞初：西漢河南人，志怪小說家。

11 乃中人以下不可得而聞者耳：典出《論語・庸也》，子曰：「中人以上，可以語上也；中人以下，不可以語上也。」（中等資質以上的人，可以告訴他較高的學問；中等資質以下的人，不可以告訴他較高的學問。）

12 春秋：書名，孔子據魯史修訂而成，為編年體史書；所記起自魯隱公元年，迄魯哀公十四年，共二百四十二年；其書常以一字一語之褒貶，寓微言大義；因其記載春秋魯國十二公的史事，故也稱為「十二經」。

13 留仙蒲子：指蒲松齡。

14 制藝舉業：科舉考試。藝：即時藝，指八股文，科舉考試所用的文體。

15 破小儒拘墟之見，而與夏蟲語冰也：破解一般讀書人的見識淺薄，進而談論超出見識的事物。拘墟之見、夏蟲語冰，典故皆出自《莊子・秋水篇》：「井鼃（同「蛙」字）不可以語於海者，拘於虛也；夏蟲不可以語於冰者，篤於時也。」（不可以跟井底的青蛙說海的廣大，這是受空間所限制；不可以跟夏蟲說冬天的寒冷，這是受時間的限制。）

16 鶂飛鴿巢：鶂鳥飛到八哥的巢中，意指超出常理的怪異之事，因為八哥生活在樹上，而鶂是水鳥，兩者生活領域不相同，鶂卻飛到了

八哥的巢。鳼，讀作「義」，一種水鳥。鵅，指雛鵅（讀作「鉤玉」），八哥的別名。

17 土木甲兵：此應指天災與兵災戰亂。甲兵，原指鎧甲和兵械，後引申為戰亂、戰爭。

18 開物而成務：開通萬物之理，使人事各得其宜，語出《易經・繫辭上》：「夫易，開物成務，冒天下之道，如斯而已者也。」（人如果通曉周易卦象之理，就可以了解萬物的紋理，社會的各種領域、制度，都脫不了周易所涵蓋的範圍）。

19 揚雲《法言》：模擬《論語》語錄體裁而寫成的一部著作，內容是傳統的儒家思想；由揚雄所作，此處揚雲可能為筆誤。揚雄，字子雲，原本寫為楊雄，蜀郡成都（今四川成都郫都區）人，乃西漢哲學家、文學家、語言學家。

20 桓譚：人名，字君山，東漢相人，生卒年不詳；博學多通，遍習五經，能文章，光武朝官給事中，力諫讖書之不正，帝怒，出為六安郡丞，道卒；著《新論》二十九篇。

21 康熙壬戌：康熙二十一年，即西元一六八二年。仲秋：農曆八月。既望：農曆十五為望，十六為既望。

俗諺說：「看到駱駝，以爲是腫背的馬。」這句話雖只是嘲諷那些不識駱駝的人，但也可廣泛用以比喻見識淺薄之人。一般人認爲看得見的東西才是眞實的，看不見的東西就是虛幻、不存在的。我說，這是人之常情；認爲一下子在，一下子又消失，是怪異現象。那麼，草木榮枯、花開花落、昆蟲的生長變化，也是一下子在，一下子消失，一般人卻又不覺怪異；唯獨認爲鬼神龍怪才是異事。世上的洞穴呼號、草木搖擺、百川流動，都毋需人相助即自行運作，沒有人刺激就自行鳴叫，難道這些現象不奇怪嗎？世人卻習以爲常。只認爲鬼怪狐妖是怪異的，但提到人，又不覺得奇怪。人的存在與行爲，又是誰來相助，誰來刺激的呢？一般人都會說：「這本來就是如此。」

我之所以是我，眼睛能看、卻看不見之所以讓我能看的原因；耳朵能聽、卻聽不到讓我之所以能聽的緣由，更何況，是那些看不見、聽不到的東西呢？能用感官加以經驗認識，就以爲是眞實，無法用感官去經驗認識，就以爲不存在；然而，能被感官認識的事物實則有限。有人說：「有形的東西必有形象，具體的東西才是眞實。」卻不知世間存有以無形爲有形，以不存在爲存在的事物。那些沒有形象、沒有具體的事物，乃礙於我們眼睛與耳朵的限制而無法認識，不能因此就說它們不存在。有人看得見蚊子睫毛這類細小的東西，卻也有人看不見泰山這麼大的事物；有人聽得到螞蟻的打鬥聲，卻也有人聽不到雷鳴。這都是因爲看見的東西與聽到的聲音有所不同罷了，不能因爲看不見某些事物就說他是瞎子，也不能因爲聽不到某些聲音就說他是聾子。

自從有些見識淺陋的讀書人提出「人死如風火散」的說法以後，探究世間事物發展始末的學問，就無法盛行於天下了；於是人們能看見的東西越來越少，覺得怪異的事也越來越多，於是「以爲駱駝是腫背的馬」這類說詞充斥周遭。最後無可奈何，只好拿「孔子不語怪力亂神」這句話來敷衍搪塞。至於對齊諧志怪、虞初記異故事懷疑不信的人，至少也占了一半。這些人不了解，孔子所謂「不語怪力亂神」是指——中等資質以下的人即使聽了也不懂，還當作是《春秋》把怪神故事全都刪除了呢！

蒲留仙這個人，自幼聰穎，長大後更傑出。下筆如風起雲湧，有辦法將這類怪異故事記載下來。攻讀科舉考試閒暇之時，凡有見聞，便寫成筆記小說，大多是鬼狐怪異這類故事。之前我曾得到其中一卷，後來被人拿去；現在又再得一卷閱覽。凡我所讀到習得的事，十件裡有三、四件足可打破一般井底之蛙的見識，還能觸及耳目感官所不能經驗的事。我認爲，無論是我們習以爲常或怪奇難解的世事，其中只要對人有害，就是妖異。因此，日蝕與流星、水鳥飛到八哥巢中、石頭開口說話、龍打架互鬥之事，都不能算是妖異；只有天災人害、戰亂兵禍與亂臣賊子，才算妖孽。我讀留仙所寫故事，大意要旨皆源自賞善罰惡與安身立命之言論，適足以開通萬物之理；正如東漢的桓譚曾經說過，揚雄的《法言》必能流傳後世。

康熙二十一年農曆八月十六，豹岩樵史唐夢賚拜題

聊齋自誌

披蘿帶荔[1]，三閭氏感而為騷[2]；牛鬼蛇神，長爪郎[3]吟而成癖。自鳴天籟[4]，不擇好音[5]，有由然矣。松[6]落落秋螢之火，魑魅[7]爭光；逐逐野馬之塵[8]，罔兩[9]見笑。才非干寶，雅愛搜神[10]；情類黃州[11]，喜人談鬼。聞則命筆，遂以成編。久之，四方同人，又以郵筒相寄，因而物以好聚，所積益夥。甚者：人非化外，事或奇于斷髮之鄉[12]；睫在眼前，怪有過于飛頭之國[13]。遄飛逸興[14]，狂固難辭；永托曠懷，癡且不諱。展如之人[15]，得毋向我胡盧[16]耶？然五父衢[17]頭，或涉濫聽[18]；而三生石[19]上，頗悟前因。放縱之言，有未可概以人廢者。

松懸弧[20]時，先大人[21]夢一病瘠瞿曇[22]，偏袒[23]入室，藥膏如錢，圓黏乳際。寤[24]而松生，果符墨誌[25]。且也：少羸[26]多病，長命不猶。門庭之淒寂，則冷淡如僧；筆墨之耕耘，則蕭條似缽。每搔頭自念：勿亦面壁人[27]果是吾前身耶？蓋有漏根因[28]，未結人天之果[29]；而隨風蕩墮，竟成藩溷[30]之花。茫茫六道[31]，何可謂無理哉！獨是子夜熒熒[32]，燈昏欲蕊；蕭齋[33]瑟瑟，案冷凝冰。集腋為裘[34]，妄續幽冥之錄[35]；浮白載筆[36]，僅成孤憤[37]之書：寄托[38]如此，亦足悲矣！嗟乎！驚霜寒雀，抱樹無溫；弔月秋蟲，偎闌自熱。知我者，其在青林黑塞[39]間乎！

康熙己未[40]春日。

1 披蘿帶荔：語出《九歌》中的〈山鬼〉：「若有人兮山之阿，披薜荔兮帶女蘿。」這是指出沒在野外的山鬼，而薜荔、女蘿皆植物名。《九歌》原為南方楚地祭祀用的樂歌，經屈原潤色而成。分別為〈東皇太一〉〈雲中君〉〈湘君〉〈湘夫人〉〈大司命〉〈少司命〉〈東君〉〈河伯〉〈山鬼〉〈國殤〉及〈禮魂〉等十一篇。

2 三閭氏感而為騷：三閭氏，指屈原，他曾擔任楚國的三閭大夫。騷，指《離騷》，是屈原被楚懷王放逐漢水之北時所作自傳，抒發其懷才不遇的苦悶心情，以及理想抱負不得施展的悲苦。（編撰者按：蒲松齡之所以在作者自序中提及屈原所作《離騷》，可能是因他與屈原遭遇相似—蒲松齡鄉試落榜，正如空有滿腔抱負、卻不得君王重用的屈原。）

3 長爪郎：指唐朝詩人李賀，有「詩鬼」之稱；因其指爪長，故稱為「長爪郎」。

4 天籟：典故出自《莊子．齊物論》：「夫吹萬不同，而使其自己也。」天籟是無聲之聲，天籟因其無聲給出了一個空間，讓大自然的各種孔竅洞穴能發出聲音。此處指渾然天成的優秀詩作。

5 不擇好音：指這些作品雖好，卻不受世俗認可。

6 松：指本書作者，蒲松齡的自稱。

7 魑魅：讀作「癡媚」，山野中的鬼怪精靈。

8 野馬之塵：本意為塵土，此處指視科舉功名若塵土。

9 罔兩：亦作「魍魎」，山川草木中的鬼怪精靈。

10 才非干寶，雅愛搜神：不敢說自己才比干寶，只酷愛些鬼怪奇談而已。干寶，是東晉編集《搜神記》的作者，此書蒐羅了一些志怪故事，為中國古代志怪故事代表作。

11 黃州：指蘇軾，自子瞻，號東坡居士。蘇軾在宋神宗元豐二年（西元一〇六九年）因烏臺詩案獲罪，次年被貶謫黃州。他曾寫詩自嘲：「問汝平生功業，黃州惠州儋州。」

12 化外、斷髮之鄉：皆指未受教化的蠻夷之地。

13 飛頭之國：古代神話中，人首能夠分離、且會飛的奇異國度。

14 遄飛逸興：很有興致，欲罷不能。遄，讀作「船」，迅速。

15 展如之人：真摯、誠懇之人。依照上下文意，應指那些只相信現實經驗、而不相信那些奇幻國度的人。

16 胡盧：笑聲。

17 五父衢：路名，在今山東曲阜東南。孔子不知其生父所葬之地，而將母親葬於此處。衢，讀作「渠」，通達四方的大路。

18 濫聽：不實的傳聞。

19 三生石：宣揚佛教輪迴觀念的故事。佛教認為人沒有靈魂，但今生所造的業，會帶到來生。人今生今世所受的果報，無論善或惡，皆由過去累世累劫積累而成，而今生所造的業，亦影響來生所承受的果報。

20 懸弧：古人若生男孩，便將弓懸掛在門的左邊。

21 先大人：蒲松齡的先父。

22 瞿曇：梵文，讀作「渠談」，為釋迦牟尼佛的俗家姓氏，此處指僧人。

23 偏袒：佛家語，指僧侶。原指古印度尊敬對方的禮法，後為佛教沿用，僧侶在拜見佛陀時，須穿著露出右肩的袈裟以示尊敬；但平時佛教徒所穿袈裟，則無偏袒。袒，讀作「坦」，裸露之意。

24 寤：讀作「物」，醒來、睡醒。

25 果符墨誌：與蒲松齡父親夢中所見僧人的胸前特徵相符——「藥膏如錢，圓黏乳際」。墨誌，指黑痣。

26 少贏：年少時，身體瘦弱。贏，讀作「雷」。

野外的山鬼，讓屈原有感而發寫成了《離騷》；牛鬼蛇神，被李賀寫入了詩篇。這種獨樹一幟的作品，不見容於世俗，其來有自。我於困頓時，只能與魑魅爭光；無法求取功名，受到鬼怪的嘲笑。雖不像干寶那樣有才華，能寫出流傳百世的《搜神記》，卻也喜愛志怪故事；也與被貶謫黃州的蘇軾一樣，喜與人談論鬼怪故事。聽到奇聞怪事就動筆記錄下來，這才編成了這部書。久而久之，各地同好便將蒐羅來的鬼怪故事寄給我，物以類聚，內容更加豐富。甚至——人不處於蠻荒之地，卻有比蠻荒更離奇的怪事發生；即便在我們周遭，也有比飛頭國更古怪的事情。我越寫越有興趣，甚至到了發狂的地步；長期將精力投注於此，連自己都覺得癡迷。那些不信鬼神的人，恐怕要嘲笑我。道聽塗說之事，或許不足採信；然而這些荒謬怪誕的傳聞，有助於人認清事實，增長智慧。這些志怪故事的價值，不可因作者籍籍無名而輕易作廢。

我出生之時，先父夢到一名病瘦的僧人，穿著露肩袈裟入屋，胸前貼著一個似錢幣的圓形膏藥。夢醒，我就出生了，胸前果然有一個黑痣。且我年幼體弱多病，恐活不長。門庭冷清，如僧人般過著清心寡慾的日子；整天埋首寫作，貧窮如僧人的空缽。常常自想，莫非那名僧人真是我的前世？我前世所做的善業不夠，所以才沒法到更好的世界；只能隨風飄蕩，落入污泥糞土之中。虛無飄渺的六道輪迴，不可謂全無道理。特別是在深夜燭光微弱之際，燈光昏暗蕊心將盡，書齋更顯冷清，書案冷如冰。我想集結眾人之力，妄圖再續《幽冥錄》；飲酒寫作，成憤世嫉俗之書：只能將平生之志寄託於此，實在可悲！唉！受盡風霜的寒雀，棲於樹上感受不到溫暖；憑弔月光的秋蟲，依偎著欄杆還能感到一絲溫暖。知我者，大概只有黃泉幽冥之中的鬼了！

寫於康熙十八年春。

27 面壁人：和尚坐禪修行，稱為面壁。面壁人，代指和尚、僧人。

28 有漏根因：佛家語。有漏，由梵語轉譯，是流失、漏泄之意，意即煩惱。有漏因，即招致三界（欲界、色界、無色界）果報的業因，語出景德傳燈錄卷三菩提達磨章（大五一．二一九上）：「帝曰：『何以無功德？』師曰：『此但人天小果，有漏之因，如影隨形，雖有非實。』」原文中並無「根」字。

欲界，指一切有情眾生所住之世界，地獄、餓鬼、畜生、阿修羅、人、六欲天皆屬此。欲界之有情，是指有食欲、淫欲、睡眠欲等。

色界之眾生脫離淫欲，不著穢惡之色法，此界之天眾無男女之別，其衣是自然而至，而以光明為食物及語言。

無色界，指超越物質現象經驗之世界，此界之有情眾生，沒有無色法、場所，無空間高下之分別。

29 人天之果：佛家語。有漏之業的善果。

30 藩溷：籬笆和茅坑。溷，讀作「混」。

31 六道：佛家語。眾生往生後各依其業前往相應的世界，分別為：地獄道、餓鬼道、畜生道、阿修羅道、人間道、天道。前三道為惡，後三道為善。

32 熒熒：讀作「迎迎」，微弱光影閃動的樣子。

33 蕭齋：對自己所居房屋或書齋的謙詞，典故出自——梁武帝造寺，命蕭子雲於寺院牆上寫一「蕭」字。寺院毀壞後，刻字的殘壁仍保存下來。至唐朝李約，將此牆壁運歸洛陽，區於小亭，以供賞玩，稱為「蕭齋」。

34 集腋為裘：意謂此部《聊齋志異》，集結了眾人之力，積少成多才完成。

35 幽冥之錄：南朝宋劉義慶所編纂的志怪小說集，屬於六朝志怪筆記小說，篇幅短小，為後世小說的先驅。

36 浮白：暢飲。載筆：此指寫作著書。

37 孤憤：原為《韓非子》一書的其中一篇篇名。此指憤世嫉俗的著作，意即對一些看不慣的世俗之事執筆記錄下來，以表心中悲憤。

38 寄托：寄託言外之音於文辭之間，猶言寓言。

39 青林黑塞：指夢中的地府幽冥。

40 康熙己未：清朝康熙十八年（西元一六七九年）。這一年，蒲松齡四十歲。

卷四

04

若一切事物真的存在，那麼就不會消失；
若一切事物虛幻，就算得到，
也不過曇花一現，終究要消失。
真實與虛幻，其實僅一線之隔。

泥書生

羅村[1]有陳代者，少蠢陋。娶妻某氏，頗麗。自以壻[2]不如人，鬱鬱不得志。然貞潔自持，婆媳亦相安。一夕獨宿，忽聞風動扉開，一書生入，脫衣巾，就婦共寢。婦駭懼，苦相拒。而肌骨頓耎[3]，聽其狎褻[4]而去。自是恆無虛夕。月餘，形容枯瘁。母怪問之。初慚怍不欲言；固問，始以情告。母駭曰：「此妖也！」百術爲之禁咒[5]，終亦不能絕。乃使代伏匿室中，操杖以伺。夜分，書生果復來，置冠几上；又脫袍服，搭椸架[6]間。纔[7]欲登榻，忽驚曰：「咄咄！有生人氣！」急復披衣。代暗中暴起，擊中腰脅，塔然[8]作聲。四壁張顧，書生已渺。束薪爇[9]照，泥[10]衣一片墮地上，案頭泥巾猶存。◆

1 羅村：古代山東淄川東北有羅家莊。
2 壻：女婿；同今「婿」字，是婿的異體字。
3 耎：讀作「軟」，通「軟」。
4 狎褻：此指男女交歡。狎，讀作「霞」，親近。
5 禁咒：古代方士用符咒禁制邪祟，去除災害、疾病的法術。
6 椸架：衣架。椸，讀作「移」。
7 纔：讀作「才」，通「裁」、「才」二字，僅、只之意。
8 塔然：擬聲詞，此處用以形容瓦陶破碎的聲響。
9 爇：讀作「若」或「熱」，燒也。此指點火。
10 泥：指陶土。

◆**何守奇評點：**陳氏妻嫌其夫，故自生怪異。

陳代之妻嫌棄丈夫又笨又醜，才會發生這等怪異之事。

泥書生
豈無駿
馬駝癡
恨風動
扉開獨
宿時冠
服翩然乘霧入莫
嗤土偶盡無知

山東淄川羅家莊有個叫陳代的人，自小又蠢又醜，長大後娶了個女子為妻，容貌還挺美的。妻子感到自己丈夫不如人，鬱鬱寡歡，仍貞潔自守，婆媳之間亦相安無事。她獨自睡覺，有天晚上忽聞風將門吹開，一書生進了屋，脫下衣服、頭巾，與她共寢。婦人很害怕，拚命抗拒，可渾身筋骨使不出力，只得任憑對方輕薄一番而去。此後，書生每晚都來。

一個多月後，婦人容貌憔悴，婆婆奇怪，問起緣由。起初，因羞愧而不想說，婆婆再三追問，她才將實情說出。婆婆驚駭的說：「這必是妖怪！」他們用了各種辦法杜絕此妖怪之危害，仍一點用也沒有。於是，婆婆要陳代躲在房裡，持棍棒等候。半夜，書生果又至，將頭巾摘下放到桌上，又脫下衣服，掛於衣架。才欲上床，忽驚訝的說：「唉呦，有陌生人的氣味！」便急忙穿上衣服。陳代從暗處突然衝出，木棒擊中了書生肋骨，發出「喀嚓」一聲。四處張望，書生已無蹤影。點起火把一照，有片陶土做的衣服掉落在地，桌上還擺著一頂陶帽。

辛十四娘

廣平[1]馮生，正德[2]間人。少輕脫，縱酒。昧爽[3]偶行，遇一少女，著紅帔[4]，容色娟好。從小奚奴[5]，躡露奔波，履襪沾濡。心竊好之。薄暮醉歸，道側故有蘭若[6]，久蕪廢，有女子自內出，則向麗人也。忽見生來，即轉身入。陰念：麗者何得在禪院中？縶[7]驢於門，往覘[8]其異。入則斷垣[9]零落，階上細草如毯。彷徨[10]間，一斑白叟出，衣帽整潔，問：「客何來？」生曰：「偶過古剎[11]，欲一瞻仰。翁何至此？」叟曰：「老夫流寓無所，暫借此安頓細小。既承寵降，有山茶[12]可以當酒。」乃肅[13]賓入。

見殿後一院，石路光明，無復蓁莽[14]。入其室，則簾幌牀幙[15]，香霧噴人。坐展姓字，云：「蒙叟姓辛。」生乘醉遽[16]問曰：「聞有女公子，未遭良匹。竊不自揣，願以鏡臺自獻[17]。」辛笑曰：「容謀之荊人[18]。」生即索筆爲詩曰：「千金覓玉杵，殷勤手自將。雲英如有意，親爲擣玄霜[19]。」主人笑付左右。少間，有婢與辛耳語。辛起慰客耐坐，牽幕入。隱約三數語，即趨出。生意必有佳報；而辛乃坐與嗢噱[20]，不復有他言。生不能忍，問曰：「未審意旨，幸釋疑抱。」辛曰：「君卓犖[21]士，傾風已久。但有私衷，所不敢言耳。」生固請之。辛曰：「弱息[22]十九人，嫁者十有二。醮命[23]任之荊人，老夫不與[24]焉。」生曰：「小生祗要得今朝領小奚奴帶露行者。」辛不應，相對默然。聞房內嚶嚶膩語[25]，生乘醉搴[26]簾曰：「伉儷既不可得，當一見顏色，以消吾憾。」內聞鉤動，羣立愕顧。果有紅衣人，振袖傾鬟[27]，亭亭拈帶[28]。望見生入，遍室張皇[29]。辛怒，命數人捽[30]生出。酒愈湧上，倒蓁蕪中。瓦石亂落如雨，幸

不著體。

臥移時，聽驢子猶齕[31]草路側，乃起跨驢，踉蹡[32]而行。夜色迷悶，悮[33]入澗谷，狼奔鴟[34]叫，豎毛寒心。踟躕[35]四顧，並不知其何所。遙望蒼林中，燈火明滅，疑必村落，竟馳投之。仰見高閎[36]，以策撾[37]門。內有問者曰：「何處郎君，半夜來此？」生以失路告。問者曰：「待達主人。」生累足鵠竢[38]。忽聞振管闢扉[39]，一健僕出，代客捉驢。生入，見室甚華好，堂上張燈火。少坐，有婦人出，問客姓字。生以告。踰刻，青衣[40]數人，扶一老嫗出，曰：「郡君[41]至。」生起立，肅身欲拜。嫗止之坐。謂生曰：「爾非馮雲子之孫耶？」曰：「然。」嫗曰：「子當是我彌甥[42]。老身鐘漏並歇[43]，殘年向盡，骨肉之間，殊多乖闊[44]。」生曰：「兒少失怙[45]，與我祖父處者，十不識一焉。素未拜省，乞便指示。」嫗曰：「子自知之。」生不敢復問，坐對懸想。嫗曰：「甥深夜何得來此？」生以膽力自矜詡[46]，遂一一歷陳所遇。嫗笑曰：「此大好事。況甥名士，殊不玷於姻婭[47]，野狐精何得強自高？甥勿慮，我能爲若[48]致之。」生稱謝唯唯[49]。嫗顧左右曰：「我不知辛家女兒，遂如此端好！」青衣人曰：「渠[50]有十九女，都翩翩有風格。不知官人所聘行幾？」生曰：「年約十五餘矣。」青衣曰：「此是十四娘。三月間，曾從阿母壽[51]郡君，何忘卻？」嫗笑曰：「是非刻蓮瓣爲高履，實以香屑，蒙紗而步者乎？」青衣曰：「是也。」嫗曰：「此婢大會作意[52]，弄媚巧。然果窈窕[53]，阿甥賞鑒不謬[54]。」即謂青衣曰：「可遣小貍奴[55]喚之來。」青衣應諾去。

移時，入白[56]：「呼得辛家十四娘至矣。」旋見紅衣女子，望嫗俯拜。嫗曳之曰：「後爲我家甥婦，勿得修婢子禮。」女子起，娉娉而立，紅袖低垂。嫗理其鬢髮，捻其耳環，曰：「十四娘近在閨中作麼生[57]？」女低應曰：「閒來只挑繡[58]。」回首見生，羞縮不安。嫗曰：「此吾甥也。盛意與兒作姻好，何便教迷途，終夜竄谿谷？」女俛首[59]無語。嫗曰：「我喚汝，非他，欲爲阿甥作伐[60]耳。」女默默而已。嫗命掃榻展裀褥[61]，即爲合巹[62]。女靦[63]然曰：「還以告之父母。」嫗曰：「我爲汝作冰[64]，有何舛謬[65]？」女曰：「郡君之命，父母當不敢違。然如此草草，婢子即死，不敢奉命！」嫗笑曰：「小女子志不可奪，眞吾甥婦也◆！」乃拔女頭上金花一朵，付生收之。命歸家檢曆[66]，以良辰爲定。乃使青衣送女去。聽遠雞已唱，遣人持驢送生出。數步外，欻[67]一回顧，則村舍已失；但見松楸[68]濃黑，蓬顆[69]蔽冢而已。定想移時，乃悟其處爲薛尚書[70]墓。薛故生祖母弟，故相呼以甥。心知遇鬼，然亦不知十四娘何人。咨嗟而歸，漫檢曆以待之，而心恐鬼約難恃。再往蘭若，則殿宇荒涼。問之居人，則寺中往往見狐狸云。陰念：若得麗人，狐亦自佳。至日，除舍掃途，更[71]僕眺望，夜半猶寂。生已無望。頃之，門外譁然。躧屣[72]出窺，則繡幰[73]已駐於庭，雙鬟扶女坐青廬[74]中。妝奩[75]亦無長物，惟兩長鬣奴[76]扛一撲滿，大如甕，息肩[77]置堂隅。生喜得麗偶，並不疑其異類。問女曰：「一死鬼，卿家何帖服[78]之甚？」女曰：「薛尚書，今作五都巡環使[79]，數百里鬼狐皆備扈從，故歸墓時常少。」生不忘蹇修[80]，翼日，往祭其墓。歸見二青衣，持貝錦[81]爲賀，竟[82]委几上而去。生以告女，女視之，曰：「此郡君物也。」

邑有楚銀臺[83]之公子，少與生共筆硯，相狎[84]。聞生得狐婦，餽遺爲餪[85]，即登堂稱觴[86]。越數日，又折簡[87]來招飲。女聞，謂生曰：「曩[88]公子來，我穴壁窺之，其人猿睛而鷹準[89]，不可與久居也。宜勿往。」生諾之。翼日，公子造門[90]，問負約之罪，且獻新什[91]。生評涉嘲笑，公子大慚，不懽[92]而散。生歸，笑述於房。女慘然[93]曰：「公子豺狼，不可狎也！子不聽吾言，將及於難！」生笑謝之。後與公子輒相諛噱[94]，前郤[95]漸釋。會提學試[96]，公子第一，生第二。公子沾沾自喜，走伻[97]來邀生飲。生辭，頻招乃往。至則知爲公子初度[98]，客從滿堂，列筵甚盛。公子出試卷示生。親友疊肩歎賞。酒數行[99]，樂奏作於堂，鼓吹傖儜[100]，賓主甚樂。公子忽謂生曰：「諺云：『場中莫論文[101]。』此言今知其謬。小生所以忝[102]出君上者，以起處[103]數語，略高一籌耳。」公子言已，一座盡贊。生醉不能忍，大笑曰：「君到於今，尚以爲文章至是耶？」生言已，一座失色。公子慚忿氣結。客漸去，生亦遁。醒而悔之，因以告女。女不樂曰：「君誠鄉曲之儇子[104]也！輕薄之態，施之君子，則喪吾德；施之小人，則殺吾身。君禍不遠矣！我不忍見君流落，請從此辭。」生懼而涕，且告之悔。女曰：「如欲我留，與君約：從今閉戶絕交遊，勿浪飲。」生謹受教。十四娘爲人勤儉灑脫，日以紝織[105]爲事。時自歸寧，未嘗踰夜。又時出金帛作生計。日有贏餘，輒投撲滿。日杜門戶；有造訪者，輒囑蒼頭[106]謝去。一日，楚公子馳函來，女焚爇[107]不以聞。翼日，出弔於城，遇公子于喪者之家，捉臂苦邀。生辭以故。公子使圉人挽轡[108]，擁之以行。至家，立命洗腆[109]。繼辭夙退[110]。公子要遮[111]無已，出家姬彈箏爲樂。生素不羈，向閉置庭中，頗覺悶損；忽逢劇飲，興頓豪，無復縈念。因而酣醉，頹臥席間。公子妻阮氏，最悍妒，婢妾不敢施脂澤。日前，婢入齋中，爲阮掩執，以杖擊首，腦裂立斃。公子以生嘲慢故，啣[112]生，日思所報，遂謀醉以酒而誣之。乘生醉寐，扛尸牀間，合扉徑去。生五更醒解[113]，始覺身臥几上。起尋枕榻，則有物膩然[114]，紲絆[115]步履，摸之，人也。意主人遣僮伴睡。又蹴[116]之，不動而殭[117]。大駭，出門怪呼。廝役盡起，爇之，見尸，執生怒鬧。公子出驗之，誣生逼姦殺婢，執送廣平。隔日，十四娘始知，潸然曰：「早知今日矣！」因按日以金錢遺生。生見府尹[118]，無理可伸，朝夕搒掠[119]，皮肉盡脫。女自詣問。生見之，悲氣塞心，不能言說。女知陷阱已深，勸令誣服[120]，以免刑憲[121]。生泣聽命。

女還往之間，人咫尺不相窺。歸家咨惋[122]，遽[123]遣婢子去。獨居數日，又託媒媼購良家女，名祿兒，年已及笄[124]，容華頗麗；與同寢食，撫愛異於群小[125]。生認誤殺擬絞。蒼頭得信歸，慟述不成聲。女聞，坦然若不介意。既而秋決有日[126]，女始皇皇[127]躁動，晝去夕來，無停履。每於寂所，於邑[128]悲哀，至損眠食。一日，日晡[129]，狐婢忽來。女頓起，相引屏語[130]。出則笑色滿容，料理門戶如平時。翼日，蒼頭至獄，生寄語娘子一往永訣。蒼頭復命。女漫應之，亦不愴惻，殊落落置之。家人竊議其忍[131]。忽道路沸傳，楚銀臺革爵；平陽觀察[132]奉特旨治馮生案。蒼頭聞之喜，告主母。女亦喜，即遣入府探視，則生已出獄，相見悲喜。俄捕公子至，一鞫[133]，盡得其情。生立釋寧家。歸見閨中人[134]，泫然流涕，女亦相對愴楚，悲已而喜。然終不知何以得達上聽。女笑指婢曰：「此君之功臣也。」生愕問故。先是，女遣婢赴燕都[135]，欲達宮闈[136]，爲生陳冤。婢至，則宮中有神守護，徘徊御溝[137]間，數月不得入。婢懼悞事，方欲歸謀，忽聞今上將幸大同[138]，婢乃預往，僞作流妓[139]。上至句闌[140]，極蒙寵眷。疑婢不似風塵人。婢乃垂泣。上問：「有何冤苦？」婢對：「妾原籍隸廣平，生員馮某之女。父以冤獄將死，遂鬻[141]妾句闌中。」上慘然，賜金百兩。臨行，細問顛末[142]，以紙筆記姓名；且言欲與共富貴。婢言：「但得父子團聚，不願華膴[143]也。」上頷之，乃去。婢以此情告生。生急拜，淚眥雙熒[144]。

居無幾何，女忽謂生曰：「妾不爲情緣，何處得煩惱？君被逮時，妾奔走戚眷間，並無一人代一謀者。爾時酸衷[145]，誠不可以告愬[146]。今視塵俗益厭苦。我已爲君蓄良偶，可從此別。」生聞，泣伏不起。女乃止。夜遣祿兒侍生寢，生拒不納。朝視十四娘，容光頓減；又月餘，漸以衰老；半載，黯黑如村嫗：生敬之，終不替。女忽復言別，且曰：「君自有佳侶，安用此鳩盤[147]爲？」生哀泣如前日。又踰月，女暴疾，絕食飲，羸臥閨闥[148]。生侍湯藥，如奉父母。巫醫[149]無靈，竟以溘逝[150]。生悲怛[151]欲絕。即以婢賜金，爲營齋葬。數日，婢亦去，遂以祿兒爲室。踰年舉一子。然比歲不登[152]，家益落。夫妻無計，對影長愁。忽憶堂陬[153]撲滿，常見十四娘投錢於中，不知尚在否。近臨之，則豉[154]具鹽盎，羅列殆滿。頭頭置去，箸探其中，堅不可入；撲而碎之，金錢溢出。由此頓大充裕。後蒼頭至太華[155]，遇十四娘，乘青騾，婢子跨蹇[156]以從，問：「馮郎安否？」且言：「致意主人，我已名列仙籍矣。」言訖，不見。

異史氏曰：「輕薄之詞，多出於士類，此君子所悼惜也。余嘗冒不韙[157]之名，言冤則已迂[158]；然未嘗不刻苦自勵，以勉附於君子之林，而禍福之說不與[159]焉。若馮生者，一言之微，幾至殺身，苟非室有仙人，亦何能解脫囹圄[160]，以再生於當世耶？可懼哉？」

1 廣平：古代府名，今河北省廣平縣；清代稱河北省為直隸。
2 正德：明武宗朱厚照的年號，自西元一五〇六年至一五二一年。
3 昧爽：天快亮時。
4 帔：讀作「配」，古代婦女披在肩上的無袖衣飾，即今之披肩。
5 小奚奴：年幼的侍童。
6 蘭若：此指寺院。
7 縶：讀作「直」，綑綁。
8 覘：讀作「沾」，觀看、察視。
9 垣：讀作「圓」，矮牆。
10 彷徨：徘徊不前。
11 剎：佛寺。
12 山茶：自謙之詞，粗茶之意。
13 肅：迎接、引導。
14 蓁莽：雜亂叢生的草木。
15 簾幌牀幙：窗簾和床帳。幌，讀作「謊」，帷幔、窗簾。幙，讀作「幕」，垂掛的簾幔；同今「幕」字，是幕的異體字。
16 遽：就、遂。
17 鏡臺自獻：意謂替自己做媒。典故出自《世說新語．假譎》，故事大意為：晉人溫嶠（讀作「轎」）的堂姑母託他為女兒作媒。有天，溫嶠告訴姑母，已物色到佳婿，並送玉鏡臺為聘禮。待舉行婚禮，才發現新婿就是溫嶠本人。鏡臺，鏡匣。
18 荊人：猶如拙荊，謙稱自己的妻子。
19 「千金覓玉杵」四句：典故出自唐人裴鉶所撰的《傳奇》〈裴航〉，表求婚之意。裴航路過藍橋驛，遇見少女雲英，裴航向其祖母求婚。祖母說，神仙曾給我長生不老的靈丹，需以玉杵臼搗一百天方可服用，你若找到玉杵和臼，我就把雲英許給你。後來，裴航果然購得玉杵臼，並親自搗藥百天。兩人終結為夫妻。玉杵：即玉杵臼，搗藥的用具。將：持。玄霜：丹藥名。

20 嘔噦：讀作「襪決」，笑個不停。
21 卓犖：卓絕超群。犖，讀作「駱」。
22 弱息：對人謙稱自己的子女，此處專指女兒。
23 醮命：指許配婚姻的權力。醮，古代指女子嫁人：女子出嫁，父母酌酒飲之，叫「醮」。
24 與：參與、過問。
25 嚶嚶：擬聲詞，形容女子低語聲。膩語：說悄悄話。
26 搴：讀作「千」，掀起、揭開。
27 振袖傾鬟：舉袖遮面，低下頭。鬟，古代已婚婦女的環形髮髻，此處借指頭部。
28 亭亭拈帶：站著以手搓弄衣帶，形容不知所措的樣子。拈，讀作「年」的三聲，以手指揉搓。
29 張皇：驚慌失措、慌張。

◆**但明倫評點：**天下豈有喚來即合巹者耶？如此草草，則何時何事不可草草？今日不可草草，即死不敢奉命，志不可奪，所以他日處患難時，而能以身任也。彼屈於勢利者，自視太輕，無所不可；一遇有事故，那能擔待得起。

天底下哪有剛被叫來見面就馬上洞房之人？若連成婚都如此草率，那麼處理其他事時態度亦必然草率。今日，十四娘慎重看待婚姻大事，就算是死也不敢從命，心意堅決不可更改，因此後來馮生落難，牠才能夠挺身而出，為他出謀劃策。而那些屈服於權勢與利益即草率成婚的人，無異太過看輕自己，這樣的人什麼事都做得出來，一旦遇到重大變故，哪裡能承擔得起。

30 捽：讀作「族」，抓。
31 齕：讀作「河」，以牙齒去咬，指吃。
32 踉蹡：讀作「輛嗆」，走路東倒西歪的樣子。
33 悞：出了差錯；同今「誤」字，是誤的異體字。
34 鴟：讀作「癡」，一種鳥類，以抓小雞為食。
35 踟躕：讀作「持除」，徘徊不前的樣子。
36 閎：讀作「紅」，里巷的門。此指大門。
37 撾：讀作「抓」，敲打。
38 累足鵠竢：讀作「壘足湖四」，駐足伸長脖子，站立等候。累足，站立不動。鵠，一種長頸鳥，俗稱天鵝。竢，等待、等候；同今「俟」字，是俟的異體字。
39 振管闢扉：解開鎖鑰，把門打開。
40 青衣：指婢女，古時婢女穿青色衣服。
41 郡君：古代婦人的封號。唐代，四品官的母親或妻子稱為郡君；宋元以後，只有宗室女可稱之郡君；清朝，則以貝勒的女兒、親王的側室為郡君。
42 彌甥：外甥的兒子。
43 鐘漏並歇：比喻風燭殘年，壽命將盡。鐘漏，古代計時所使用的漏刻與時鐘。
44 乖闊：分離。
45 失怙：父親死去，失去父親之意。怙，讀作「戶」。
46 矜詡：讀作「今許」，誇耀。
47 姻婭：讀作「因訝」，今泛指姻親。女婿的父親（親家翁）為「姻」，姊妹的夫婿（連襟）則互稱「婭」。
48 若：你。
49 唯唯：讀作「偉偉」，恭敬的答允。
50 渠：他，指第三人稱。
51 壽：拜壽。

52 作意：別有巧思。
53 窈窕：豔麗嫵媚的樣子。
54 賞鑒不謬：眼光不差。
55 貍奴：貓。此處應指貓變成的妖精。
56 白：讀作「博」，告訴、告知。
57 作麼生：此處意謂「做些什麼」？麼，讀作「摩」。生，此為山東方言，指謀生、生計。
58 挑繡：刺繡的一種針法，指挑花。
59 俛首：低頭。俛，同今「俯」字，是俯的異體字。
60 作伐：指幫人作媒。
61 裀褥：讀作「因入」，墊褥、被褥。
62 合巹：指成婚。古時，成親的夫婦要對飲交杯酒。巹，讀作「錦」，古代婚禮使用的酒杯。
63 覥：讀作「勉」，羞愧的樣子；同今「靦」字，是靦的異體字。
64 作冰：此指作媒。
65 舛謬：讀作「喘」＋「ㄇㄧㄡˋ」，差錯。舛，錯誤。
66 檢曆：翻查曆書，挑選黃道吉日。
67 歘：讀作「乎」，忽然之意；同今「欻」字，是欻的異體字。
68 楸：讀作「邱」，植物名，紫薇科，落葉喬木，幹直上聳，材質細緻，耐潮濕，可供建築、造船及製造器具等。
69 蓬顆：上面長有蓬草的土塊。
70 尚書：古代官名。秦置，隸屬少府，掌殿內文書。漢成帝時設尚書員，掌群臣奏章。隋、唐設尚書省，以左右僕射分管六部。明洪武十三年（西元一三八〇年）廢中書省，以六部尚書分掌政務。清末併六部，改尚書為大臣。
71 更：輪番，替代。
72 躧履：讀作「喜喜」，指鞋子還來不及穿好就舉步走路，形容匆忙的樣子。躧，拖著鞋子走。

73 繡幰：讀作「秀顯」，繡花的遮陽車篷。

74 青廬：古代舉行婚禮的地方。

75 妝匳：女子的嫁妝。匳，讀作「連」，指女子陪嫁物品；同今「奩」字，是奩的異體字。

76 長鬣奴：鬍子很長的僕人。鬣，讀作「烈」，鬍鬚。

77 息肩：卸除負擔而得以休息。

78 帖服：順從。

79 五都巡環使：很可能是蒲松齡杜撰的陰間官名。

80 蹇修：讀作「簡休」，人名，相傳為伏羲氏的臣子，專理婚姻、媒妁，後代稱媒人。屈原《離騷》：「解佩以結言兮，吾令蹇修以為理。」（解下玉珮想與她訂婚約，我派蹇修前去幫我說媒。）

81 貝錦：一種織有貝形花紋的錦緞。

82 竟：通「逕」，直接。

83 銀臺：此指通政使；宋代設有銀臺司，掌受天下狀奏案牘，因司署在銀臺門內故名；明、清設置通政司，職掌相當，故也被稱為「銀臺」。

84 狎：親密。

85 餪：讀作「暖」，娘家親友餽贈食物給剛嫁作人婦的女兒。

86 稱觴：舉杯敬酒。

87 折簡：裁紙寫信。

88 曩：讀作「囊」的三聲，以前、昔日之意。

89 鷹準：鷹勾鼻。準，鼻梁。

90 造門：拜訪。

91 新什：新作的詩文。什，篇什，指詩篇或文卷。

92 懽：同今「歡」字，是歡的異體字。

93 慘然：悲從中來的感到擔憂。

94 諛噱：讀作「魚絕」，恭維談笑，刻意討好他人。噱，大笑。

95 郤：讀作「戲」，通「隙」，仇怨之意。

96 提學試：此指歲試。清代，提督學政主持一省之童生院試，以及生員歲、科兩試。

97 走伻：此指差遣僕人去辦事。伻，讀作「崩」，使者。

98 初度：生日。

99 數行：數巡。遍敬在座賓客酒一巡，稱一行。

100 傖儜：讀作「倉寧」，形容聲音粗俗雜亂。

101 場中莫論文：意謂科舉考試的評分難免摻雜主觀成分，成績之優劣，運氣占了很大成分，不單只憑文章實力論高下。場，科舉考場。

102 忝：有輕賤、侮辱的意思。此乃自謙之詞，猶言僥倖。

103 起處：指文章的開頭。明、清科舉考試所考的八股文，由破題、承題、起講、入手、起股、中股、後股、束股八個部分組成。起處，此指破題。

104 鄉曲之儇子：見識淺陋、待人無禮的輕佻子弟。鄉曲，窮鄉僻壤。儇子，聰明卻輕佻之人；儇，讀作「宣」。

105 紝織：讀作「認知」，紡紗織布。

106 蒼頭：古代僕役以接近黑色的頭巾包頭，後泛指僕人。

107 爇：讀作「若」或「熱」，燒也。

108 圉人：本指負責養馬的官員，後指馬夫或養馬的人；圉，讀作「與」。挽轡：拉著韁繩；轡，讀作「佩」，韁繩。

109 洗腆：把器皿洗乾淨，以盛裝酒食。腆，讀作「舔」，豐盛、豐厚之意。

110 夙退：早退，提早離開。

111 要遮：讀作「妖遮」，阻攔。

112 啣：此指懷恨在心。

113 酲解：酒醒。酲，讀作「程」，醉酒。

114 膩然：滑潤貌。

115 紲絆：讀作「謝半」，擋腿絆腳。

116 蹴：讀作「促」，踢。

117 殭：通「僵」，僵硬。
118 府尹：知府。
119 搒掠：嚴刑拷打。搒，讀作「彭」。
120 誣服：無辜被迫承認有罪。
121 刑憲：刑罰。
122 咨惋：哀聲歎氣。
123 遽：就、遂。
124 及笄：滿十五歲：古代女子年滿十五歲即束髮、使用髮簪，代表成年，可婚配。笄，讀作「基」，盤髮用的簪子。
125 群小：指一般婢妾。
126 秋決有日：秋季處決囚犯之日將要到來。決，處死。
127 皇皇：同「惶惶」，心神不寧的樣子。
128 於邑：讀作「屋義」，指嗚咽哭泣。
129 晡：讀作「步」的一聲，下午三點到五點這段時間。
130 屏語：讀作「餅語」，避開旁人，私下談話。
131 忍：狠心。
132 平陽：古代府名，轄令山西省臨汾等十縣。觀察：唐、宋諸道設觀察使，明清稱各道道員為「觀察」。
133 鞫：讀作「局」，審問、審判。
134 閨中人：指妻子。
135 燕都：北京。
136 宮闈：深宮。
137 御溝：流經皇宮內的河流或排水溝。
138 今上：指明武宗朱厚照。幸：古代皇帝前往某處叫「幸」或「臨幸」。大同：古代府名，今山西省大同市。
139 流妓：營業場所不定之娼妓。
140 句闌：也作「勾欄」。宋、元時代的劇場或賣藝場所，後來多用以指稱妓院。
141 鬻：讀作「玉」，賣。
142 顛末：事件始末。
143 華膴：華麗的衣飾住宅、肥美豐盛的食物，形容富裕的生活。膴，讀作「舞」。
144 淚背雙熒：眼眶泛著淚光。背，眼眶。熒，讀作「迎」，微弱光影閃動的樣子。
145 酸衷：苦衷，辛酸苦楚。
146 愬：通「訴」，訴說。
147 鳩盤：梵文「鳩荼」的省稱，也譯作甕形鬼、冬瓜鬼，一種食人精氣的餓鬼，常用以形容極為醜陋的婦人。
148 羸臥閨闥：讀作「雷臥歸踏」，身子瘦弱的躺在閨房中。閨闥，閨房，此處解作內室。
149 巫醫：指以畫符、唸咒、施術等非正統醫術手法驅除鬼神作祟，幫人治病之人。此處指治療。
150 溘逝：忽然死去。溘，讀作「克」，倏忽、突然。
151 悲怛：悲傷、悲痛。怛，讀作「達」。
152 比歲不登：連年歉收。
153 陬：讀作「鄒」，角落。
154 豉：讀作「尺」，將黃豆、黑豆泡透蒸熟或煮熟，經發酵而製成的食品。
155 太華：華山的別名，位於陝西省華陰縣渭河盆地南，為五嶽中的西嶽（另外四嶽為：中嶽嵩山、東嶽泰山、南嶽衡山、北嶽恆山）。
156 蹇：讀作「簡」，此指驢子。
157 不韙：讀作「尾」，過失、不是。此指對人言詞輕薄、無禮不敬。
158 言寃則已迂：再辯解則顯得過分、不合事理，意指確有其事。
159 不與：毫無關係。
160 囹圄：讀作「玲雨」，牢獄。此指牢籠。

正德年間，直隸廣平府有位馮姓書生，年少時行爲輕浮，酗酒無度。有天清晨偶然外出，遇到一名相貌姣好、身穿紅色披肩的少女。她帶著一名小丫鬟，踩著露水趕路，鞋襪都沾濕了。馮生心中暗自喜歡她。傍晚，他喝醉酒歸家，見一女子從路旁荒廢已久的寺廟走出，竟是早上那位美女。女子見馮生走了過來，隨即轉身入內。馮生暗忖：「美女怎麼會在禪院裡？」便將驢子繫在寺門口，走進去看看有何不對勁之處。只見裡面斷牆七零八落，臺階上布滿了小草。正四處徘徊之際，有位頭髮斑白、衣帽整潔的老翁出來，問：「客人從何而來？」馮生說：「偶然路過古剎，想瞻仰一番。老先生爲何在此？」老翁說：「老夫我居無定所，暫時借這裡安頓家眷。既然承蒙您大駕光臨，我以粗茶代酒招待貴客。」便領客人入內。

只見大殿後方有一院子，石頭路面很光滑，不再長著雜草。進了屋子，見簾幔床帳，香氣襲人。雙方坐下來自我介紹。老翁說：「鄙人姓辛。」馮生趁醉，直接問道：「聽聞令嬡還未婚配，在下不才，願自己爲媒。」辛翁笑道：「請讓我和內人商量一下。」馮生當即索要紙筆題詩，云：「千金覓玉杵，殷勤手自將。雲英如有意，親為擣玄霜。」辛翁笑著把詩文交給僕人收妥。不久，有位婢女對辛翁耳語，辛翁起身，請客人稍坐，繼而掀開簾幕入內。隱約聽見他說了幾句話，很快即步出，馮生心想必有佳音，但辛翁只是坐著與他閒聊，不再提及此事。馮生忍不住，問道：「在下尚未得到答覆，請您解開我內心疑問。」辛翁說：「閣下超凡出眾，老叟仰慕已久，只是老身有苦衷，遲遲不敢明言。」馮生堅持要他說清楚。辛翁說：「我有十九個女兒，已出嫁的有十二人。婚事由內人拿主意，老夫一向不過問。」馮生說：「小生只要今早帶著小丫鬟踏露而行的那位小姐。」辛翁不應，兩相沉默。聽聞房內傳來女子嚶嚶細語聲，馮生趁醉掀開簾子，說：「既不能成爲夫妻，應該讓在下看看本人，以消解遺憾。」裡面的人聽到簾鉤響動的聲音，紛紛站立，驚愕得面面相覷。果見那名寬衣大袖、髮鬟傾側的紅衣女子，站在那兒手足無措搓捻著衣帶。見馮生進來，房裡的人無不驚慌失措。辛翁大怒，命幾個人將馮生拉出去。馮生酒力越加發作，一頭倒在雜草叢間睡下。瓦片石塊紛紛砸落如雨，幸未打中他。

馮生躺了一段時間，聽見驢子還在路邊吃草，便起身騎上驢子，踉蹌的往前行走。夜色迷離，他誤入一個澗谷，狼到處奔跑，貓頭鷹叫聲此起彼落，令人毛骨悚然。他躊躇著四處張望，不知身在何方。遠遠望見前方樹林中燈火一明一滅，想必是座村落，便朝那裡奔馳而去。到了那裡，見有幢宏偉建築，便用鞭子敲門。裡頭的人問：「哪裡來的公子，半夜至此？」馮生說自己迷了路。詢問的人說：「待我回稟主人。」馮生恭謹的等待。忽聽見下門開門的聲音，有個健壯的僕人走出，替客人牽驢。馮生入內，見房間布置得很華麗，廳上有人張羅著點燈。坐了一會，有婦人出來，詢問客人姓名，馮生如實以告。不久，幾個丫鬟攙扶著一位老婦走出，說：「郡君到了。」馮生起身，躬身想朝她跪拜。老婦制止，請他坐下，對他說：「你可是馮雲子的孫子？」馮生答：「正是。」老婦說：「那你算是我的外孫。老身風燭殘年，行將就木，親人之間，甚少來往。」馮生說：「孩兒年幼喪父，與祖父往來的親友識得不多，從未拜見過您，還請詳細告知。」老婦說：「以後你自然知曉。」馮生不敢再問，在老婦面前坐著，猜想她的身分。老婦問：「你爲何深夜來此？」馮生素來以膽量自誇，便將自己遭遇的事和盤托出。老婦笑道：「這是天大的喜事。況且你是個秀才，和你結親不會玷污女方門風，這野狐狸精怎能自抬身價？你別擔心，我能幫你娶到牠。」馮生連連點頭稱謝。老婦看著侍女，說：「我倒不知道辛家女兒生得如此標致！」侍女說：「牠有十九個女兒，都各有風韻，不知官人要娶的是排行第幾？」馮生說：「大約十五歲。」侍女說：「那是十四娘。三月的時候，牠曾和母親一起給郡君祝壽，您怎麼給忘了呢？」老婦笑道：「是不是在高跟鞋上雕刻蓮花，裡面塡滿香料，還蒙著薄紗走路的那個？」侍女說：「就是牠。」老婦說：「這丫頭心思靈巧，很懂得弄些小花樣引人注意。可牠還眞是個美人胚子，孫兒眼光眞不錯。」立即吩咐丫鬟：「你差小貍奴去把牠叫來。」侍女答應後離開。

片刻後，侍女進來稟告：「已將辛家十四娘傳喚至此。」接著，便見那名紅衣女子朝老婦俯身跪拜。老婦拉牠起身，說：「你以後就是我孫媳婦了，不用再行丫鬟禮節。」十四娘起身，風姿卓絕的站在一旁，紅袖低垂。老婦爲牠整理鬢髮，捻一捻牠的耳環，說：「十四娘最近都在做些什麼？」十四娘低聲回覆：「閒來無事，只是挑花刺繡。」回頭看見馮生，顯得羞怯不安。老婦說：「這是我外孫。他一門心思想與你結爲夫妻，爲何讓他迷路，整晚在溪谷亂竄？」十四娘低頭無語。老婦說：「我叫你來，不爲別的事，是想爲我孫兒做媒。」十四娘依然默不作聲。老婦命人打掃床鋪，鋪好被褥，要他們今晚洞房。十四娘害羞的說：「還需回稟父母。」老婦說：「有我替你做媒，難道會有何差錯？」十四娘說：「郡君之命，家父家母自然不敢不遵，但如此草率，奴婢就算是死，也不敢從命！」老婦笑道：「你這小女子意志堅定非他人可左右，眞不愧是我外孫媳婦啊！」便拔下十四娘頭上一朵金花，交給馮生收好，做爲定情之物。命返家翻看曆書，挑選黃道吉日成親，隨即派遣侍女送牠離去。聽聞遠方雞啼，派人牽驢送馮生出去。馮生走出幾步，忽一回頭，村舍已經消失，只見到松樹濃密漆黑，以及覆蓋在蓬草下的墳墓而已。定神下來回想了好一會，這才恍然大悟此處是薛尚書的墳墓。已故的薛尚書是祖母的弟弟，既是舅公，無怪老婦稱自己爲外孫。他心知遇到鬼，卻不知十四娘是何方神聖。慨歎了一番歸家，隨意翻檢著曆書等待消息，只憂心鬼的約定靠不住。再前往寺廟，只看到一座荒涼的建築。問附近居民，則聽聞有人經常在寺中看到狐狸。馮生心中暗忖：「若能娶到美人，即使是狐妖也能接受。」到了吉日，屋裡屋外打掃一遍，再派僕人輪流眺望，到了半夜還是沒有消息，馮生已不抱任何希望。不久，門外傳來喧鬧聲，馮生急忙趿著鞋子跑出來看，發現花轎已在院中，兩名丫鬟攙著十四娘到新房坐下。嫁妝也沒什麼値錢的東西，只有兩個長鬚的僕人扛著一撲滿，大得像甕，置於廳堂角落。馮生娶到貌美妻子高興得很，不在乎牠是異類。他問十四娘：「郡君不過是隻鬼，你們家爲什麼對它如此俯首貼耳？」十四娘說：「薛尚書如今官拜五都巡環使，方圓數百里的鬼狐都歸它管，所以很少回墳墓。」馮生並未忘記媒人恩德，第二天即前往墳墓祭拜。回家後，見兩名丫鬟拿著貝錦做爲賀禮，放於桌上後離去。馮生將此事告訴十四娘，牠說：「這是郡君送的東西。」

城裡有位通政使楚大人，兒子年少時和馮生是同學，兩人過從甚密。楚公子聽說馮生娶狐妻，補送了一份賀禮，便到馮生家喝酒。過幾日，又送來請帖，請馮生到自宅飲酒。十四娘聽聞此事，對馮生說：「那天，楚公子來，我從內室透過牆壁縫隙觀察他，此人生得猿猴眼、鷹勾鼻，不可長久往來。今日別去赴宴了。」馮生答應，未至。第二天，楚公子登門拜訪，責怪馮生失約，把剛寫就的詩稿拿給他看。馮生批評、嘲笑之，楚公子羞慚，兩人不歡而散。馮生回到內室，笑著對十四娘說起剛才之事。十四娘面色凝重的說：「楚公子是匹豺狼，不可與他交往過密！你不聽我的話，災禍就在眼前了！」馮生笑著向十四娘賠罪。後來，他盡量拍楚公子馬屁，說些奉承話語，漸釋前嫌。適逢歲考，楚公子考了第一，馮生第二。楚公子沾沾自喜，派家丁來請馮生喝酒。馮生推辭，楚公子不斷的邀約，這才前去。到了才知，這天原是楚公子生辰，賓客和隨從滿堂，筵席非常豐盛。公子拿試卷給馮生看，親友爭相擠著要看並喝彩。酒過三巡，大廳奏起音樂，樂聲悠揚，賓主盡歡。楚公子忽對馮生說：「俗語說：『考場中莫論文章高低。』我現在才知此言有誤。小生名次之所以能比兄臺高，只是因爲破題幾句勝你一籌。」楚公子說完，滿座嘖嘖稱讚。馮生醉酒，吞不下這口氣，大笑道：「老兄，你到現在還以爲自己全憑文章考到第一嗎？」語畢，滿座賓客目瞪口呆。楚公子羞怒交加，氣得說不出話來。客人漸漸離開，馮生也歸家。酒醒後很是後悔，將此事告知十四娘。十四娘不悅的說：「你還眞是個言行輕浮、沒見過世面的鄉巴佬！拿輕薄舉止對待君子，會敗壞自己品德；拿來對待小人，就會帶來殺身之禍。你將要大禍臨頭了！我不忍見你落魄，我們就此作別。」馮生怕牠眞要走，便哭著挽留，說自己很後悔。十四娘說：「如若要我留下，你就和我做個約定：從今往後，閉門不出，謝絕訪客，別喝醉酒。」馮生聽牠的話，並答應照做。

十四娘爲人勤快儉樸，每日工作是織布。有時回娘家，但不曾過夜留宿。又經常拿錢財做些小買賣。每日有多餘的錢，便存進撲滿。每日關閉門戶；有訪客至，便命老僕辭謝。有天，楚公子送來請帖，十四娘燒了它不讓馮生知道。第二天，馮生至城外弔喪，正好在喪家處遇見楚公子，公子拉著馮生手臂，硬要他到自家作客。馮生藉口有事推辭，楚公子便命僕人拉著馮生馬匹的轡頭，又拉又推的將他請到家裡。到了楚府，公子立刻命人準備酒菜。馮生接著又說想早點回家，楚公子百般阻攔，又讓家妓出來彈箏取樂。馮生素來豪放不羈，又一直被關在家中，頗覺煩悶；突然間有機會暢飲，興致更高，便不再將十四娘的叮囑放在心上，於是喝得酩酊大醉，醉臥席間。楚公子之妻阮氏向來善妒，丫鬟與小妾全都不敢施脂粉裝扮自己。前一日，有個丫鬟到楚公子書齋與之偷情，被阮氏捉個正著，用棍子打她的頭，當場頭破而亡。楚公子因馮生曾經嘲諷自己，懷恨在心，每日都想著要報復，便計畫灌醉他，誣陷他殺了那名丫鬟。又趁馮生喝醉睡著時，將屍體扛到床邊，關上門後離去。天將亮時，馮生酒醒，這才發覺自己睡在桌子上。起身想到床上睡，忽覺有個軟軟的物事絆住自己，伸手一摸，原來是個人。他以爲這是主人派來伴睡的僕人，踢了踢，卻僵硬不動。馮生大驚，走出門外大聲呼喊。僕役全都起來，點燈一照，看見屍首，抓住馮生，雙方爭吵不休。楚公子出來勘驗，誣陷馮生逼姦未遂、殺了丫鬟，將他綁起送往廣平衙門。十四娘直到隔天才知道這件事，流著淚說：「我早知道會發生今天這樣的事！」便每日送錢給馮生。馮生見到知府，提不出有力證據爲自己辯白，早晚都遭一頓毒打，被打得皮開肉綻。十四娘親往探監詢問，馮生見到牠，悲憤之氣堵在胸口，說不出話來。十四娘知道對方這道陷阱設得很深，勸夫君招認，以免皮肉受苦。馮生哭著照做。

十四娘從家裡到牢房一來一回，旁人即便近在咫尺也看不見牠。回家後感嘆一番，便將狐婢派出辦事。獨個兒住了幾天光景，又託媒婆買了個清白人家的女兒，名喚祿兒，十五歲年紀，長得很漂亮；十四娘與她一起生活，相較於一般下人，對她特別疼愛。馮生招認誤殺，被判絞刑。老僕探知此消息，回來稟告，難過得泣不成聲。十四娘聽了，表現得很平靜，似不在意。接著秋天行刑之日將要來到，十四娘這才惶惶不安，四處奔波，早出晚歸，腳不停歇。經常在無人之處傷心悲泣，食不下嚥。有天，日落黃昏之時，狐婢忽然回來。十四娘立刻起身，拉牠到一旁竊竊私語。出來時笑容滿面，打理起家務來像沒事似的。第二天，老僕前往探監，馮生要他帶話讓十四娘前來訣別。老僕回家後轉述，十四娘隨口答應，也不悲傷難過，未將此事放在心上。家中僕人私下批評牠太過狠心。忽然，大街上眾人傳得沸沸揚揚，說是通政使楚大人被撤職，平陽府觀察大人奉皇命特來審理這樁案件。老僕聽了很高興，回家稟告十四娘，牠聽了之後也很高興，立即派人到衙門打探。而馮生已出獄，主僕相見，悲喜交加。不久，楚公子被逮捕帶到衙門，一問訊，便供出全部實情。馮生當堂釋放，回家後見到十四娘，淚流滿面。十四娘也心裡難過，悲傷之後轉為高興。馮生仍不明白皇帝如何知曉此事，十四娘笑指狐婢說道：「這位是你的功臣啊！」馮生驚訝的問起緣由。原來先前，十四娘派狐婢前往北京進宮為馮生伸冤。到了那兒，才發現宮中有神明守護，狐婢在護城河附近徘徊了幾個月都無法可入。擔心誤事，正想先回家再想辦法，忽聞皇上將巡幸大同，便先一步前往那裡，假扮成外地來的妓女。皇帝來到妓院，狐婢極受寵愛。皇帝疑心牠不似風塵女子，狐婢便哭泣流淚。皇帝問：「你有什麼冤屈？」狐婢答：「民女原廣平人氏，是秀才馮某之女。家父含冤坐牢將被處斬，把我賣到妓院。」皇帝面露悲戚，賞賜黃金百兩。臨走之際，詳細詢問事情經過，用紙筆記錄下姓名；還說想帶牠回宮中共享富貴。狐婢說：「民女只願父女團聚，不奢求錦衣玉食、榮華富貴。」皇帝點了點頭便離去。狐婢將事情經過告訴馮生，馮生忙起身拜謝，淚流滿面。

過了不久，十四娘忽對馮生說：「如果不是因爲與你的情緣，哪裡會有如此多的煩惱？你被收押在監時，我在親戚之間奔走求助，無一人願意幫忙出主意。那時的酸楚，眞是難以言表。如今，越來越厭倦凡塵俗世。我已爲

你尋到一名佳偶，我們就此別過。」馮生聽了，趴在地上哭著不起，十四娘才未離去。夜裡，牠讓祿兒侍寢，馮生拒不接受。到了早上，一看十四娘，容光一時間失色不少；又過了一個多月，牠逐漸衰老；半年後，容貌又黑又醜，像個鄉下老太婆；然馮生敬重牠，一如既往。十四娘忽說要離開，並說：「你有美女為伴，還要我這個醜八怪做什麼？」馮生哭得像從前要牠留下那樣。又過了一個月，十四娘突染重病，不吃不喝，身子羸弱的躺在臥室裡。馮生侍奉湯藥如奉雙親。延請巫醫診治，藥石罔效，最終過世。馮生悲傷欲絕，便用皇帝賞賜狐婢的錢，為十四娘操辦喪事。幾天後，狐婢也離去，馮生於是娶祿兒為妻。一年後，生了一個兒子，卻連年歉收，家境每況愈下。夫妻無計可施，只能對影長嘆。忽想起大廳角落有個撲滿，過去常見十四娘朝裡投錢，不知是否還在。走近一看，發現撲滿四周醬缸鹽罐擺放得到處都是。馮生逐一搬開，用筷子往撲滿裡插探，物事太硬，插不進去；便將撲滿打碎，錢散落滿地。從此，家中變得極為富裕。後來，老僕前往太華山，遇見了十四娘，見牠騎著一頭青色騾子，狐婢則騎驢跟隨在後。十四娘問：「馮郎可好？」並說：「請代我向你家主人致意，我已名列仙班。」說完即不見蹤影。

記下奇聞異事的作者如是說：「輕薄之言，多出自讀書人之口，這一點令君子深為忌憚又甚感惋惜。我也曾有過『尖酸刻薄』的惡名，對此要想辯解喊冤就太過分、不合事理了，於是我無時無刻不勤勉自勵，努力成為正人君子；不過這可談不上什麼禍福報應。像馮生這樣的人，因為小小的一句話，幾乎遭殺身之禍，如若不是家中有位狐仙，又怎能從監獄脫身，繼續活存於世呢？這光景真是可怕啊！」

土地夫人

寓橋[1]王炳者，出村，見土地神祠中出一美人，顧盼甚殷。挑以褻語[2]，懽[3]然樂受。狎昵[4]無所，遂期夜奔。炳因告以居止。至夜，果至，極相悅愛。問其姓名，固不以告。由此往來不絕。時炳與妻共榻，美人亦必來與交[5]，妻竟不覺其有人。炳訝問之。美人曰：「我土地夫人也。」炳大駭，亟欲絕之，而百計不能阻。因循半載，病憊不起。美人來更頻，家人都能見之。未幾，炳果卒。美人猶日一至。炳妻叱之曰：「淫鬼不自羞！人已死矣，復來何爲？」美人遂去，不返。

土地雖小，亦神也，豈有任婦自奔者？憒憒[6]應不至此。不知何物淫昏，遂使千古下謂此村有污賤不謹之神。冤矣哉！

1 寓橋：山東淄川境內東北的一個村子。寓，讀作「吊」，遠。
2 褻語：調情、輕浮的話語。
3 懽：同今「歡」字，是歡的異體字。
4 狎昵：讀作「霞逆」，親密。此處指親熱，男女交歡之意。
5 交：此指男女性交。
6 憒憒：讀作「愧愧」，糊塗、懵懂。

山東淄川鴬橋村有個人叫王炳，有天走到村外時，看見土地廟裡走出一位美人，他一直盯著人家瞧，拿輕浮話語挑逗，美人很高興的接受了。兩人沒有地方可親熱，便約定夜晚相會，王炳告知自己居所位置。到了晚上，美人果至，兩人親密無間，互相喜愛。王炳問她名姓，她不肯說，從此兩人往來不絕。有時，王炳與妻子同床而眠，美人也來和他交歡，可妻子卻感覺不到身邊多了個人。王炳驚訝相詢，美人答：「我是土地夫人。」王炳大驚，想與之斷絕來往，千方百計毫無辦法。過了半年，王炳病得臥床不起，美人來得更加頻繁，家人都能看得見它。不久，王炳果然死了，美人仍日日都來，王妻罵它：「你這不知羞恥的淫鬼，人都死了，你還來做什麼？」美人便離開，不再回來。

記下奇聞異事的作者如是說：「土地公雖是個小神，終歸是神明，怎可能放任自己妻子與他人幽會？祂再糊塗也不至於如此。不知那位美女是何方淫亂妖怪，才使後世之人以爲這座村莊出了這樣一位汙穢不檢點的神，眞是冤枉啊！」

念秧

異史氏曰：人情鬼蜮[1]，所在皆然，南北衝衢[2]，其害尤烈。如強弓怒馬，禦人於國門之外[3]者，夫人而知之矣；或有劙囊刺橐[4]，攫[5]貨於市，行人回首，財貨已空，此非鬼蜮之尤者耶？乃又有萍水相逢，甘言如醴[6]，其來也漸，其入也深。悞認傾蓋之交，遂罹喪資之禍。隨機設阱，情狀不一；俗以其言辭浸潤[7]，名曰「念秧」[8]。今北途多有之，遭其害者尤衆。

余鄉王子巽者，邑諸生[9]。有族先生[10]，在都爲旗籍太史[11]，將往探訊。治裝北上，出濟南，行數里，有一人跨黑衛[12]，馳與同行。時以閒語相引，王頗與問答。其人自言：「張姓，爲棲霞隸，被令公[13]差赴都。」稱謂撝卑[14]，祗奉[15]殷勤。相從數十里，約以同宿。王在前，則策蹇[16]追及；在後，則止候道左。僕疑之，因厲色拒去，不使相從。張頗自慚，揮鞭遂去。既暮，休於旅舍，偶步門庭，則見張就外舍飲。方驚疑間，張望見王，垂手拱立[17]，謙若廝僕，稍稍問訊。王亦以汎汎[18]適相值，不爲疑，然王僕終夜戒備之。雞既唱，張來呼與同行。僕咄絕之，乃去。

朝暾[19]已上，王始就道。行半日許，前一人跨白衛，年四十已來，衣帽整潔；垂首蹇分，眊寐欲墮。或先之，或後之，因循[20]十數里。王怪問：「夜何作，致迷頓[21]乃爾？」其人聞之，猛然欠伸，言：「我清苑[22]人，許姓。臨淄令高檠[23]是我中表[24]。家兄設帳[25]於官署，我往探省，少獲餽貽。今夜旅舍，悟同念秧者宿，驚惕不敢交睫，遂致白晝迷悶。」王故問：「念秧何說？」許曰：「君客時少，未知險許。今有匪類，以甘言誘行旅，夤緣[26]與同休止，因而乘機騙賺[27]。昨有葭莩[28]親，以此喪資斧[29]。吾等皆宜警備。」王頷之。先是，臨淄宰與王有舊，王曾入其幕，識其門客，果有許姓，遂不復疑。因道溫涼[30]，兼詢其兄況。許約暮共主人[31]，王諾之。僕終疑其僞，陰與主人謀，遲留不進，相失[32]，遂杳。

翼日，日卓午[33]，又遇一少年，年可十六七，騎健騾，冠服秀整，貌甚都[34]。同行久之，未嘗交一言。日既西，少年忽言曰：「前去曲律店[35]不遠矣。」王微應之。少年因咨嗟欷歔，如不自勝[36]。王略致詰[37]問。少年歎曰：「僕江南金姓。三年膏火[38]，冀博一第，不圖竟落孫山！家兄爲部中主政[39]，遂載細小[40]來，冀得排遣。生平不習跋涉，撲面塵沙，使人薅惱[41]。」因取紅巾拭面，歎咤不已。聽其語，操南音，嬌婉若女子。王心好之，稍稍慰藉。少年曰：「適先馳出，眷口久望不來，何僕輩亦無至者？日已將暮，奈何！」遲留瞻望，行甚緩。王遂先驅，相去漸遠。

晚投旅邸，既入舍，則壁下一牀，先有客解裝其上。王問主人。即有一人入，攜之而出，曰：「但請安置，當即移他所。」王視之，則許也。王止與同舍，許遂止。因與坐談。少間，又有攜裝入者，見王、許在舍，返身遽[42]出，曰：「已有客在。」王審視，則途中少年也。王未言，許急起曳留之，少年遂坐。許乃展問邦族[43]，少年又以途中言爲許告。俄頃，解囊出貲[44]，堆纍頗重；秤兩餘，付主人，囑治殽[45]酒，以供夜話。二人爭勸止之，卒不聽。俄而酒炙並陳。筵間，少年論文甚風雅。王問江南闈[46]中題，少年悉告之。且自誦其承破[47]，及篇中得意之句，言已，意甚不平。共扼腕之。少年又以家口相失，夜無僕役，患不解牧圉[48]。王因命僕代攝莝豆[49]。少年深感謝。

居無何，忽蹴然[50]曰：「生平蹇滯[51]，出門亦無好況。昨夜逆旅[52]，與惡人居，擲骰叫呼，聒耳沸心[53]，使人不眠。」南音呼骰爲兜，許不解，固問之。少年手摹其狀。許乃笑於囊中出色[54]一枚，曰：「是此物否？」少年諾。許乃以色爲令，相歡飲。酒既闌，許請共擲，贏一東道主[55]。王辭不解。許乃與少年相對呼盧[56]。又陰囑王曰：「君勿漏言。蠻[57]公子頗充裕，年又雛，未必深解五木訣[58]。我贏些須，明當奉屈耳。」二人乃入隔舍。旋聞轟賭甚鬧，王潛窺之，見棲霞隸亦在其中。大疑，展衾[59]自臥。又移時，眾共拉王賭。王堅辭不解。許願代辨梟雉[60]，王又不肯。遂強代王擲。少間，就榻報王曰：「汝贏幾籌矣。」王睡夢應之。

忽數人排闥[61]而入，番語啁嗻[62]。首者言佟姓，爲旗下[63]邏捉賭者。時賭禁甚嚴，各大惶恐。佟大聲嚇王，王亦以太史旗號相抵[64]。佟怒解，與王敘同籍，笑請復博爲戲。眾果復賭，佟亦賭。王謂許曰：「勝負我不預聞[65]。但願睡，無相溷[66]。」許不聽，仍往來報之。既散局，各計籌馬[67]，王負欠頗多。佟遂搜王裝橐取償。王憤起相爭。金捉王臂陰告曰：「彼都匪人，其情叵測。我輩乃文字交，無不相顧。適局中我贏得如干數，可相抵；此當取償許君者，今請易[68]之：便令許償佟，君償我。弗過暫掩人耳目，過此仍以相還。終不然，以道義之友，遂實取君償耶？」王故長厚，亦遂信之。少年出，以相易之謀告佟。乃對眾發[69]王裝物，估入己橐。佟乃轉索許、張而去。

少年遂襆被[70]來，與王連枕，衾褥皆精美。王亦招僕人臥榻上，各默然安枕。久之，少年故作轉側，以下體[71]暱就僕。僕移身避之，少年又近就之。膚著股際，滑膩如脂。僕心動，試與狎[72]；而少年殷勤甚至，衾息鳴動。王頗聞之；雖甚駭怪，而終不疑其有他也。昧爽[73]，少年即起，促與早行。且云：「君蹇疲殆，夜所寄物，前途請相授耳。」王尚無言，少年已加裝登騎。王不得已，從之。騾行駛，去漸遠。王料其前途相待，初不爲意。因以夜間所聞問僕，僕實告之。王始驚曰：「今被念秧者騙矣！焉有宦室名士，而毛遂於圉僕[74]者？」又轉念其談詞風雅，非念秧者所能。急追數十里，蹤跡殊杳。始悟張、許、佟皆其一黨，一局不行，又易一局，務求其必入也。償債易裝，已伏一圖賴之機；設其攜裝之計不行，亦必執前說篡奪[75]而去。爲數十金，委綴[76]數百里；恐僕發其事，而以身交驩[77]之，其術亦苦矣。

後數年，而有吳生之事。

邑[78]有吳生，字安仁。三十喪偶，獨宿空齋。有秀才來與談，遂相知悅。從一小奴，名鬼頭，亦與吳僮報兒善。久而知其爲狐。吳遠遊，必與俱。同室之中，人不能睹。吳客都[79]中，將旋里，聞王生遭念秧之禍，因戒僮警備。狐笑言：「勿須，此行無不利。」至涿[80]，一人繫馬坐煙肆[81]，裘服濟楚[82]。見吳過，亦起，超乘[83]從之。漸與吳語，自言：「山東黃姓，提堂戶部[84]。將東歸，且喜同途不孤寂。」於是吳止亦止；每共食，必代吳償直[85]。吳陽感而陰疑之。私以問狐，狐但言：「不妨。」吳意乃釋。及晚，同尋寓所，先有美少年坐其中。黃入，與拱手爲禮。喜問少年：「何時離都？」答云：「昨日。」黃遂拉與共寓。向吳曰：「此史郎，我中表弟，亦文士，可佐君子談騷雅[86]，夜話當不寥落。」乃出金貲，治具共飲。少年風流蘊藉，遂與吳大相愛悅。飲間，輒目示吳作觴弊[87]，罰黃，強使釂[88]，鼓掌作笑。吳益悅之。

既而史與黃謀博賭，共牽吳，遂各出橐金爲質。狐囑報兒暗鎖板扉[89]，囑吳曰：「倘聞人喧，但寐無吪[90]◆。」吳諾。吳每擲，小注則輸，大注輒贏。更餘，計得二百金。史、黃錯囊垂罄[91]，議質其馬。

忽聞撾[92]門聲甚厲，吳急起，投色於火，蒙被假臥。久之，聞主人覓鑰不得，破扃[93]起關，有數人洶洶入，搜捉博者。史、黃並言無有。一人竟捋吳被，指爲賭者。吳叱咄之。數人強檢吳裝。方不能與之撐拒，忽聞門外輿馬呵殿[94]聲。吳急出鳴呼，眾始懼，曳入之，但求勿聲。吳乃從容苞苴[95]付主人。鹵簿[96]既遠，眾乃出門去。黃與史共作驚喜狀，取次覓寢。黃命史與吳同榻。吳以腰橐置枕頭，方命被而睡。無何，史啓吳衾，裸體入懷，小語曰：「愛兄磊落，願從交好。」吳心知其詐，然計亦良得，遂相偎抱。史極力周奉，不料吳固偉男[97]，大爲鑿枘[98]，嚬呻[99]殆不可任，竊竊哀免。吳固求訖事。手捫[101]之，血流漂杵矣。乃釋令歸。及明，史憊不能起，託言暴病，但請吳、黃先發。吳臨別，贈金爲藥餌之費。途中語狐，乃知夜來鹵簿，皆狐爲也。

黃於途，益諂事吳。暮復同舍，斗室甚隘，僅容一榻，頗煖[101]潔，而吳狹之。黃曰：「此臥兩人則隘，君自臥則寬，何妨？」食已徑去。吳亦喜獨宿可接狐友。坐良久，狐不至。倏聞壁上小扉，有指彈聲。吳拔關[102]探視，一少女豔妝遽入，自扃門戶，向吳展笑，佳麗如仙。吳喜致研詰，則主人之子婦也。遂與狎，大相愛悅。女忽潸然泣下。吳驚問之。女曰：「不敢隱匿，妾實主人遣以餌君者。曩[103]時入室，即被掩執；不知今宵何久不至？」又嗚咽曰：「妾良家女，情所不甘。今已傾心於君，乞垂拔救！」吳聞，駭懼，計無所出，但遣速去。女惟俛首[104]泣。忽聞黃與主人捶闥鼎沸。但聞黃曰：「我一路祇奉，謂汝爲人，何遂誘我弟室！」吳懼，逼女令去。聞壁扉外亦有騰擊聲。吳倉卒汗如流瀋[105]，女亦伏泣。又聞有人勸止主人。主人不聽，推門愈急。勸者曰：「請問主人意將胡爲？如欲殺耶？有我等客數輩，必不坐視兇暴。如兩人中有一逃者，抵罪安所辭？如欲質之公庭耶？帷薄不修[106]，適以取辱。

且爾宿行旅，明明陷詐，安保女子無異言？」主人張目[107]不能語。吳聞，竊感佩，而不知其誰。

初，肆[108]門將閉，即有秀才共一僕，來就外舍宿。攜有香醞[109]，遍酌同舍，勸黃及主人尤殷。兩人辭欲起。秀才牽裾[110]，苦不令去。後乘間得遁，操杖奔吳所。秀才聞喧，始入勸解。吳伏窗窺之，則狐友也。心竊喜。又見主人意稍奪，乃大言以恐之。又謂女子：「何默不一言？」女啼曰：「恨不如人，爲人驅役賤務！」主人聞之，面如死灰。秀才叱罵曰：「爾輩禽獸之情，亦已畢露。此客子所共憤者！」黃及主人，皆釋刀杖，長跽[111]而請。吳亦啓户出，頓大怒詈[112]。秀才又勸止吳，兩始和解。女子又啼，寧死不歸。內奔出嫗婢，捽[113]女令入。女子臥地哭益哀。秀才勸主人重價貨吳生。主人俛首曰：「作老娘三十年，今日倒綳孩兒[114]，亦復何說！」遂依秀才言。吳固不肯破重貲；秀才調停主客間，議定五十金。人財交付後，晨鐘已動，乃共促裝，載女子以行。

女未經鞍馬，馳驅頗殆。午間稍休憩。將行，喚報兒，不知所往。日已西斜，尚無迹[115]響，頗懷疑訝，遂以問狐。狐曰：「無憂，將自至矣。」星月已出，報兒始至。吳詰之。報兒笑曰：「公子以五十金肥奸儈[116]，竊所不平。適與鬼頭計，反身索得。」遂以金置几上。吳驚問其故，蓋鬼頭知女止一兄，遠出十餘年不返，遂幻化作其兄狀，使報兒冒弟行，入門索姊妹。主人惶恐，詭託病殂[117]。二僮欲質官。主人益懼，啗[118]之以金，漸增至四十，二僮乃行。報兒具述其故。吳即賜之。

吳歸，琴瑟綦[119]篤。家益富。細詰女子，曩美少即其夫，蓋史即金也。襲一槲紬帔[120]，云是得之山東王姓者。蓋其黨與[121]甚眾，逆旅主人，皆其一類。何意吳生所遇，即王子巽連天叫苦之人，不亦快哉！旨[122]哉古言：「騎者善墮[123]。」

念秧
裘馬輝煌動覬覦
客途萍聚夜呼盧
囊金盡入他人橐
贏得便宜是僕夫

1人情鬼蜮：形容人心險惡。蜮，讀作「育」，一種傳說中會害人的水中毒蟲，形狀似鱉，能含沙射人。
2衢：讀作「渠」，通達四方的大路。
3禦人於國門之外：在郊外搶奪他人財物。禦，打劫錢財。國門，城門。
4劙囊刺橐：讀作「離囊刺陀」，割破行囊。劙，割、劃。橐，袋子。
5攫：讀作「決」，用爪子抓取。此指掠奪。
6醴：讀作「裡」，甜酒。
7浸潤：原指東西被水浸泡過濕潤。此指裝熟、討好。
8念秧：設圈套布局，騙人錢財。
9邑諸生：本縣的秀才。本縣，指蒲松齡的家鄉——山東省淄川縣（古名「般陽」），即今淄博市淄川區。
10族先生：家族中的長輩。
11旗籍太史：隸籍八旗的翰林院官員。
12黑衛：黑驢。
13令公：對知縣的尊稱。
14撝卑：謙恭有禮。撝，讀作「輝」，謙虛禮讓。
15祗奉：讀作「知奉」，恭敬的推捧、巴結。
16蹇：讀作「簡」，驢子。
17拱立：兩手合握，微微彎身而站，以示恭敬。
18汎汎：也作「泛泛」，平常，普通。此指無意間。
19朝暾：早晨的陽光。暾，讀作「吞」，旭日。
20因循：相隨。
21迷頓：疲累。
22清苑：古縣名，今河北省清苑縣。
23臨淄令高檠：即臨淄知縣高檠（讀作「情」），順治三年（一六四六年）直隸清苑舉人，康熙十一年（一六七二年）任臨淄知縣。
24中表：中表兄弟。古代稱父親的姊妹（姑姑）的兒子為「外兄弟」，稱母親的兄弟姊妹（舅舅、阿姨）的兒子為「內兄弟」；外為表，內為中，合稱中表兄弟。
25設帳：開辦學堂授徒。
26夤緣：此指攀關係、拉交情。夤，讀作「銀」，攀附權貴，找門路、拉關係。
27賺：讀作「鑽石」的鑽，詐騙、哄騙。
28葭莩：讀作「家扶」，蘆葦中的薄膜，藉以比喻彼此之間較少來往的遠房親戚。
29資斧：指旅費。
30溫涼：此處指賓主寒暄。
31共主人：指住在同一間客棧。主人，客棧店主。
32失：錯過。
33卓午：正午。卓，正中。
34都：讀作「督」，美好。
35曲律店：地名，位於山東西北路德州與平原兩縣之間。
36勝：忍受、承受得了。
37詰：讀作「傑」，問。
38膏火：油火、燈火。此指刻苦讀書。
39部中主政：官職名稱，即工部主事。明清兩代在中央六部各設主事若干，主政是主事的別稱。
40細小：家小，指妻兒。
41薅惱：煩惱、不悅。薅，讀作「好」的一聲。
42遽：立刻、馬上。
43展問邦族：詢問家世與籍貫。
44貲：通「資」，指財物、錢財。

◆**馮鎮巒評點：**中插敘狐一筆，妙絕。任爾五花八門，暗中羽扇一揮，早已冰銷霧釋，顯出降魔綑妖手段。

中間穿插狐妖一段，真是絕妙。任憑他詐騙手段層出不窮，狐妖暗中出謀劃策，真相就已大白，展現狐妖懲治惡徒的方法。

45 殽：讀作「窯」，通「肴」，菜肴。
46 闈：科舉考試的考場。
47 承破：明、清科舉考試的八股文，由破題、承題、起講、入手、起股、中股、後股、東股八個部分組成。此指破題與承題。
48 圉：讀作「與」，養馬。
49 莝豆：餵牲口的草料。莝，讀作「挫」，鍘碎的草。豆，牲口草料。
50 蹴然：神情改變的樣子。蹴，讀作「促」。
51 蹇滯：讀作「簡志」，艱難受挫，做事不順利。
52 逆旅：旅館。逆，迎接。
53 沸心：吵得讓人心緒不寧。
54 色：讀作「骰」，即色子，指骰子。
55 東道主：作為主人招待或宴請客人，典出《左傳．僖公三十年》：「若舍鄭以為東道主，行李之往來，共其乏困，君亦無所害。」（春秋時，鄭大夫燭之武見秦穆公，說：如果捨去鄭國不予攻打，那麼今後秦國的使者到鄭國出使，就由鄭國作為東道的主人「鄭國位在秦國東邊」，款待秦國的使者。國君您亦無甚損失。）
56 呼盧：指擲骰子賭博時，呼叫勝采的吆喝聲（采，指骰子上顯示出贏的點數）。
57 蠻：中國古代對南方部族的稱呼。
58 五木訣：賭博的技巧。五木，此指骰子，古代稱五木骰。
59 衾：讀作「親」，被子。
60 梟雉：分別為骰子上的么點與五點。此指代他賭博。
61 排闥：推門。
62 番語啁嗻：七嘴八舌講著異族語言；異族，此應指滿語。啁嗻，讀作「潮這」。
63 旗下：隸屬旗籍。
64 相抵：抗拒、對付。
65 預聞：干預、干涉。
66 溷：讀作「混」，打擾。
67 籌馬：即籌碼。
68 易：交換。
69 發：打開，開啟。
70 襆被：整理行李。
71 下體：此指臀部。
72 狎：讀作「霞」，親近。
73 昧爽：天快亮時。
74 毛遂：即毛遂自薦。戰國時，秦兵圍攻趙國，平原君至楚求救，門下食客毛遂自薦前往，並說服楚王同意趙楚合縱。典故出自《史記．卷七六．平原君虞卿傳》。此處指主動想要私相交合。
75 篡奪：搶奪。
76 委綴：跟隨。
77 驩：同「歡」。
78 邑：此處指縣市，指蒲松齡的家鄉——山東省淄川縣（古名「般陽」），即今淄博市淄川區。
79 都：京城。
80 涿：古代州名，今河北省涿州市。
81 煙肆：販賣菸草的商店。
82 衮服濟楚：衣著光鮮亮麗。
83 超乘：跳上馬車。
84 提堂戶部：指受一省督撫委派，至戶部（今之財政部）投遞公文的專使。提堂，官職名稱，隸屬兵部。清代各省督撫會選派武職一人駐京，專司投遞該省與在京衙門往來之文報。
85 償直：付錢。
86 騷雅：分指〈離騷〉，以及《詩經》中的〈大雅〉、〈小雅〉。此處借指詩文。

87 作觴弊：在行酒令時作弊。
88 釂：讀作「叫」，一飲而盡，俗稱「乾杯」。
89 板扉：門扇。
90 吪：讀作「鵝」，行動。
91 錯囊垂罄：把錢輸光。錯囊，用金銀線交織繡成的荷包。
92 撾：讀作「抓」，敲打。
93 扃：讀作「窘」的一聲，當名詞用時，指門閂。此指門上的鎖。
94 呵殿：古代官員或權貴出行，儀衛隊前呼後擁，喝令行人讓道。
95 苞苴：讀作「包居」，指行囊。
96 鹵簿：原指古代皇帝出行時的護衛隊，後來一般官員出行的儀仗，亦稱鹵簿。
97 偉男：此指陽物巨大。
98 鑿枘：讀作「作瑞」，分別指圓形的卯眼、方形的榫頭，此為互不相合之意。
99 嚬呻：讀作「頻申」，皺著眉頭，不斷呻吟。嚬，通「顰」，不開心而皺眉。
100 捫：讀作「門」，撫摸、觸摸。
101 煖：同今「暖」字，是暖的異體字。
102 拔關：把門打開。關，門閂。
103 曩：讀作「囊」的三聲，以前、昔日之意。
104 俛首：低頭。俛，同今「俯」字，是俯的異體字。
105 瀋：讀作「審」，汁。
106 帷薄不修：比喻家庭中男女淫逸，穢亂放蕩。
107 張目：瞠目結舌。
108 肆：店鋪。此指客棧。
109 香醖：美酒。醖，讀作「韻」。
110 裾：讀作「居」，衣服背後的部分。
111 跽：讀作「季」，古代跪禮的一種，臀部不著腳跟，直身挺腰。

112 詈：讀作「立」，罵。
113 捽：讀作「卒」，拉。
114 作老娘三十年，今日倒綳孩兒：此二句話原意為，老練的產婆竟將嬰兒頭腳顛倒的裹在襁褓中。比喻原本駕輕就熟，卻出了差錯。
115 迹：蹤跡、行跡、痕跡；同今「跡」字，是跡的異體字。
116 奸傖：奸詐卑鄙的人。傖，讀作「倉」，粗俗、粗鄙。
117 病殂：亡故、辭世。殂，讀作「醋」的二聲。
118 啗：讀作「旦」，吃。此指以利益誘惑他人。
119 綦：讀作「其」，當副詞用，極、甚。
120 槲紬帔：讀作「壺籌配」，絲綢做成的披肩。槲：讀作「壺」，植物名，木質堅硬，可製作器具及枕木；葉子可飼養柞（讀作「坐」）蠶。紬：絲織品的通稱。帔：古代婦女披在肩上的無袖衣飾，即今之披肩。
121 黨與：即「黨羽」，同一個利益團體的人。
122 旨：指美好。
123 騎者善墮：擅長騎馬的人反倒容易墜馬。比喻越熟悉某技巧，越容易因大意疏忽而失敗。

記下奇聞異事的作者如是說：「人心險惡如鬼魅蜮蟲，這點走到哪裡都一樣，在南北往來的交通要道禍害尤甚。眾所周知，有那種持強弓騎烈馬、在郊外打劫商人之徒；有些則拿刀劃破行囊包裹，在街上偷人東西，待行人一回頭，財物已然丟失，這不是比鬼和蜮蟲對人的傷害更大嗎？也有那種萍水相逢卻甜言蜜語之徒，他會慢慢接近你，逐漸加深彼此情感，讓人誤以為旅途中遇上了可傾心相交的朋友，卻讓你蒙受錢財損失之禍。這類人往往根據當時情景巧設騙局，騙人手法各不相同；這類以甜言蜜語慢慢誘人上當之徒，一般俗稱為『念秧』。如今，北方這類人很多，受害者更多。」

我的同鄉王子巽是本縣秀才，他有位同宗的長輩於京城任職，是個入籍八旗的翰林院官員。他準備前往探望，整理了行囊北上。剛出濟南，走了幾里路，便有個人騎著黑驢，與他奔馳同行。此人不時說話搭訕，王子巽也與他聊了起來。那人說：「我姓張，是棲霞縣的衙役，被縣太爺派遣到京城辦事。」張某談吐謙卑，對王子巽頗為巴結，跟在他身邊走了幾十里路，後與之相約一塊兒投宿。王子巽走在前時，張某便快馬加鞭的追上來；王子巽落在後頭時，他就停在路邊等候。王子巽的僕人對張某來歷與企圖頗為懷疑，板起臉相拒，不讓他跟隨。張某略感不好意思，揮鞭疾馳而去。傍晚時分，王子巽在旅店投宿，偶然走到院子，見張某在外面客房喝酒。驚訝疑惑之際，張某也望見了王子巽，便雙手相合恭敬的站立，謙恭得像個僕人。兩人寒暄了幾句。王子巽以為與張某偶然相遇，不疑有他，可王子巽的僕人卻整夜提防。天亮，張某喚王子巽一起上路，王子巽的僕人罵了他一頓，要他不許跟來，張某這才離開。

太陽升起後，王子巽才出發，走約半日，發現前頭有個人年約四十、衣帽穿戴整潔，騎著白驢而行。

那人騎在驢背上低頭打盹，彷彿快要掉落下來，有時走在前頭，有時又在後面，就這麼跟隨了十幾里路。王子巽奇怪，便問：「你晚上幹什麼去啦，何以把自己搞得這麼累？」那人聞言，猛然伸了個懶腰，說：「我是清苑人，姓許。臨淄縣令高檠是我表親，我兄長在他官衙開館教書，我前往探望，得到了一點饋贈。昨晚在旅店，不愼與念秧之徒同住，小心翼翼戒備了一整晚不敢閉眼睡，才導致白天打起瞌睡來。」王子巽故意問：「你說的念秧，是怎麼回事？」許某說：「你很少出遠門，不知其中險詐。現今，有些歹徒用甜言蜜語誘騙旅客，攀親帶故的與你同行同宿，尋機騙錢。昨夜，我有個很少往來的親戚，正因被念秧所騙，丟失了所有盤纏。我們都該警惕戒備才是。」王子巽點頭表示同意。原來在此之前，臨淄縣令與王子巽頗有交情，王子巽曾任其幕僚，認識他的門客，其中確實有人姓許。於是，王子巽不再懷疑對方而寒暄閒聊起來，還順便打聽他兄長情況。許某約王子巽晚上一塊兒投宿，王子巽答允。可王子巽的僕人始終懷疑此人說謊，暗中與王子巽商量，故意在路上耽擱，不往前走，由此與許某走散，再沒見到他。

第二天正午，又遇到一騎著健壯騾子、年約十六七歲的少年，其人衣帽秀麗整潔，長相俊美。他們同行了很長一段路，卻未曾交談。太陽西下，少年忽然說：「前面離曲律店不遠啦！」王子巽微微答應。接著，少年唉聲嘆氣，一副心情難過的樣子。王子巽便問爲了何事難過，少年嘆道：「我是江南人，姓金。三年苦讀，期望能考中，不想竟名落孫山！家兄在朝爲官，我攜家帶口的來探望他，順便散散心。我不習慣長途跋涉，這撲面而來的沙塵令人懊惱。」說完拿出紅色手巾擦臉，嘆息不已。聽他說話，操的是南方口音，嬌滴滴的像個女子。王子巽很喜歡他，便稍稍勸慰幾句。少年說：「剛才是我先出發的，這麼久也不見家眷跟上來，不知僕人爲什麼也沒到呢？太陽就快下山了，這可如何是好？」他滯留不前的抬頭望向遠方，走得很緩慢。王子巽於是騎馬先行，兩人漸行漸遠。

天黑時，來到一家旅店投宿，走進客房，靠牆有張床，已先有客人放了自己行李。正待詢問店主，就在此時，有個人進到房中，拿起行李走出，說：「請您在此安歇，我搬到別處。」王子巽抬頭一望，認出他就是許某，便阻他搬出，留他同住一間房。兩人坐下談話。不久，又有個人帶著東西進來，見王子巽、許某在房中，說：「已有客人住下了。」轉身就要離開。王子巽仔細一看，正是路上遇到的那位少年，還來不及開口，許某已急忙起身拉著少年的手挽留他，少年便坐下。許某問起他家族出身，少年便將路上說過的話告知許某。不久，少年從開口袋取出錢，堆在一起，從中取出一兩多的銀子交給店主，要他治辦酒菜，供大家夜裡談話時吃用。二人爭相勸阻少年，他不聽勸。不久，酒菜一齊上來。席間，少年談論文章，甚爲風流儒雅。王子巽問起江南考場中的試題，少年無不細細道來，還背誦自己的文章，談到如何破題、承題，以及對文中感到得意的句子。說完，顯得很不服氣，眾人亦爲之惋惜。少年又說與家眷走散，夜裡沒有僕人供差遣，擔心不知如何照料牲口。王子巽便命自己僕人代爲餵養少年牲口，少年對此深表謝意。

過了不久，少年臉色一沉，說：「我生平困頓不順，出門在外也沒遇到好事。昨夜住宿，與壞人住在一起，他們投擲骰子的叫喊聲，刺耳心煩，讓人睡不著覺。」南方話稱骰子爲「兜」，許某聽不懂，再三追問，少年用手比劃著解釋。許某從袋裡取出一枚骰子：「是這個東西嗎？」少年點頭稱是。許某便拿骰子做酒令，大家一起愉快的飲酒。酒足飯飽後，許某邀請眾人一起玩擲骰子，說贏錢的人請喝酒，王子巽以不會玩推辭。許某便和少年對坐，呼盧呵雉地吆喝勝采，他又暗囑王子巽：「你莫要洩露出去，這南蠻公子哥兒很有錢，又年輕稚嫩，未必能懂賭博之術。我贏他一些錢，明天再送你一些。」兩人便去了隔壁房間，不久便聽到賭錢聲響極爲吵鬧，王子巽偷往觀視，發現棲霞縣衙役也加入其中，心中疑惑，於是獨自展被就寢。過了一會兒，眾人一齊拉王子巽去賭，王子巽堅決推辭，說自己不會，許某說願代王子巽分辨輸贏，他還是不肯。眾人強要代替王子巽擲骰子，不久他們又跑到床前相告：「你已贏了些錢了。」王子巽在睡夢中恍惚答應。

忽有幾人推門闖入，嘰哩呱啦的說著滿州話。爲首者自稱姓佟，是巡邏緝賭的旗籍軍官。那時，官府嚴格禁賭，眾人都很害怕，佟某大聲嚇唬王子巽，王便祭出太使旗號對付他們。佟某這下怒氣全消，與王子巽拉攏起同籍的關係，陪著笑臉請大家繼續玩。眾人果然又賭了起來，佟某也加入。王子巽對許某說：「輸贏我都不想知道，只想睡覺，不要打擾我。」許某不聽，仍來回向他報告戰果。賭局散後，各人計算賭碼，王子巽輸的最多。佟某便搜查王子巽行囊，想拿取自己贏的錢，王子巽氣憤得與他爭論。金姓少年捉著王子巽的手，悄悄相告：「他們都是土匪，會幹出什麼事來很難預料。我們是文人相交，不能不相互照應。剛才我在賭桌上贏了些錢，可抵你的債；我贏的錢本應向許某討要，現在我們把它調換過來：就讓許某付錢給佟某，你付給我好了。這不過是暫時掩人耳目之計，事後我會全數還你。難不成我這道義之友，眞會向你討要賭債麼？」王子巽爲人本就忠厚老實，便相信他。少年走了出去，把這相互抵債之法告訴佟某。於是當眾打開王子巽行李，按賭債估算價值，把東西裝入少年袋裡。佟某接著又去找許某、張某討債。

少年拿來自己行李，與王子巽的枕頭並放在一起，他的被褥無不精緻華美。王子巽要僕人也到床上來，各人安靜睡覺。許久，少年不斷故意輾轉反側，拿自己臂部挑逗僕人，僕人移開身子躲避，少年又靠了過去。僕人碰到他大腿，覺得少年皮膚滑如凝脂，心動不已，便與之肌膚相親；少年十分殷

勤的迎合，被子裡傳出一陣陣急促的呼吸聲。王子巽聽見，雖覺兩個男人交媾很匪夷所思，卻始終不疑少年另有企圖。天剛亮，少年便起，催促王子巽一起早點兒上路，並說：「你的驢子已很疲累，昨夜寄放在我這兒的東西，到前頭再還給你。」王子巽還沒答腔，少年已將行李放上自己的騾背，並騎了上去。王子巽別無選擇，只好跟在後頭。少年的騾子跑得很快，越走越遠。王子巽料想少年會在前頭等自己，起初不以爲意，便拿夜間聽到的事問僕人，僕人如實相告。王子巽這才訝道：「我們被念秧騙了！哪有官宦人家出身的讀書人，會主動和僕人做出這等事來？」轉念又想，少年談吐很是風雅，絕非念秧者流所能爲之。他們急忙追趕了幾十里路，卻不見少年蹤影。這時，王子巽才明白過來，少年與許某、佟某等人是一夥的，設計了一個騙局不成，便改換另一個騙局，就是要陷人於他們的圈套之中。說什麼清償賭債、將財物暫放在他們的行李，實已暗藏了耍賴圈套；要是捲款潛逃計謀失敗，他們也會堅持先前說詞，一口咬定被害人賭輸而搶走他的錢。爲了區區幾十兩銀子，跟隨幾百里路；又擔怕伎倆讓僕人揭穿，遂與僕人交歡，這套騙術執行起來也太辛苦了。

幾年後，又有吳生遇上念秧的事情發生。

本縣有位吳姓書生，字安仁，三十多歲時妻子過世，他便一人住在空蕩蕩的書齋裡。後有位秀才來拜訪，彼此惺惺相惜，互相仰慕；來客隨從中有個小僕人名喚鬼頭，也和吳生的小僕人報兒很要好。時間一久，吳生知道牠們是狐妖，若出遠門，牠們也必然同往，且同住一個房間，可別人都看不見牠們。有天，在京城作客的吳生準備返家，聽聞王子巽曾遭念秧坑騙情事，便告誡僕人要有所防備。狐妖笑道：

「無須如此，這趟返家必然順利。」他們走到涿州時，看到一個穿戴整齊、衣冠楚楚的人，拴著馬，坐在菸鋪旁。見吳生經過，那人站起身，騎著馬跟了上來，漸漸和吳生搭話，自我介紹道：「我乃山東人氏，姓黃。奉派到戶部提交公文，現在要回山東，很高興巧遇你，正好又順路，旅途上不會孤單寂寞了。」於是，一路上，吳生停下他也跟著停下；每逢一起吃飯，黃某必代吳生付錢。吳生雖表面稱謝，暗地懷疑此人另有目的。他私下詢問狐妖該當如何？狐妖說：「無妨。」吳生這才稍稍寬心。到了晚上，他們一起尋找旅店，走進，見一名俊秀少年已先入坐，黃某一入內，朝對方拱手行禮，高興的問少年：「你什麼時候離開京城的？」少年答：「昨天。」黃某便邀少年與他們同住，轉身向吳生介紹道：「這是史郎，我的表弟，也是個讀書人，可以陪先生談詩論文，夜裡說話不會冷場。」然後出錢治辦酒菜，一起吃喝。史郎風流倜儻、溫文儒雅，與吳生相處甚歡。喝酒時，史郎朝吳生使眼神，示意吳生行酒令時作弊，害得黃某老是輸，逼他飲酒。史郎在旁拍手大笑，吳生更加喜歡他。

接著，史郎與黃某商量賭錢，要拉吳生一起玩，大夥兒都從錢袋拿錢出來做賭資。狐妖要報兒暗中把門鎖上，並囑咐吳生：「如若聽到有人大聲喧譁，你只管躺下睡覺，勿擅自行動。」吳生應允。吳生每次擲骰子，下小注時就輸，下大注時就贏，晚間九點過後，共贏了兩百餘兩。史郎、黃某二人快把錢輸光了，就要拿馬匹抵押。忽聽到猛烈敲門聲，吳生忙起身將骰子投到火中，蒙上被子蓋住頭，假裝睡覺。許久，只聽到店主說找不到鑰匙，折騰了半天才砸了鎖，打開門。幾人來勢洶洶的闖入，搜查逮捕賭錢之人，史郎與黃某二人矢口否認。來者竟有一人掀開吳生被子，認定他參與了賭錢。吳生破口大罵，幾人強行搜查吳生行囊。吳生奮力抵抗，就要撐不住時，忽聽聞門外有車馬儀隊喝道之聲，吳生忙跑出門外叫喊，眾人這才開始害怕，將他拉了進來，求他別出聲。吳生這才從容的拿出行囊交付店家。待隨行儀仗走遠，眾人這才出門而去。黃某與史生都很驚喜，一個個尋找床位就寢。黃某要史郎與吳生同床而眠，吳生將腰間錢袋放在枕邊，拉開被褥睡覺。不久，史郎掀開吳生被子，赤裸著身子鑽入吳生懷裡，輕道：「我很仰慕吾兄爲人磊落，願與你相愛交好。」吳生心知此乃史郎詐騙伎倆，但想到這種機會千載難逢，便與他相互擁抱。史郎極力奉承討好，不料吳生陽物太過壯碩，與史郎難以交合，史郎不斷皺眉呻吟，承受不住，頻頻求饒。吳生卻堅持要完事。用手一摸，血都流到了床上，吳生這才讓他離開。天亮後，史郎疲憊得下不了床，推稱生了急病，要吳生、黃某二位先走。吳生臨別時，送了史郎一些錢做醫藥費。路上，吳生和狐妖談起昨晚發生之事，才知那車隊儀仗是狐妖所爲。

一路上，黃某越發向吳生獻殷勤，晚上仍同住一間旅店。房間狹小，僅放得下一張床，但頗溫暖潔淨。可吳生嫌房間太小，黃某說：「這床睡兩個人的確太小，你獨自睡還嫌太寬，我另尋地方睡，又有何妨？」黃某吃完飯便離開。吳生也很高興能獨個兒睡，還可接待狐妖朋友。獨坐許久，狐妖沒來，忽聽到有人以手指彈打牆上小窗的聲音。開啓門閂一看，進來一豔裝少女，關上門後，朝吳生露出笑臉，美豔不可方物，猶如仙人。吳生高興的問起來歷，原來是店主的兒媳婦，便與她上床歡好，十分親熱。女子忽潸然淚下，吳生驚訝相詢爲何要哭。女子答：「實不相瞞，我其實是店主派來的誘餌，目的是要誘你上當。以往行騙時，我一走進房裡，他們就會來捉姦；不知今晚爲何這麼久還不來。」說完又哭著說：「我本良家婦女，這麼做非我所願。如今我已傾心於你，求您相救！」吳生一聽，非常害怕，無計可施，只好叫她快走，女子低頭哭泣。忽聞黃某和店主敲門聲不斷，只聽黃某說：「我一路上侍奉您，是看重您的為人，為什麼要勾誘我弟媳婦！」吳生害怕，逼女子快走。又從牆上小窗聽到外頭打鬧之聲，吳生急得汗如雨下，女子也趴著哭泣。聽聞有人相勸店主，店主不聽，推門更急。相勸之人道：「請問店主你想怎麼做？如若要殺他們，有我們這些客人在，肯定不能坐視這種殘暴之舉。如若他們二人之中有一人逃走，抵罪時又該怎麼說？若想上告到官府，人家會說你家教不嚴，那是自取其辱。況且他是住店的客人，明明是你店主陷害、敲詐，又如何能保證那女人證詞必然與你一致？」店主瞠目結舌無法反駁。吳生聽見，心中暗自感激佩服，但不知此人是誰。

原來在此之前，旅店打烊之際，來了一名帶著個僕人的秀才，來到靠外邊的房間準備歇息。此人自備美酒，招待所有住客飲酒，勸黃某與店主飲酒，尤其殷勤。黃某與店主二人起身告辭之時，秀才拉住他們衣服，苦苦挽留不讓離去。後來尋機脫身，二人便拿棍棒衝到吳生所住房間。秀才聽聞吵鬧聲，過來勸解。吳生趴在窗邊小窗偷看，認出這名秀才是狐妖所化，心中暗喜；又見店主態度稍有軟化，便說大話嚇唬他，然後再問女子：「你為何沉默不語？」女子哭道：「惱恨自己不如人，被人指使幹這種下三濫之事！」店主聽見此言，嚇得面如死灰。秀才罵道：「你們這些禽獸不如的勾當都已敗露，必然引起旅客公憤！」黃某和店主放下刀棒，長跪在地求饒。吳生也開門步出，非常生氣，破口大罵。秀才又過來勸阻吳生，雙方這才和解。女子又啼哭起來，寧死不肯回房。這時，屋裡跑出幾個老媽子和丫鬟，要拉女子進去。女子趴在地上，哭得更加傷心。秀才勸店主高價把女子賣給吳生，店主俯首，道：「我做這行那麼久，今日竟反倒失手。既是這樣，還有什麼好說的。」便按秀才所說來辦。吳生很不情願破費，秀才居中調停，講定了五十兩銀子。人財兩清後，晨鐘已經敲響，吳生與狐妖收拾行囊，載著女子出發。

女子沒騎過馬，長途跋涉，頗爲疲累，到了中午稍事休息。準備再上路之際，吳生呼喚報兒，卻不知所蹤；太陽向西斜，仍無消息與蹤跡。吳生頗爲驚疑，便問狐妖，狐妖答：「無須擔憂，他會自己回來的。」入夜後，星星月亮升起，報兒這才回來。吳生詢問上哪兒去了，報兒笑道：「公子你出五十兩，便宜了那老滑頭，我爲你打抱不平。便和鬼頭商量，回去把錢討回來。」說完把錢放到桌上。吳生驚訝問起怎麼一回事。原來，鬼頭知道這名女子有位兄長，外出十多年未歸，於是化成女子兄長模樣，並讓報兒假冒她弟弟，到店主家要姊姊、找妹妹。店主惶恐，託言女子生病死去，二人便準備上告官府。店主更加害怕，答應拿錢了事，便講起價來，逐漸增至四十兩，二人才答應。報兒詳細說明經過，吳生便把錢送給了他。

吳生回到家鄉後，夫妻琴瑟和鳴，家中也更加富裕。後來仔細盤問這名女子，原來先前那位俊美少年就是她丈夫，史郎即金某。吳妻常穿著一件槲綢做的蠶絲披肩，說是從山東一個姓王的人手中弄到的。這幫詐騙集團人數眾多，店主等人全是一夥的。誰能想到吳生所遇，正是王子巽爲之連連叫苦的那群念秧，結果如今他們也自食惡果，眞是大快人心哪！古語說得好：「常騎馬的人，也有摔馬的一天。」

蛙曲

王子巽言：「在都時，曾見一人作劇[1]於市。攜木盒作格，凡十有二孔；每孔伏蛙。以細杖敲其首，輒哇然作鳴。或與金錢，則亂擊蛙頂，如拊雲鑼[2]，宮商[3]詞曲，了了可辨。」◆

王子巽說：「我在京城時，曾見有人在街上表演戲法。那人攜帶有格子的木盒，共隔成十二格，每格趴著一隻青蛙。表演者用小木棒敲青蛙的頭，青蛙就會『哇哇』的叫起來。有人賞他錢，他就急敲青蛙的頭，像在敲打九雲鑼似的，而青蛙唱出來的聲音竟然音律分明。」

1 作劇：此指表演雜耍、魔術。
2 拊雲鑼：敲打九雲鑼。指將大小相同而厚薄不同的十面小銅鑼，編懸在一個有方格的木架上，以小木槌敲擊演奏，每個銅鑼音階不同，由此可奏出完整樂曲。拊，讀作「府」，敲擊。
3 宮商：宮、商、角（讀作「絕」）、徵（讀作「紙」）、羽，構成中國古代音樂的五個基本音調，此處借指音樂聲調。

◆**但明倫評點**：比兩部鼓吹，殊覺新雅。

比起蛙鳴，此種戲法更加新奇別致。

鼠戲

又言[1]：「一人在長安[2]市上賣鼠戲。背負一囊，中蓄小鼠十餘頭。每於稠人中，出小木架，置肩上，儼如戲樓狀。乃拍鼓板[3]，唱古雜劇[4]。歌聲甫動，則有鼠自囊中出，蒙假面，被小裝服[5]，自背登樓，人立[6]而舞。男女悲歡，悉合劇中關目[7]。」◆

1 又言：此承上篇，仍是王子巽所說的故事。
2 長安：此處借指北京，長安多作京城的代稱。
3 鼓板：樂器名，指鼓和拍板，兩者皆節拍樂器，多為說書時所用。
4 雜劇：一種戲曲。原為宋代以滑稽方式表演的戲，至元代則指以北曲為主的戲劇，稱北曲雜劇。以表演故事為主，通常一本四折，一折一套，有的則依劇情在開頭或兩折之間加楔子，每折用同一宮調及同一個韻，由一個腳色獨自唱完整齣戲劇。此處泛指戲曲。
5 被小裝服：身披小戲服。被，通「披」。
6 人立：如人一般直立。
7 關目：中國戲曲中的重要情節或結構。

王子巽又說：「有個人在京城大街表演鼠戲，揹著一個袋子，裡面養了十幾隻小老鼠。他經常在群眾聚集處表演，放一個小木架在肩上，儼如戲臺。接著敲鼓打板，演唱古代戲曲。歌聲一響，就有老鼠從背包爬出，戴著面具，穿著小戲服，從賣藝者背上爬到戲臺，像人一般站著表演。戲曲中，角色所遭遇悲歡離合，都跟唱出來的歌詞情節相符。」

◆**但明倫評點：**人之學為鼠技者多矣，鼠之人立而舞，亦彼此效尤耳。

模仿老鼠戲法的人很多，而老鼠仿效人站著表演，不過是互相模仿罷了。

鼠戲
無儀衹合相具皮都道長安事寂奇莫笑幺麼鼯鼠技居然也有上場時

寒月芙蕖

濟南道人者，不知何許人，亦不詳其姓氏。冬夏惟著一單帢衣[1]，繫黃絛[2]，別無袴襦[3]。每用半梳梳髮，即以齒[4]啣髻際，如冠狀。日赤腳行市上；夜臥街頭，離身數尺外，冰雪盡鎔[5]。初來，輒對人作幻劇[6]，市人爭貽[7]之。有井曲無賴子[8]，遺以酒，求傳其術，弗許。遇道人浴於河津[9]，驟抱其衣以脅之。道人揖曰：「請以賜還，當不吝術。」無賴者恐其紿[10]，固不肯釋。道人曰：「果不相授耶？」曰：「然。」道人默不與語；俄見黃絛化爲蛇，圍可數握，繞其身六七匝[11]，怒目昂首，吐舌相向。某大愕，長跪，色青氣促，惟言乞命。道人乃竟取絛。絛竟非蛇；另有一蛇，蜿蜒入城去。由是道人之名益著。

縉紳[12]家聞其異，招與遊，從此往來鄉先生門。司、道[13]俱耳其名，每宴集，輒以道人從。一日，道人請於水面亭報諸憲[14]之飲。至期，各於案頭得道人速客函[15]，亦不知所由至。諸客赴宴所，道人傴僂[16]出迎。既入，則空亭寂然，榻几未設，咸疑其妄。道人顧官宰曰：「貧道無僮僕，煩借諸扈從，少代奔走。」官宰[17]共諾之。道人於壁上繪雙扉，以手撾[18]之。內有應門者，振管[19]而起。共趨覘[20]望，則見憧憧者[21]往來於中；屏幔牀几，亦復都有。即有人傳送門外。道人命吏胥[22]輩接列亭中，且囑勿與內人[23]交語。兩相受授，惟顧而笑。頃刻，陳設滿亭，窮極奢麗。既而旨酒散馥，熱炙騰熏，皆自壁中傳遞而出。座客無不駭異。

亭故背湖水，每六月時，荷花數十頃，一望無際。宴時方凌冬，窗外茫茫，惟有煙綠。一官偶歎曰：「此日佳集，可惜無蓮花點綴！」眾俱唯唯[24]。少頃，一青衣吏奔白：「荷葉滿塘矣！」一座盡驚。推窗眺矚[25]，果見彌望菁蔥，間以菡萏[26]。轉瞬間，萬枝千朵，一齊都開，朔風吹來，荷香沁腦。羣以爲異。遣吏人蕩舟采蓮。遙見吏人入花深處；少間返棹[27]，白手[28]來見。官詰[29]之。吏曰：「小人乘舟去，見花在遠際；漸至北岸，又轉遙遙在南蕩[30]中◆。」道人笑曰：「此幻夢之空花耳。」無何，酒闌[31]，荷亦凋謝；北風驟起，摧折荷蓋，無復存矣。

濟東觀察公[32]甚悅之，攜歸署，日與狎[33]玩。一日，公與客飲。公故有家傳良醞[34]，每以一斗爲率[34]，不肯供浪飲。是日，客飲而甘之，固索傾釀[36]。公堅以既盡爲辭。道人笑謂客曰：「君必欲滿老饕[37]，索之貧道而可。」客請之。道人以壺入袖中，少刻出，遍斟座上，與公所藏更無殊別。盡懽[38]始罷。公疑焉，入視酒瓻[39]，則封固宛然，而空無物矣。心竊愧怒，執以爲妖，笞[40]之。杖纔[41]加，公覺股[42]暴痛；再加，臀肉欲裂。道人雖聲嘶階下，觀察已血殷坐上。乃止不笞，遂令去。道人遂離濟，不知所往。後有人遇於金陵[43]，衣裝如故。問之，笑不語。

◆**但明倫評點：**色即是空，空即是色；色不異空，空不異色。以色相求之，愈難而愈遠矣。

佛家云：「一切事物都會變動，因此我們眼中所見一切事物皆是假象、虛幻，由此可知，虛幻就是一切事物的本質；一切事物都脫離不了虛幻，而虛幻也離不開一切事物。」所以，看見荷花綻放就真以為湖中有荷，而前去追尋眼前所見荷花，越尋求就越難得到，而荷花就離我們越遠。

1單帢衣：應為「單袷衣」，指單薄無棉絮的雙層衣物。袷，讀作「夾」。
2絛：讀作「套」的一聲，用絲編成的繩帶；同今「條」字，是絛的異體字。
3袴：同今「褲」字，是褲的異體字。襦：讀作「如」，短襖。
4齒：指梳齒。
5鎔：此處通「溶」，指冰雪融化。
6作幻劇：此指表演幻術、魔術。
7貽：贈送。此指施捨。
8井曲無賴子：市井無賴，即街頭小混混。
9津：渡口、小碼頭。
10紿：讀作「帶」，指欺瞞、誆騙。
11匝：讀作「紮」，圍繞一周為一匝，用以衡量事物大小的量詞。
12縉紳：讀作「進深」，指仕宦，古代官員將笏插入綁於腰間一端下垂的腰帶上，故稱。搢，插。紳，束在腰間的大帶。
13司：古代官名，指布政使，是布政使司的首長，於清代職掌一省的財政與民政，屬於承宣布政使司，受轄於督撫，俗稱「藩臺」、「藩司」。道：指道臺，是省以下，州、府以上的一級官員。司、道二者，在此借指地方上的高級官員。
14水面亭：位在濟南的大明湖畔，全名為「天心水面亭」。憲：古代，下對上的尊稱。
15速客函：邀請函。
16傴僂：讀作「語樓」，恭敬從命貌。
17官宰：此指官員。
18撾：讀作「抓」，敲打。
19振管：開鎖。
20覘：讀作「沾」，觀看、察視。
21憧憧者：讀作「衝衝」，指人影搖曳不定。
22吏胥：官署中，掌理案牘的官吏。此處借指隨從。
23內人：指壁內之人。
24唯唯：讀作「偉偉」，恭敬的答允。
25矚：注視、觀看。
26菡萏：讀作「漢但」，荷花別名。本故事題名中的「芙蕖」（讀作「芙渠」），亦為荷花別名。
27棹：讀作「趙」，同「櫂」字，此處借指船。
28白手：空手。
29詰：讀作「傑」，問。
30蕩：積水長草的淺水湖。
31闌：將盡。此指酒喝完了，意即宴席散了。
32濟東：道名，轄濟南、東昌、泰安、武定四府，以及臨清這個直隸州。觀察公：指觀察大人；觀察，古代官名，唐、宋諸道設觀察使，明清稱各道道員為「觀察」。
33狎：讀作「霞」，親近。
34良醞：美酒佳釀。醞，讀作「韻」。
35率：讀作「綠」，準則。
36傾釀：把酒盡量倒出供客人飲用。
37老饕：貪吃的人。此指酒癮。
38懽：同今「歡」字，是歡的異體字。
39瓻：讀作「癡」，裝酒的器具。
40笞：讀作「癡」，鞭打。
41纔：讀作「才」，通「裁」、「才」二字，僅、只之意。
42股：大腿。
43金陵：古地名，今江蘇省南京市及江寧縣。

山東濟南有個不知何許人也、亦不知其名姓的道士，冬夏一律穿著一件單薄夾衣，腰間繫黃絲帶，身上再無其他衣褲。經常用一把斷了半截的梳子梳頭，後將梳子插在髮髻上，像頂帽子似的。白天赤腳行走市街，晚上睡在街頭，周身幾尺內的冰雪無一不融化。初來時，常變幻術給人看，街上的人爭相對他布施。有個市井無賴送酒給他，要求道士教自己變幻術，道士不答應。有天，道士正好在河邊沐浴，那名小混混突然搶走

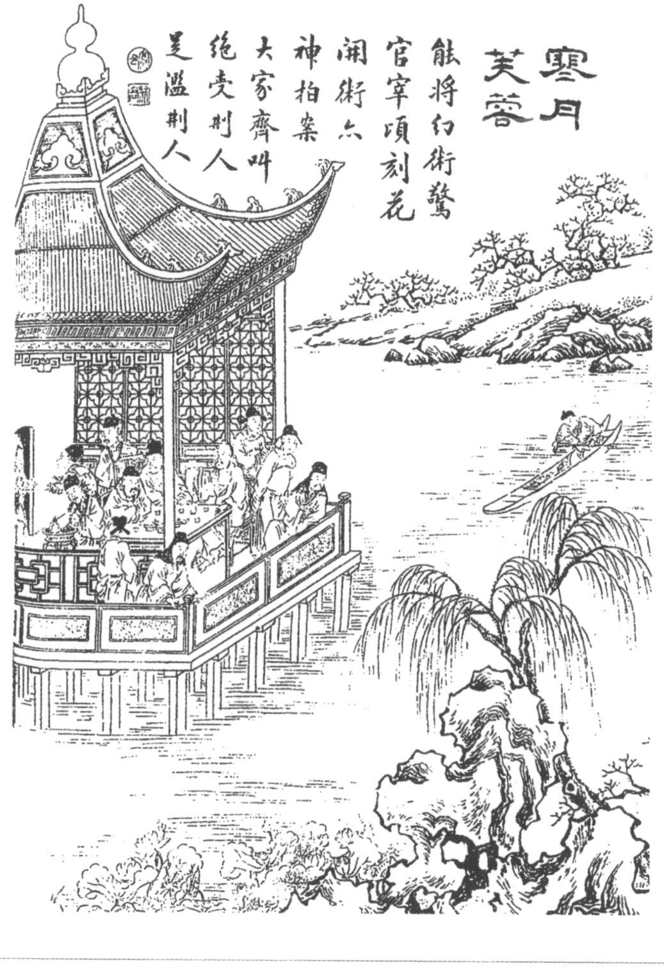

衣服，要脅他傳授幻術。道士朝此人作揖，道：「請把衣服還我，必會教你。」小混混怕道士騙他，堅持不肯歸還。道士說：「你當眞不還？」小混混說：「沒錯。」道士默不出聲。不久，只見黃絲帶化爲蛇，約莫好幾個拳頭那麼粗，繞住小混混的身體六七圈，怒目昂首，朝他吐蛇信。小混混大驚，跪在地上，臉色發青，呼吸困難，只能哀求饒命。道士伸手去取黃絲帶，到他手中又變回了原狀；身旁還有條小蛇，慢慢爬進城裡。從此，道士名氣更加響亮。

地方仕紳聽聞道士會變戲法，便與之交往，從此經常出入名流顯貴府第。當地高官對他事蹟也有耳聞，每逢設宴集會便邀道士一同作陪。有天，道士在大明湖的水面亭設宴，回請招待過他的官員。日子到了，每位受邀之人都在桌上看到道士的請帖，誰也不知他是如何送達的。客人紛紛赴宴，到了宴會地點，道士恭敬出來相迎。進到裡面，只有一座空亭子，坐榻茶几絲毫沒有布置，眾人都以爲道士騙人。道士對這些官員說：「貧道沒有僕從，我想向諸位商借隨從，代替我辦事。」官員皆答應。道士便在牆壁上畫了兩扇門，用手敲門，裡面有人回應，並用鑰匙開鎖，把門打開。大夥兒都湊上前去觀視，只見裡面人來人往；屏風、帳幔、床榻、桌几樣樣齊備，當即有人從裡面將這些東西一件件遞至門外。道士命那些隨從接過，擺在亭中，吩咐他們莫與裡面的人交談。傳遞東西時，雙方只點頭微笑。不久，亭內都布置妥當，極爲富麗堂皇。接著香味撲鼻，熱氣騰騰的酒菜皆從牆內傳遞而出，座上賓客無不驚訝。

亭子背面臨水，每當六月時節，幾十頃寬廣的湖面總開滿荷花，一望無際。宴會時節正值隆冬，窗外湖面一片白茫茫，只有煙霧籠罩在綠水之上。一名官員嘆道：「今日盛宴，可惜無蓮花點綴！」眾人恭敬的同聲附和。不久，有名衙役跑來稟告：「湖面都長滿荷葉了！」在座皆驚。推窗一望，果見一片片蔥綠荷葉布滿湖面，中間還夾雜了千萬朵荷花苞，轉眼之間，花苞一齊開放，北風吹來，陣陣清香沁人心脾。眾人皆奇怪，差遣衙役蕩舟採蓮。遠遠瞧見衙役划船駛入荷花深處，不久，划船回來，空手回來覆命。官員問起，他答：「小人划船到湖裡去，只見荷花都在遠處；待划到湖的北面，又見荷花在湖的南面。」道士笑道：「這是夢幻中虛幻的花。」不久，酒進，荷凋；北風忽然吹起，把荷葉都吹折，滿湖的荷葉都不存在。

在座的濟東道觀察大人十分高興，將道士帶回官衙，讓他每天陪自己遊玩。有天，觀察大人宴客，他一向有家傳佳釀，可每回宴客總以一斗爲限，從不捨得讓客人盡情暢飲。這一日，客人喝了覺得甘美無比，大加讚賞，定要主人再拿出來喝個痛快，主人卻推辭酒已沒了。道士笑著對客人說：「各位想過足酒癮者，可來向我索要。」客人便向他索求。道士將空酒壺放入袖中，不久又拿出，爲在座之人一一斟滿，此酒喝起來與主人佳釀無異。眾人開懷暢飲，盡興才散去。觀察大人心中有所懷疑，回頭檢查自家酒罈，外面封條依舊，罈中酒卻已空。他惱羞成怒，以妖人罪名拘捕道士，施以鞭刑。棍棒剛落下，觀察大人猛覺自己大腿一陣暴痛；再打幾下，屁股皮開肉綻。道士被打得不斷慘呼，觀察大人卻早已血流如注，遂命衙役停手，將道士趕出去。道士便離開濟南，不知去向；後有人在金陵看見他，穿著打扮仍如以往。問他話，則笑而不答。

酒狂

繆永定，江西拔貢生[1]。素酗於酒，戚黨多畏避之。偶適族叔家。繆爲人滑稽[2]善謔，客與語，悅之，遂共酣飲。繆醉，使酒罵座，忤客。客怒，一座大譁。叔以身左右排解。繆謂左袒客，又益遷怒。叔無計，奔告其家。家人來，扶捽[3]以歸。纔[4]置牀上，四肢盡厥[5]。撫之，奄然氣盡。

繆死，有皂帽人縶[6]去。移時，至一府署[7]，縹碧[8]爲瓦，世間無其壯麗。至墀[9]下，似欲伺見官宰[10]。自思我罪伊何，當是客訟鬬毆。回顧皂帽人，怒目如牛，又不敢問。然自度貢生與人角口，或無大罪。忽堂上一吏宣言，使訟獄者翼日早候，於是堂下人紛紛藉藉[11]，如鳥獸散。繆亦隨皂帽人出，更無歸著，縮首立肆簷下。皂帽人怒曰：「顛酒無賴子！日將暮，各去尋眠食，而何往？」繆戰栗[12]曰：「我且不知何事，並未告家人，故毫無資斧，庸將焉歸？」皂帽人曰：「顛酒[13]賊！若酤自啗[14]，便有用度！再支吾，老拳碎顛骨子！」繆垂首不敢聲。

忽一人自戶內出，見繆，詫異曰：「爾何來？」繆視之，則其母舅。舅賈氏，死已數載。繆見之，始恍然悟其已死，心益悲懼。向舅涕零曰：「阿舅救我！」賈顧皂帽人曰：「東靈非他，屈臨寒舍。」二人乃入。賈重揖皂帽人，且囑青眼[15]。俄頃，出酒食，團坐相飲。賈問：「舍甥何事，遂煩勾致[16]？」皂帽人曰：「大王駕詣浮羅君[17]，遇令甥顛詈[18]，使我捽得來。」賈問：「見王未？」曰：「浮羅君會花子[19]案，駕未歸。」又問：「阿甥將得何罪？」答言：「未可知也。然大王頗怒此等輩。」繆在側，聞二人言，觳觫[20]汗下，盃箸[21]不能舉。無何，皀帽人起，謝曰：「叨盛酌，已徑醉矣。即以令甥相付託。駕歸，再容登訪。」乃去。

賈謂繆曰：「甥別無兄弟，父母愛如掌上珠，常不忍一訶[22]。十六七歲時，每三盃後，喃喃尋人疵；小不合，輒撾[23]門裸罵。猶謂稚齒[24]。不意別十餘年，甥了不長進。今且奈何◆！」繆伏地哭，惟言悔無及。賈曳之曰：「舅在此業酤，頗有小聲望，必合極力。適飲者乃東靈使者，舅常飲之酒，與舅頗相善。大王日萬幾，亦未必便能記憶。我委曲與言，浼[25]以私意釋甥去，或可允從。」即又轉念曰：「此事擔負頗重，非十萬不能了也。」繆謝，銳然自任[26]，諾之。繆即就舅氏宿。次日，皀帽人早來覘[27]望。賈請間，語移時，來謂繆曰：「諧矣。少頃即復來。我先罄[28]所有，用壓契[29]；餘待甥歸，從容湊致之。」繆喜曰：「共得幾何？」曰：「十萬。」曰：「甥何處得如許？」賈曰：「只金幣錢紙百提[30]，足矣。」繆喜曰：「此易辦耳。」

待將亭午[31]，皀帽人不至。繆欲出市上，少遊矚[32]。賈囑勿遠蕩，諾而出。見街里貿販，一如人間。至一所，棘垣[33]峻絕，似是囹圄[34]。對門一酒肆，紛紛者往來頗夥。肆外一帶長溪，黑潦[35]湧動，深不見底。方佇足窺探，聞肆內一人呼曰：「繆君何來？」繆急視之，則鄰村翁生，故十年前文字交。趨出握手，懽[36]若平生。即就肆內小酌，各道契闊[37]。繆慶幸中，又逢故知，傾懷盡釂[38]。酣醉，頓忘其死，舊態復作，漸絮絮瑕疵[39]翁。翁曰：「數載不見，若復爾耶？」繆素厭人道其酒德，聞翁言，益憤，擊桌頓罵。翁睨[40]之，拂袖竟出。繆追至溪頭，捋翁帽。翁怒曰：「是眞妄人！」乃推繆顛墮溪中。溪水殊不甚深；而水中利刃如麻，刺穿脅脛[41]，堅難動搖，痛徹骨腦。黑水半雜溲穢[42]，隨吸入喉，更不可過。

岸上人觀笑如堵，並無一引援者。時方危急，賈忽至。望見大驚，提攜以歸，曰：「爾不可爲也！死猶弗悟，不足復爲人！請仍從東靈受斧鑕[43]。」繆大懼，泣言：「知罪矣！」賈乃曰：「適東靈至，候汝爲券，汝乃飲蕩不歸。渠[44]忙迫不能待。我已立券，付千緡[45]令去；餘者，以旬盡爲期[46]。子歸，宜急措置，夜於村外曠莽中，呼舅名焚之，此願可結也。」繆悉應之。乃促之行。送之郊外，又囑曰：「必勿食言累我。」乃示途令歸。

時繆已僵臥三日，家人謂其醉死，而鼻氣隱隱如懸絲。是日蘇，大嘔，嘔出黑瀋[47]數斗，臭不可聞。吐已，汗濕裀褥[48]，身始涼爽。告家人以異。旋覺刺處痛腫，隔夜成瘡，猶幸不大潰腐。十日漸能杖行。家人共乞償冥負[49]。繆計所費，非數金不能辦，頗生吝惜，曰：「曩或醉夢之幻境耳。縱其不然，伊以私釋我，何敢復使冥主知？」家人勸之，不聽。然心惕惕然[50]，不敢復縱飲。里黨咸喜其進德，稍稍與共酌。年餘，冥報漸忘，志漸肆，故狀亦漸萌。一日，飲於子姓之家，又罵主人座。主人擯斥[51]出，闔户[52]逕去。繆噪踰時，其子方知，將扶而歸。入室，面壁長跪，自投無數，曰：「便償爾負！便償爾負！」言已，仆[53]地。視之，氣已絕矣。

◆**但明倫評點：**自是生成酒德，況有不忍一訶之父母，順其性而成之乎。

繆永定這種一喝醉就亂罵人的劣等酒品固然是天生的，再且他父母又不忍責罵，便順其本性，養成了這樣的壞德行。

1 拔貢生：古代科舉制度，考選府州縣學生員（秀才）之學行俱優者，貢諸京師，送到國子監（太學）入學，有副貢、拔貢、優貢、歲貢、恩貢等名，統稱為「貢生」。
2 滑稽：此指能言善辯。
3 捽：讀作「族」，拉、抓。
4 纔：讀作「才」，通「裁」、「才」二字，僅、只之意。
5 厥：氣悶而暈倒，手腳冰冷僵硬，不省人事。
6 皂：讀作「造」，黑色。縶：讀作「直」，綑綁。
7 署：官署、衙門。
8 縹碧：淡藍色的琉璃。縹，讀作「飄」的三聲，淡藍色。
9 墀下：臺階下。墀，讀作「持」，臺階上的平地。
10 官宰：長官。
11 藉藉：讀作「集集」，眾多雜亂的樣子。
12 戰栗：通「顫慄」。
13 顛酒：發酒瘋。
14 酤：讀作「辜」，買酒。啗：讀作「旦」，吃。
15 青眼：此指特別關照。
16 勾致：勾魂。
17 浮羅君：似指太上老君。
18 詈：讀作「立」，罵。
19 花子：叫化子，指乞丐。
20 觳觫：讀作「胡素」，因恐懼而顫抖的樣子。
21 盃箸：杯筷。盃，同今「杯」字，是杯的異體字。
22 訶：通「呵」，大聲喝斥、責罵。
23 撾：讀作「抓」，敲打。
24 穉齒：年幼。穉，讀作「智」，同今「稚」字，是稚的異體字。
25 浼：讀作「每」，拜託、請求。
26 銳自任：表示願意相助，挺身而出。此指疏通所需銀錢包在他身上。
27 覘：讀作「沾」，觀看、察視。

28 罄：讀作「慶」，用盡。
29 壓契：此指簽約時所付的訂金、保證金。
30 提：串、掛等衡量金錢的量詞。
31 亭午：正午。
32 矚：注視、觀看。
33 棘垣：安置棘狀物的圍牆。
34 囹圄：讀作「玲雨」，牢獄。
35 潦：讀作「老」，積水。
36 懽：同今「歡」字，是歡的異體字。
37 契闊：久別的情懷。
38 釂：讀作「叫」，一飲而盡，俗稱「乾杯」。
39 瑕疵：指摘他人過失。
40 睨：讀作「逆」，斜眼看、偷窺。
41 脅：胸部兩側，由腋下至肋骨盡處的部位，亦指肋骨。踁：讀作「靜」，指膝蓋以下、腳踝以上部位，又稱小腿；同今「脛」字，是脛的異體字。
42 溲穢：讀作「搜惠」，排泄物。
43 斧鑕：讀作「府志」，古代刑罰——將人放置鐵砧上，以斧頭砍頭或腰斬。
44 渠：他、她，指第三人稱。
45 千緡：一千串錢。緡，讀作「民」，一串錢。
46 旬盡為期：十天為限。
47 黑瀋：讀作「黑審」，黑色汁水。
48 裀褥：讀作「因入」，墊褥、被褥。
49 冥負：在陰間所欠下的債。
50 惕惕然：憂心、恐懼的樣子。惕惕，讀作「替替」。
51 擯斥：排除、斥退。擯，讀作「殯」。
52 闔戶：關門。
53 仆：讀作「撲」，倒臥、跌倒而趴在地上。

江西省拔貢生繆永定素來酗酒，親友因害怕而避之唯恐不及。有次，偶至堂叔家，由於他擅長言辯說笑，客人與他很談得來，便高興得開懷對飲。繆永定喝醉，發起酒瘋，罵在座之人，得罪了賓客。賓客大怒，整屋子的人都與他吵了起來。堂叔兩邊調解，繆永定指摘他偏袒客人，遷怒於堂叔。堂叔無計可施，跑去告訴他家人。家人來到堂叔家，又扶又拉的將他帶回家。將他放到床上，發現他四肢癱軟，用手觸摸，已然斷氣。

繆永定死後，有個黑帽人勾走它的魂。不久，將它帶到一處官署。官署屋瓦以淡藍色琉璃製成，建築之華美非人世所能有。它來到臺階下，狀似等候官員審問。它自忖沒犯什麼罪，大概是客人投告毆打一類。回頭看黑帽人，怒目瞪視，眼睛大如牛眼，便不敢多問。它自忖是貢生，與人吵架，應不算大罪。大殿忽走出一名衙吏宣告，要打官司之人明早再來候審，堂下聚集眾人一哄而散。繆永定也跟著黑帽人出來，不知該去哪裡，低頭站在一店鋪簷下。黑帽人怒道：「你這個亂發酒瘋的傢伙，天快黑了，大家都各自去找吃飯睡覺的地方，你準備上哪兒去？」繆永定顫抖道：「我尚不知所犯何事，並未告訴家人，身上毫無盤纏，能去哪裡呢？」黑帽人道：「爛酒鬼，你買酒喝時就有錢！你再囉嗦，我一拳打碎你骨頭！」繆永定低頭不敢吭氣。

忽有一人從屋裡出來，見到繆永定，爲之詫異：「你怎麼來了！」繆永定一看，是自己母舅。舅父賈某已過世好幾年，見到舅舅，才恍然大悟自己已死，心中悲恐，哭著對舅父說：「舅舅救我！」賈某便對黑帽人說：「東靈使者不是外人，請屈尊到寒舍一敘。」二人便跟隨賈某進屋。賈某又朝黑帽人行了個大

酒狂
故態猶存美酒徒轉疑
醉夢境模糊從來罵
座神人怒冥罰何
須問有無

禮，請他格外關照繆永定。不久，酒菜上來，三人圍坐喝酒。賈某問：「我外甥犯了何罪，勞駕您將它魂魄勾來？」黑帽人說：「大王前去拜訪浮羅道君，見令甥發酒瘋罵人，命我抓它來候審。」賈某問：「見過大王沒有？」黑帽人答：「浮羅道君正在會審叫花子一案，大王尚未回來。」賈某問：「我外甥將判何罪？」黑帽人答：「不知道，但大王最恨這種人。」繆永定在旁聽二人談話，嚇出一身冷汗，連杯筷都拿不動。不久，黑帽人起身，向賈某道謝：「承蒙盛情招待，我已醉了。我將令甥託付給你。待大王回來，再登門拜訪。」於是離去。

賈某對繆永定說：「你是獨子，父母那麼愛護你，平時捨不得罵你一句。十六七歲時，每次三杯酒下肚，就絮絮叨叨的道起他人短處；稍不如意，就大力拍門，脫衣罵人。當時以為你年紀小不懂事，沒想到分別十多年，你還是沒長進，今天看你怎麼辦？」繆永定趴在地上哭，只說悔不當初。賈某扶起它，說：「我在這裡賣酒，小有名氣，一定盡力救你。剛才來喝酒的是東靈使者，我常請它喝酒，它與我關係很好。大王日理萬機，也未必每件事都記得。我會委婉相求，拜託它私下放你走，它也許會答應。」賈某又想了一下，說：「此事非同小可，沒有十萬兩銀子不行。」繆永定感謝舅父相助，說籌錢之事包在自己身上，當晚便住在舅父家。第二天，黑帽人很早就來探望。賈某私下與它談話，出來後，對繆永定說：「事談成了。過一會兒它會再來，我先把我身邊所有的錢做爲訂金，其餘的等你回去後，慢慢湊齊送來即可。」繆永定高興的問：「共需多少？」賈某說：「十萬。」繆永定說：「我上哪兒湊這麼多錢？」賈某說：「只要燒金箔冥錢一百串就夠了。」繆永定高興的說：「這容易辦。」

快到中午，仍不見黑帽人。繆永定想到街上稍逛一下，賈某囑咐莫要走遠，它答應後便出了門。只見街上做生意的情景，與人間無異。它來到一個地方，牆上插滿荊棘，像是牢房。對面有家酒店，來往喝酒的人不少。店外有條長溪，黑水翻滾，深不見底。它正站著觀望，聞店內有人呼喚：「繆兄怎麼來啦？」它忙循聲望去，原來是鄰村的翁生，是自己十多年前過世的文友。翁生走過來與它握手，兩人重逢很是高興，宛若生時一般；便進到店裡喝酒，互訴離別之情。繆永定正慶幸自己有機會還陽，又遇上故人，便盡情暢飲。喝得酩酊大醉時，忘記自己已死，舊態復萌，漸漸碎碎叨唸翁生的缺點。翁生說：「幾年不見，你這老毛病還是改不掉啊？」繆永定向來討厭人家批評它酒品，聽到翁生的話更加氣憤，拍著桌子大罵。翁生斜視它一眼，即拂袖而去。繆永定追到溪邊，扯掉翁生帽子，翁生怒道：「眞是個猖狂的傢伙！」便將它推入溪中。溪水雖不深，可布滿了利刀，刺穿繆永定肋骨與小腿，令它動彈不得，痛徹心肺。黑水摻雜著屎尿排泄物，隨呼吸道進入喉嚨，更是難受。岸上圍觀嘲笑之人眾多，卻無一人伸出援手。正當危急之際，賈某忽至，見狀大驚，將它拉起，攙扶而歸，說：「你眞是無可救藥！死了還不知悔改，沒資格再做人！還是快些到東靈使者那兒受罰。」繆永定很害怕，哭道：「我知道錯了！」賈某說：「剛才東靈使者來了，等你簽字訂立契約，你卻酗酒未歸。人家事忙，無暇等待，我已代你簽約付了一千貫錢，剩下的錢你得在十天限期內付清。你回去後，馬上準備冥錢金箔，晚上在村外曠野中喚我名字焚燒錢紙，你許下的諾言就算了結。」繆永定全都答應。舅父催它快走，送至郊外，又囑道：「千萬不能失信連累我。」這才指點路徑讓它回去。

當時，繆永定已僵臥三日，家人以爲他醉死，可尚有一絲鼻息。這天他甦醒過來，嘔吐得很厲害，吐出幾斗黑水，氣味很難聞。吐完，汗水濕透床墊和被褥，身體才感到清爽。他將奇異經歷告訴家人，立刻感到尖刀所刺之處腫痛起來，過了一夜變成膿瘡，幸好潰爛並不嚴重，十天後便能拄著拐杖下床行走。家人全都求他償還在陰間欠下的債。繆永定算了一下，沒幾兩銀子辦不成，有點不捨，便說：「先前經歷可能是醉夢中的幻象，即便是眞的，那東靈使者私自放我還陽，他哪裡還敢聲張，讓閻王知情？」家人反覆勸說，他就是不聽。然心中有所警惕，不敢再像從前那樣酗酒，親友都很高興他品行稍有長進，偶爾也和他喝幾杯。一年後，繆永定逐漸忘掉在陰間所受教訓，漸漸恢復本性，舊態復萌。有天，他到家族中一個晚輩家裡喝酒，醉後又當著主人面罵起在座賓客。主人將他逐出，關上大門而去。繆永定在人家家門口吵鬧了半天，兒子這才知情，趕忙扶他回家。才剛進家門，他便朝牆壁跪下，不斷磕頭認錯，說：「我會馬上還清欠你的錢！我會馬上還清欠你的錢！」說完便倒在地。兒子上前一看，他已斷氣身亡。

胡四相公

萊蕪[1]張虛一者，學使張道一之仲兄[2]也。性豪放自縱。聞邑[3]中某氏宅爲狐狸所居，敬懷刺[4]往謁，冀一見之。投刺隙[5]中。移時，扉自闢[6]。僕者大愕，卻退。張肅衣敬入。見堂中几榻宛然，而闃[7]寂無人。遂揖而祝曰：「小生齋宿而來，仙人既不以門外見斥，何不竟賜光霽[8]？」忽聞虛室中有人言曰：「勞君枉駕，可謂跫然足音[9]矣。請坐賜教。」即見兩座自移相向。甫坐，即有鏤漆硃盤，貯雙茗醆[10]，懸目前。各取對飲，吸瀝[11]有聲，而終不見其人。茶已，繼之以酒。細審官閥[12]，曰：「弟姓胡氏，於行爲四；曰相公[13]，從人所呼也。」於是酬酢[14]議論，意氣頗洽。鼈羞鹿脯[15]，雜以薌蓼[16]。進酒行炙[17]者，似小輩甚夥。酒後頗思茶，意纔[18]少動，香茗已置几上。凡有所思，無不應念而至。張大悅，盡醉始歸。自是三數日必一訪胡，胡亦時至張家，並如主客往來禮。

一日，張問胡曰：「南城中巫媼，日託狐神，漁[19]病家利。不知其家狐，君識之否？」胡曰：「彼妄耳，實無狐。」少間，張起溲溺[20]，聞小語曰：「適所言南城狐巫，未知何如人。小人欲從先生往觀之，煩一言請於主人。」張知爲小狐，乃應曰：「諾。」即席而請於胡曰：「我欲得足下服役者一二輩，往探狐巫，敬請君命。」胡固言不必。張言之再三，乃許之。既而張出，馬自至，如有控者。既騎而行，狐相語於途，謂張曰：「後先生于道途間，覺有細沙散落衣襟上，便是吾輩從也。」語次進城，至巫家。巫見張生，笑逆[21]曰：「貴人何忽得臨？」張曰：「聞爾家狐子大靈應，果否？」巫正容曰：

「若箇蹀躞[22]語，不宜貴人出得！何便言狐子？恐吾家花姊不懽[23]！」言未已，空中發半磚來，中巫臂，踉蹡[24]欲跌。驚謂張曰：「官人何得抛擊老身也？」張笑曰：「婆子盲也！幾曾見自己額顱破，冤誣袖手者？」巫錯愕不知所出。正回惑間，又一石子落，中巫，顛蹷；穢泥亂墮，塗巫面如鬼。惟哀號乞命。張請恕之，乃止。巫急起奔遁房中，闔户[25]不敢出。張呼與語曰：「爾狐如我狐否？」巫惟謝過。張仰首望空中，戒勿復傷巫，巫始惕惕[26]而出。張笑諭之，乃還。

由是每獨行於途，覺塵沙淅淅[27]然，則呼狐語，輒應不訛。虎狼暴客，恃以無恐。如是年餘，愈與胡莫逆。嘗問其甲子[28]，殊不自記憶；但言：「見黄巢[29]反，猶如昨日。」一夕共話，忽牆頭蘇然[30]作響，其聲甚厲。張異之。胡曰：「此必家兄。」張言：「何不邀來共坐？」曰：「伊道頗淺，祇好攫雞啗[31]便了足耳。」張謂胡曰：「交情之好，如吾兩人，可云無憾；終未一見顏色，殊屬恨事。」胡曰：「但得交好足矣，見面何爲？」一日，置酒邀張，且告别。問：「將何往？」曰：「弟陝中產，將歸去矣。君每以對面不覿[32]爲恨，今請一識數歲之友，他日可相認耳。」張四顧都無所見。胡曰：「君試開寢室門，則弟在焉。」張如其言，推扉一覷，則内有美少年，相視而笑。衣裳楚楚，眉目如畫，轉瞬之間，不復睹矣。張反身而行，即有履聲藉藉[33]隨其後，曰：「今日釋君憾矣。」張依戀不忍别。胡曰：「離合自有數，何容介介[34]。」乃以巨觥[35]勸酒。飲至中夜，始以紗燭[36]導張歸。及明往探，則空房冷落而已。

後道一先生爲西川學使，張清貧猶昔。因往視弟，願望頗奢。月餘而歸，甚違初意，咨嗟馬上，嗒喪若偶[37]。忽一少年騎青駒，躡其後。張回顧，見裘馬甚麗，意甚騷雅[38]，遂與語間。少年察張不豫，詰[39]

之。張因欷歔而告以故。少年亦爲慰藉。同行里許，至歧路中，少年乃拱手別曰：「前途有一人，寄君故人一物，乞笑納也。」復欲詢之，馳馬徑去。張莫解所由。又二三里許，見一蒼頭40，持小簏41子，獻於馬前，曰：「胡四相公敬致先生。」張豁然頓悟。受而開視，則白鏹42滿中◆。及顧蒼頭，已不知所之矣。

◆**但明倫評點：**兄弟之情，何遂不及於朋友？況學使不及於一狐哉？

兄弟之情，為何反而比不上友情？再且，堂堂提督學政竟比不上一隻狐狸重情重義？

1 萊蕪：古地名，今山東省萊蕪市。

2 學使：官名，指提督學政，掌管教育行政及各省學校生員的升降考核，又名文宗、學道、學政等。

張道一：疑指張四教，「道一」也許是他的別號。張四教，號芹沚，山東萊蕪人，清順治三年（西元一六四六年）進士，擔任山西提學使，後至按察司副使，因得罪當道，辭官回鄉。

仲兄：二哥。

3 邑：此處指縣市。

4 刺：拜帖。古代在竹簡上刻上姓名，作為拜見的名帖。

5 隟：縫隙，此指門縫；同今「隙」字，是隙的異體字。

6 闢：打開。

7 闃：讀作「去」，寂靜無聲。

8 光霽：光風霽月的簡稱。原指雨過天晴後的明淨景象，後比喻政治清明、時世太平的局面，此用以比喻人胸懷坦蕩、品格高潔。

9 跫然足音：比喻客人來訪，心中十分喜悅。跫，讀作「瓊」，腳步聲。

10 醆：讀作「展」，酒杯、飲酒的器具。

11 吸瀝：形容喝水的聲音。

12 官閥：指官階爵位和門第。

13 相公：古代以此稱呼上流階層的年輕人。

14 酬酢：讀作「愁坐」，飲宴中，主人與賓客相互敬酒。

15 鼈羞鹿脯：讀作「鱉羞鹿府」，借指山珍海味。鼈，同今「鱉」字，是鱉的異體字。羞，通「饈」。脯，乾肉。

16 薌蓼：讀作「相」＋「廖」的三聲，兩者皆為用來調味的新鮮植物。薌，通「香」。

17 行炙：傳遞菜肴，此指上菜。

18 纔：讀作「才」，通「裁」、「才」二字，僅、只之意。

19 漁：以不正當的手段謀取、掠奪。

20 溲溺：讀作「搜尿」，小便。

21 逆：迎接。

22 蹀躞：讀作「跌謝」，輕薄。

23 懽：同今「歡」字，是歡的異體字。

24 踉蹡：讀作「輛嗆」，走路東倒西歪的樣子。

25 闔戶：關門。

26 惕惕：讀作「替替」，憂心、恐懼。

27 淅淅：讀作「西西」，擬聲詞，形容風聲。

28 甲子：此指年紀、歲數。

29 黃巢：唐代曹州（今山東省荷澤市）人，鹽販子出身。僖宗時率領徒眾攻打河南、江西、福建、浙東等地，攻陷長安，自稱齊帝，後被李克用征討兵敗，才自刎而死。

30 蘇然：擬聲詞，沙沙聲。

31 攫：讀作「決」，用爪子抓取。啗：讀作「旦」，吃。

32 覿：讀作「迪」，見。

33 藉藉：讀作「集集」，眾多雜亂的樣子。

34 介介：介意。

35 觥：讀作「工」，用兕（讀作「四」）牛角做成的酒器。

36 紗燭：在燈籠骨架外，糊上薄紗的燈。

37 嗒喪若偶：失魂落魄如同行屍走肉。嗒喪，垂頭喪氣；嗒，讀作「踏」。

38 騷雅：原指〈離騷〉，以及《詩經》中的〈大雅〉、〈小雅〉。此處借指文質彬彬。

39 詰：讀作「傑」，問。

40 蒼頭：古代僕役以接近黑色的頭巾包頭，後泛指僕人。

41 簏：讀作「路」，圓形的竹箱。

42 鏹：讀作「搶」，古代串銅錢的繩索，泛指錢幣。

山東萊蕪人張虛一，是提督學政張道一的二哥，此人性情豪放，不受拘束。他聽聞當地某家住宅爲狐狸所據，便攜名帖前往拜謁，希望見上一面。他將名帖塞進門縫，不久，門自行打了開來。隨從大驚，嚇得逃跑。他整衣後，恭敬進入，只見大廳家具擺設一應俱全，卻空蕩蕩的不見人影。他便作揖，禱祝道：「小生齋戒過後才前來拜訪，仙人既不拒之門外，何妨現身一見？也好教小生一睹您的風采。」忽聞空屋內有人說話：「勞煩閣下屈尊到此，實不勝欣喜，請坐賜教。」隨即見兩把椅子自行移成對坐之勢。才剛坐定，就有一盛裝了兩盞香茗的鏤花紅漆盤，懸空送到眼前。雙方各取一杯對飲，他能聽見「淅瀝」的喝茶聲，卻始終無法見到對方眞容。飲畢，接著上酒。他仔細詢問對方家世，狐仙說：「小弟姓胡，排行第四，僕人都稱我爲相公。」於是雙方相互勸酒，談話十分投機。桌上擺了山珍海味，雜著新鮮蔬菜，似有許多小狐僕從一直送上菜肴。張虛一酒後想喝茶，才剛起心動念，茶已置於桌上；只要他心中所想，無一不實現。他很高興，喝得酩酊大醉而歸。從此，每隔三天必訪胡四相公一次，狐仙也時常到張家，兩人如賓主般往來，禮數周到。

有天，張虛一問胡四相公：「南城有個巫婆，打著狐仙的招牌，拐騙病人的錢。不知她家的狐仙，你認識嗎？」胡四相公說：「她是騙人的，根本就沒有什麼狐仙。」不久，張虛一離席小解，聽見有人小聲對自己說：「剛才說的南城狐巫，不知是什麼來頭。小人想跟著先生去看一下，煩您替我向主人說一聲。」張虛一知道是小狐，便答應。回到席間，他向胡四相公請求：「我想帶你一兩個僕從去探探那狐巫來歷，望能應允。」胡四相公堅持無此必要，張虛一再三請求，牠才同意。待張虛一步出，馬便來到跟前，似有人牽著。他騎馬上路，小狐在路上與他聊天，並說：「以後先生在路上行走時，若感覺細沙撒落衣襟，就是我們在跟著你。」說著進城，來到巫婆家。巫婆見張虛一前來，笑著迎接：「貴人怎麼突然蒞臨？」張虛一說：「聽說你家狐崽子很靈驗，是真的嗎？」巫婆正色道：「這種不敬的話，不應從貴人口中說出！為什麼說是狐崽子，恐怕我家花姐會不高興！」話未說完，空中即丟出半塊磚頭，打中巫婆手臂，她踉踉蹌蹌的險些跌倒，驚嚇不已的對張虛一說：「你為什麼拋磚頭砸我？」張虛一笑道：「老太婆瞎了眼！哪有人自己頭破血流，還怪罪雙手插在袖裡的旁觀之人？」正當巫婆錯愕得不知磚頭從哪兒拋出之際，又有一塊石子落下打中她，令她倒在地上；接著又有幾坨汙泥胡亂落下，將她的臉塗得烏黑似鬼。她嚇得大喊饒命。張虛一請求小狐饒恕她，這才停止。巫婆急忙跑進房裡，關上門不敢出來。張虛一大喊著問：「你家狐仙能跟我家的比嗎？」巫婆只能謝罪。張虛一仰望空中，囑咐小狐別再傷害巫婆，她才心有餘悸的走了出來。張虛一笑著教訓她一頓，這才離去。

從此，張虛一獨行時只要感覺身上塵沙淅淅作響，便跟小狐說話，每次都有人應答；就算遇上猛獸歹徒，也都有恃無恐。就這麼過了一年多，他與胡四相公成了莫逆之交。曾問起胡四相公年歲，牠都稱不記得，只說：「黃巢造反作亂，宛如昨日。」某晚，兩人正聊天，忽聽牆邊有「沙沙」聲響，動靜很大。張虛一奇怪，胡四相公說：「這必是家兄。」張虛一說：「怎不邀牠一起坐？」胡四相公答：「牠道行淺，只喜歡抓雞來吃，如此便滿足了。」張虛一對胡四相公說：「像你我這樣的莫逆之交，可說沒有任何遺憾，可我一直未能見到你面容，始終是憾事一樁。」胡四相公說：「只要交情好就夠了，何須見面？」

有天，胡四相公設宴款待張虛一，並向他告別。張虛一問：「你要去哪裡？」胡四相公說：「我打算回家鄉陝西。你經常說見不到我模樣而遺憾，今天讓你見一下結識多年的好友，日後也好相認。」張虛一四處張望，什麼也沒看見。胡四相公說：「你打開寢室的門，小弟就在裡面。」張虛一照牠所說去做，推門一看，裡面有位美少年望著自己笑。那人衣冠楚楚，眉清目秀如畫中人物，一眨眼，又不見了。張虛一轉身步出房門，只聞腳步聲跟隨在後。胡四相公說：「今日總算了卻你心願了吧？」張虛一依戀不捨的與牠話別。胡四相公說：「相聚離別自有定數，何須介懷。」又以大酒杯勸飲。喝到半夜，才以紗燈送張虛一歸返。第二天，張虛一前去探訪，只剩下一座冷落的空房子。

後來，張道一擔任山西提督學政，張虛一仍清貧如昔。他到山西看望弟弟，原指望弟弟接濟自己，一個多月後回返，與當初想法落差很大，他一路騎馬長吁短嘆，失魂落魄。忽有位少年騎著一匹青馬跟隨在後，張虛一回頭，見少年衣著和坐騎皆華麗，神態儒雅，便與之搭話。少年見張虛一不悅，問起原委，張虛一感嘆的告知事情經過，少年勸慰了幾句。兩人同行走了一里多，來到叉路口，少年拱手告別，說：「前面有個人，帶來一件老朋友送給你的禮物，請你笑納。」張虛一正欲詢問，少年騎馬直接離去，張虛一困惑莫解。又走了兩三里路，見一名老僕提著一只小竹筐，呈獻到他馬前，說：「胡四相公敬獻給先生。」張虛一這才恍然大悟，接過竹筐一看，裡面裝滿了白銀。再看向老僕人，已不知去向。

卷五

05

大智若愚者，將聰慧藏在愚癡行止裡，
用情至深者，反而愛到深處淡如水。
如此含蓄蘊藉，
實超脫了世俗價值、凡俗之愛。

花姑子

安幼輿，陝之拔貢生[1]。爲人揮霍[2]好義，喜放生。見獵者獲禽，輒不惜重直[3]，買釋之。會舅家喪葬，往助執紼[4]。暮歸，路經華嶽[5]，迷竄山谷中。心大恐。一矢[6]之外，忽見燈火，趨投之。數武[7]中，欻[8]見一叟，傴僂[9]曳杖，斜徑[10]疾行。安停足，方欲致問。叟先詰[11]誰何。安以迷途告；且言燈火處必是山村，將以投止。叟曰：「此非安樂鄉。幸老夫來，可從去，茅廬可以下榻。」安大悅，從行里許，睹小村。叟扣荊扉[12]，一嫗[13]出，啓關曰：「郎子[14]來耶？」叟曰：「諾。」既入，則舍宇湫隘[15]。叟挑燈促坐，便命隨事具食[16]。又謂嫗曰：「此非他，是吾恩主。婆子不能行步，可喚花姑子來釃酒[17]。」俄女郎以饌具入，立叟側，秋波斜盼。安視之，芳容韶齒[18]，殆類天仙。叟顧令煨酒[19]。房西隅有煤爐，女即入房撥火。安問：「此公何人？」答云：「老夫章姓。七十年止有此女。田家少婢僕，以君非他人，遂敢出妻見子，幸勿哂也。」安問：「婿家何里？」答言：「尚未。」安贊其惠麗，稱不容口。

叟方謙挹[20]，忽聞女郎驚號。叟奔入，則酒沸火騰。叟乃救止，訶[21]曰：「老大婢，濡猛[22]不知耶！」回首，見爐傍有蒭心插紫姑[23]未竟，又訶曰：「髮蓬蓬[24]許，裁[25]如嬰兒！」持向安曰：「貪此生涯，致酒騰沸。蒙君子獎譽，豈不羞死！」安審諦之，眉目袍服，製甚精工。贊曰：「雖近兒戲，亦見慧心。」斟酌移時，女頻來行酒，嫣然含笑，殊不羞濇[26]。安注目情動。忽聞嫗呼，叟便去。安覷無人，謂女曰：「睹仙容，使我魂失。欲通媒妁，恐其不遂，如何？」女抱壺向火，默若不聞；屢問不

對。生漸入室。女起，厲色曰：「狂郎入闥[27]將何爲！」生長跽[28]哀之。女奪門欲去。安暴起要遮，狎接臚膃[29]。女顫聲疾呼，叟匆遽[30]入問。安釋手而出，殊切愧懼。女從容向父曰：「酒復湧沸，非郎君來，壺子融化矣。」安聞女言，心始安妥，益德之。魂魄顛倒，喪所懷來[31]。於是僞醉離席，女亦遂去。叟設裀褥[32]，闔扉乃出。安不寐；未曙，呼別。

至家，即浼[33]交好者造廬求聘，終日而返，竟莫得其居里。安遂命僕馬，尋途自往。至則絕壁巉巖[34]，竟無村落；訪諸近里，則此姓絕少。失望而歸，並忘食寢。由此得昏瞀[35]之疾：強啖湯粥，則喠嗒[36]欲吐；潰亂中，輒呼花姑子。家人不解，但終夜環伺之，氣勢阽危[37]。一夜，守者困怠並寐，生矇瞳[38]中，覺有人揣而抗之[39]。略開眸，則花姑子立牀下，不覺神氣清醒。熟視女郎，潸潸涕墮。女傾頭笑曰：「癡兒何至此耶？」乃登榻，坐安股上，以兩手爲按太陽穴。安覺腦麝[40]奇香，穿鼻沁骨。按數刻，忽覺汗滿天庭，漸達肢體。小語曰：「室中多人，我不便住。三日當復相望。」又於繡袷中出數蒸餅[41]置牀頭，悄然遂去。安至中夜，汗已思食，捫餅啗[42]之。不知所苞[43]何料，甘美非常，遂盡三枚。又以衣覆餘餅，懵憧[44]酣睡，辰分始醒，如釋重負。三日，餅盡，精神倍爽。乃遣散家人。又慮女來不得其門而入，潛出齋庭，悉脫扃鍵[45]。未幾，女果至，笑曰：「癡郎子！不謝巫[46]耶？」安喜極，抱與綢繆[47]，恩愛甚至。已而曰：「妾冒險蒙垢[48]，所以故，來報重恩耳。實不能永諧琴瑟，幸早別圖。」安默默良久，乃問曰：「素昧生平，何處與卿家有舊，實所不憶。」女不言，但云：「君自思之。」

生固求永好。女曰：「屢屢夜奔，固不可；常諧伉儷，亦不能。」安聞言，邑邑[49]而悲。女曰：「必欲相諧，明宵請臨妾家。」安乃收悲以忻[50]，問曰：「道路遼遠，卿纖纖之步，何遂能來？」曰：

「妾固未歸。東頭聾媪我姨行[51]，爲君故，淹留[52]至今，家中恐所疑怪。」安與同衾[53]，但覺氣息肌膚，無處不香。問曰：「熏何薌澤[54]，致侵肌骨？」女曰：「妾生來便爾，非由熏飾。」安益奇之。女早起言別。安慮迷途，女約相候於路。安抵暮馳去，女果伺待，偕至舊所。叟媪歡逆[55]。酒肴無佳品，雜具藜藿[56]。既而請客安寢。女子殊不瞻顧，頗涉疑念。更既深，女始至，曰：「父母絮絮不寢，致勞久待。」浹洽[57]終夜，謂安曰：「此宵之會，乃百年之別。」安驚問之。答曰：「父以小村孤寂，故將遠徙。與君好合，盡此夜耳。」安不忍釋，俯仰悲愴。依戀之間，夜色漸曙。叟忽闖然入，罵曰：「婢子玷我清門，使人愧怍欲死！」女失色，草草奔去。叟亦出，且行且詈[58]。安驚孱遻[59]怯，無以自容，潛奔而歸。

數日徘徊，心景殆不可過。因思夜往，踰牆以觀其便。叟固言有恩，即令事洩，當無大譴。遂乘夜竄往，蹀躞[60]山中，迷悶不知所往。大懼。方覓歸途，見谷中隱有舍宇；喜詣之，則閈閎[61]高壯，似是世家，重門尚未扃也。安向門者詢章氏之居。有青衣人出，問：「昏夜何人詢章氏？」安曰：「是吾親好，偶迷居向。」青衣曰：「男子無問章也。此是渠妗[62]家，花姑即今在此，容傳白[63]之。」入未幾，即出邀安。纔[64]登廊舍，花姑趨出迎，謂青衣[65]曰：「安郎奔波中夜，想已困殆，可伺牀寢。」少間，攜手入幃[66]。安問：「妗家何別無人？」女曰：「妗他出，留妾代守。幸與郎遇，豈非夙緣？」然偎傍之際，覺甚羶腥，心疑有異。女抱安頸，遽以舌舐[67]鼻孔，徹腦如刺。安駭絕，急欲逃脫；而身若巨綆[68]之縛。少時，悶然不覺矣。

安不歸，家中逐者窮人跡。或言暮遇於山徑者。家人入山，則見裸死危崖下。驚怪莫察其由，舁[69]歸。眾方聚哭，一女郎來弔，自門外嗷啕[70]而入。撫尸捺鼻，涕洟其中，呼曰：「天乎，天乎！何愚冥至此！」痛哭聲嘶，移時乃已。告家人曰：「停以七日，勿殮也。」衆不知何人，方將啓問；女傲不爲禮，含涕逕出。留之不顧；尾其後，轉眸已渺。羣疑爲神，謹遵所教。夜又來，哭如昨。至七夜，安忽蘇，反側以呻。家人盡駭。女子入，相向嗚咽。安舉手，揮衆令去。女出青草一束，燂[71]湯升許，即牀頭進之，頃刻能言。歎曰：「再殺之惟卿，再生之亦惟卿矣！」因述所遇。女曰：「此蛇精冒妾也。前迷道時所見燈光，即是物也。」安曰：「卿何能起死人而肉白骨也？勿乃仙乎？」曰：「久欲言之，恐致驚怪。君五年前，曾於華山道上買獵麞[72]而放之否？」曰：「然，其有之。」曰：「是即妾父也。前言大德，蓋以此故。君前日已生西村王主政[73]家。妾與父訟諸閻摩王[74]，閻摩王弗善也。父願壞道代郎死，哀之七日，始得當。今之邂逅，幸耳。然君雖生，必且痿痺[75]不仁；得蛇血合酒飲之，病乃可除。」生啣恨切齒，而慮其無術可以擒之。女曰：「不難。但多殘生命，累我百年不得飛升。其穴在老崖中，可於晡[76]時聚茅焚之，外以強弩戒備，妖物可得。」言已，別曰：「妾不能終事，實所哀慘。然爲君故，業行已損其七，幸憫宥也。月來覺腹中微動，恐是孽根[77]。男與女，歲後當相寄耳。」流涕而去。

安經宿，覺腰下盡死，爬抓無所痛癢。乃以女言告家人。家人往，如其言，熾火穴中。有巨白蛇衝燄而出。數弩齊發，射殺之。火熄入洞，蛇大小數百頭，皆焦臭。家人歸，以蛇血進。安服三日，兩股[78]漸能轉側，半年始起。後獨行谷中，遇老媼以繃席[79]抱嬰兒授之，曰：「吾女致意郎君。」方欲問訊，瞥不復見。啓襁視之，男也。抱歸，竟不復娶。

異史氏曰：「人之所以異於禽獸者幾希[80]，此非定論也。蒙恩啣結[81]，至於沒齒，則人有慚於禽獸者矣。至於花姑，始而寄慧於憨，終而寄情於恝[82]。乃知憨者慧之極，恝者情之至也。仙乎，仙乎！」◆

1 拔貢生：古代科舉制度，考選府州縣學生員（秀才）之學行俱優者，貢諸京師，送到國子監（太學）入學，有副貢、拔貢、優貢、歲貢、恩貢等名，統稱為「貢生」。
2 揮霍：原指隨意浪費金錢。此指慷慨大方。
3 直：通「值」，價值。
4 執紼：讀作「直福」，送葬時，手執繩索以牽引靈柩，幫助行進。後泛指送葬。
5 華嶽：即西嶽華山，位於陝西省華陰縣渭河盆地南，為五嶽中的西嶽（另外四嶽為：中嶽嵩山、東嶽泰山、南嶽衡山、北嶽恆山）。
6 一矢：一支箭的射程，約百步的距離。
7 數武：走幾步。
8 欻：讀作「乎」，忽然之意；同今「欻」字，是欻的異體字。
9 傴僂：讀作「語樓」，駝背。
10 斜徑：山坡小路。
11 詰：讀作「傑」，問。
12 荊扉：用荊條編成的柴門，以此比喻居所簡陋。
13 嫗：讀作「玉」，老婦人。
14 郎子：古代尊稱別人家的年輕男子。
15 湫隘：讀作「繳愛」，形容居所低溼狹小。
16 隨事具食：以家裡現有食物烹煮餐食。
17 釃酒：斟酒。釃，讀作「施」。
18 韶齒：同「韶華」，指人青春年少。韶，讀作「少」的二聲。
19 煨酒：以微火燙酒。煨，讀作「威」。
20 謙挹：謙虛退讓。
21 訶：通「呵」，大聲喝斥、責罵。
22 濡猛：指酒突然沸騰。濡，被水浸濕，此指酒。猛，劇烈、強烈。
23 葵心：即葵葵的心，具醫藥功效，歷來受人們喜愛，常見在院內、牆角、堂前、屋後栽植。葵，讀作「屬」。

紫姑：民間傳說中的廁神。本為妾侍，為正室所嫉，常罰以清掃廁所等勞役，正月十五日死。民間百姓在這一天用飯箕或乾草做成人偶，供為廁神，用以占卜吉凶。
24 蓬蓬：茂盛的樣子。
25 裁：通「纔」、「才」二字，僅、只之意。
26 羞澀：讀作「羞色」，同「羞澀」，因害羞而不好意思、不知所措。澀，原指不光滑、不順暢；同今「澀」字，是澀的異體字。
27 闥：讀作「踏」，指閨闥、閨房，此處解作內室。
28 跽：讀作「季」，古代跪禮的一種，臀部不著腳跟，直身挺腰。
29 朦朧：讀作「絕漢」，指嘴唇。朦，口上彎曲之處，即上唇；同今「谷」字，是谷的異體字。朧，通「頷」，下巴；此指下唇。
30 遽：立刻、馬上。
31 喪所懷來：此指打消非禮念頭。
32 裀褥：讀作「因入」，墊褥、被褥。
33 浼：讀作「每」，拜託、請求。
34 巉巖：讀作「禪言」，險峻的山石。
35 昏瞀：心神錯亂。瞀，讀作「茂」，眼睛看不清的樣子。
36 嗹嗒：讀作「種勇」，反胃想要嘔吐的樣子。
37 阽危：臨危。阽，讀作「店」，接近。
38 曚曈：讀作「盟同」，即「朦朧」，模糊不清的樣子。
39 揣而抁之：讀作「踹」的三聲，用力搖動。抁，讀作「演」，搖動。
40 腦麝：樟腦和麝香。腦，樟腦，由樟樹枝幹及根中提取精製所得，可做香料與驅蟲。麝，麝香，雄麝腹麝香腺的分泌物經乾燥後，製成的香料。
41 袪：讀作「區」，衣袖、袖口。蒸餅：指包子、

◆**何守奇評點：**情極乃至於無情，慧極乃幾於不慧，非此中人何足以知之。

情到深處反倒看似無情，聰慧到了極點反倒看似愚癡，秉性非如此之人又怎能了解。

饅頭一類的麵食。

42捫：讀作「門」，撫摸、觸摸。此指用手拿。啗：讀作「旦」，吃。

43苞：通「包」，將東西包裹起來。

44懵憕：讀作「盟藤」，亦作「懵騰」，半夢半醒，神智不清。

45扃鍵：門扇上的環紐，即一般所謂的門鎖。扃，讀作「窘」的一聲，這裡當名詞用，指門閂。

46巫：古代的醫生也稱作巫。

47綢繆：讀作「愁謀」，纏綿、親密。此指男女交歡。

48蒙垢：此指失身。

49悒悒：通「悒悒」二字，鬱鬱寡歡之意。

50忻：歡喜；同今「欣」字，是欣的異體字。

51行：讀作「行」，輩。

52淹留：讀作「煙留」，久留。

53衾：讀作「親」，被子。

54薌澤：讀作「鄉澤」，香料。

55逆：迎接。

56藜藿：讀作「黎霍」，窮人吃的野菜。

57浹洽：讀作「夾霞」，相處融洽。

58詈：讀作「立」，罵。

59孱：讀作「禪」，懦弱；此指心中害怕而不敢辯解。遻：讀作「厄」，意外相遇；同今「遌」字，是遌的異體字。

60蹀躞：讀作「蝶謝」，小步行走的樣子。

61詣：讀作「意」，前往。閈閎：讀作「漢紅」，指大門。

62妗：讀作「晉」，舅媽的尊稱。

63白：讀作「博」，告訴、告知。

64纔：讀作「才」，通「裁」、「才」二字，僅、只之意。

65青衣：指婢女，古代婢女穿青色衣服。

66幃：讀作「維」，指幃帳。

67遽：就、遂。舐：讀作「事」，拿舌頭舔。

68綆：讀作「耿」，指繩索。

69舁：讀作「魚」，抬、扛舉。

70嗷咷：讀作「叫逃」，大聲號哭。

71燀：讀作「前」，燒熱。

72麞：讀作「張」，同今「獐」字，是獐的異體字；動物名，體形似鹿但較小，無角，毛粗長呈褐色。

73主政：古代官名，舊稱中央各部的「主事」。

74閻摩王：指閻羅王。

75痿痺：肢體萎縮麻痺不能動作的病。

76晡：讀作「步」的一聲，下午三點到五點這段時間。

77孽根：指孩子。

78股：大腿。

79繃席：讀作「崩席」，即襁褓，背負嬰兒的寬布條與包裹嬰兒的小被。

80人之所以異於禽獸者幾希：典故出自《孟子．離婁下》：「人之所以異於禽獸者，幾希。」這句話是說，人和禽獸一樣都有生理慾望，餓了要吃東西，累了要睡覺，是以「幾希」（差別很微小）。唯一不同的是，人有善性而禽獸沒有。人能分辨是非善惡，而禽獸不能，這就是人和禽獸最大的不同，也是人之所以為人的根本，換個角度來說，倘若人連這點善性良心都失去了，也就和禽獸沒什麼分別。

81啣結：受人恩德當啣環以報。啣環，東漢的楊寶曾從鴟梟（讀作「吃消」）喙下救了一隻黃雀，黃雀傷勢痊癒後飛走。某晚，有名黃衣童子前來，送給楊寶四枚白環，表示將使他後世子孫品德高潔，而得位極人臣。

82恝：讀作「夾」，一副不甚在乎的淡然模樣。

陝西拔貢生安幼輿，性情慷慨仗義，喜好放生，見獵人擒獲飛禽走獸，往往不惜重金，買下放生。

有次，舅父家裡辦喪事，他去送葬，傍晚歸返，路經華山，迷了路，在山谷亂走，心中十分驚恐。見一箭射程距離外，有燈火閃爍，快步朝那兒走去。走了幾步，忽見一名拄著拐杖的駝背老翁，從斜坡小路上快步走來。安幼輿停下，想向他問路。老翁問他姓名，安幼輿便說自己迷了路，還說前面隱有燈火閃爍，想必是個村莊，打算到那兒借宿。老翁說：「那裡可不是什麼安全之所，幸虧老夫來了，你可以跟我走，我有間小茅屋可借你住一晚。」安幼輿很高興，跟著他行約一里路，看見一個小村子。老翁敲了敲自家柴門，有名老婦走出，開門道：「公子來了嗎？」老翁說：「正是。」進屋後，只見房舍低矮潮濕。老翁點燈，請安幼輿坐下，吩咐老婦看看家中有何可吃的，可準備一些招待客人；又對老婦說：「他不是外人，是我的恩公。你老太婆行走不便，可喚花姑子出來斟酒。」不久，一名女子端著飯菜進來，後立於老翁身旁偷偷打量客人。安幼輿見女子年輕漂亮，美若天仙。老翁命她燙酒。耳房西側牆角有只煤爐，花姑子進去，將火撥旺。安幼輿問：「這位姑娘是先生的什麼人？」老翁答：「老夫姓章，七十歲了，只有這個女兒，莊稼漢沒有丫頭僕人，因閣下不是外人，才敢讓妻女出來相見，請勿見笑。」安幼輿問：「她丈夫住在那裡？」老翁答：「尚未婚配。」安幼輿說她聰慧貌美，讚不絕口。

老翁正謙虛時，忽聽見花姑子一聲驚呼，急忙跑過去，只見酒滾了，溢出壺外，整只煤爐燒將起來。老翁撲滅火勢，訓斥道：「這麼大的丫頭了，酒滾了沒有，也不知道嗎？」一回頭，見爐臺旁放著一個還沒編紮完的紫姑神偶，又罵：「辮子長這麼長了，還跟小孩兒一樣貪玩！」說著便拿來給安幼輿看，說：

「就是只顧編這東西，讓酒給滾了出來。還虧得你剛才一直誇她，眞是丟人現眼！」安幼輿仔細一看，那紫姑神偶無論衣服或五官全都編得極爲傳神，手工十分精巧。他讚道：「雖是小孩子玩的東西，卻也看得出小姐蕙質蘭心。」安幼輿和老翁兩人對飲了一會兒，花姑子頻頻斟酒，嫣然含笑，毫無羞澀之態。安幼輿注視著她，對她動了眞情。忽聽聞老婦呼喚，老翁應聲而入。安幼輿見房中無人，便對花姑子說：「見到你天仙般的容貌，讓我像丟了魂似的。想請人來說媒，又恐令尊不答應，該怎麼辦呢？」花姑子雙手捧著酒壺，面朝火爐，默不作聲，像沒聽見似的，一連問了幾次都不回答。安幼輿慢慢步進了耳房，花姑子站起身來，疾言厲色的說：「你這登徒子，闖進房來，要做什麼？」安幼輿長跪在地苦苦哀求。花姑子想衝出門外，安幼輿突起身攔阻，將她摟在懷中，親吻她的嘴。花姑子叫喊一聲，老翁聽見呼聲，忙過來詢問。安幼輿趕緊放手，羞愧恐懼至極。只聞花姑子從容的對父親說：「剛才酒又滾到爐子外頭了，要不是安公子急忙過來，酒壺就燒化了。」安幼輿聽她這麼說，才放下心來，感激她爲自己編了套說辭。安幼輿爲之心蕩神馳，這會兒非禮念頭全無，便裝醉離席，花姑子也離去。老翁替他鋪好被褥，關上門後出來。安幼輿睡不著，天未亮即告辭。

回到家，安幼輿立即請好友作媒，到章府提親。黃昏時分，朋友回來覆命，竟說找不著村落。安幼輿便命僕人備馬，親自尋路去找。到了那兒，全是高山絕壁，連個村子的影兒也無；他在鄰村打探，也沒人聽說姓章的人家。大失所望歸家，因思念花姑子而廢寢忘食，從此生了心神錯亂的病。強灌他稀粥，反胃想吐；昏迷之中，仍呼喚著花姑子。家人不解何意，只整夜守在床邊照顧，可他病情卻越發嚴重。有天晚上，看顧他的人累得睡著了，恍惚中，安幼輿覺得有人正用力搖醒自己。微微睜眼，只見花姑子站在床前，他立覺神清氣爽。注視著花姑子，他的眼淚掉了下來。花姑子側著頭，笑道：「你這個傻瓜，怎麼把自己弄成這樣？」說完便上床，坐在安幼輿大腿上，用手幫他按摩太陽穴。安幼輿覺得有股樟腦、麝香氣味從鼻孔進入體內，滲入了全身骨頭裡。按摩片刻，覺額頭冒汗，全身也逐漸汗水淋漓。花姑子小聲的說：「屋裡人多嘴雜，我不便住下。三日後我再來探望。」又從袖子裡掏出幾個包子放在床頭，即悄悄離去。安幼輿睡到半夜，汗已退去，想吃東西，將包子拿來，不知包的什麼餡，甜香可口，一次吃了三個。又用衣裳將所餘包子蓋住，朦朧恍惚的進入了夢鄉。第二天早上醒來，感覺渾身輕鬆舒適。三天後，包子吃完，整個人精神更加清爽。因花姑子要來，他便打發家人離開，又擔心門關著她進不來，還偷偷跑到院子將門閂都拉開。不久，花姑子果然來了，笑著說：「你這傻瓜，不謝謝大夫嗎？」安幼輿高興極了，抱著她上床，恩愛備至。一番雲雨後，花姑子說：「我冒險前來幽會，是為了報你的大恩。我倆無法長相廝守，希望你早做打算。」安幼輿沉默許久，才問：「我與你素不相識，什麼時候和你們家有過交情，實在不記得。」花姑子沒解釋，只說：「你自己想想吧。」

安幼輿又求她做自己妻子，花姑子說：「天天夜晚相會，固然不可；要想結為夫妻，也辦不到。」安幼輿一聽這話，心中悲傷。花姑子說：「如果你一定要娶我，那就明晚到我家來吧。」安幼輿又轉悲為喜，問：「路途遙遠，你一個弱質女子，是怎麼來的？」花姑子說：「我本來就沒回家。村東那頭有位聾婆子是我阿姨，就是為了你，我才在她家久留至今，恐怕家人會起疑。」安幼輿與她同床共枕，只覺她的氣息、肌膚充滿香味，便問：「你薰的是什麼香料，怎能香入骨髓？」花姑子說：「我打出生便如此，香氣不是從外薰染的。」安幼輿更驚訝了。

花姑子早起告辭，安幼輿擔心找不到她家，她便相約在路邊等他。天剛黑，安幼輿騎馬前往，花姑子果在路口相候，兩人一起走到章府。老翁與老婦熱情相迎，沒有醇酒佳肴，還夾雜幾道粗質野菜。隨後便請安幼輿就寢。花姑子也不搭理他，安幼輿很想她。夜深人靜時，花姑子才來，說：「爹娘嘮叨個沒完就是不睡覺，讓你久等了。」兩人纏綿到半夜，她對安幼輿說：「今晚是我們最後一次幽會，以後再無相見之日。」安幼輿驚訝的問起緣由，她答：「家父因小村荒涼寂寞，要搬到很遠的地方。我與你歡愛的時間，只剩今晚了。」安幼輿不忍與她分離，難過得翻來覆去，心中非常悲傷。就在兩人依依不捨中，天色漸亮，老翁忽闖進來，罵道：「不要臉的丫頭，敗壞我門風，眞是羞死人了！」花姑子大驚失色，慌張之下跑了出去。老翁也跟著離開，邊走邊罵。安幼輿驚慌失措，沒想到會被撞見，以致如此尷尬，他羞愧得無地自容，趕緊偷偷溜回家。

安幼輿在家待了幾天，坐立不安，內心很難受，便想著夜間再去，爬牆看看情況再說。老翁既說他有恩於章家，那麼即便被發現，應不致受嚴厲譴責才是。於是乘夜色而去，在山中徘徊，又迷路。他大爲驚恐。正尋找歸路，又見山谷裡隱約有房舍，當即高興的前往，只見大門宏偉，像是豪門大戶，裡外的門都還沒關上。安幼輿上前，向守門人打聽章家住處。有個丫鬟走出來，問：「深更半夜的，誰打聽章家啊？」安幼輿說：「章家是我的一房親戚，我在山裡迷路了。」丫鬟說：「公子不用打聽章家啦！這裡是她舅母家，花姑子現在正在這裡呢，等我去通稟一聲。」不多時，丫鬟便出來邀他入內。才走到廂房，花姑子即快步前來相迎，對丫鬟說：「安郎奔波了大半夜，想必累壞了，快去鋪床讓他歇息。」過了一會兒，兩人便手牽手走進房間，上了床。安幼輿問：「你舅母家中怎麼沒其他人呢？」花姑子說：「舅母有事外出，留我替她看家。你恰巧就來了，難道不是前世的緣分嗎？」兩人親熱之際，他覺得有股很濃的腥臊味，心裡

產生懷疑。花姑子摟住他脖子，突然伸出舌尖舔他鼻孔，安幼輿覺得有根刺扎進了自己腦袋。他嚇壞了，想掙脫逃跑，身子卻像被粗繩綑住一般，不久便昏迷過去，不省人事。

安幼輿整晚沒回家，家人四處尋找，把他可能去的地方全都找了一遍。有人說，傍晚曾在山路上見過他。家人進入山中，發現他全身赤裸死於懸崖下，爲之無比驚訝詫異，卻又不知他發生何事，只好將屍體抬回家。全家正哀哭之際，花姑子前來弔唁，一路嚎啕大哭的從門外走進靈堂。她摸著安幼輿的屍體，眼淚鼻涕直滴到上頭，呼喊著說：「天啊，天啊，你怎會糊塗至此啊！」直哭到聲音沙啞，許久才停止。她告訴安家的人：「停棺七日，不要下葬。」大家都不知她是何許人，正開口問，她也不搭理，含淚直接走了出去。家人想挽留她，便尾隨她，轉眼間卻消失蹤影。眾人懷疑她是神仙，便按祂吩咐去辦。夜裡祂又來，又像先前那般痛哭。

到了第七天晚上，安幼輿忽然甦醒，翻身呻吟。家人都很驚怕。花姑子走進來，對著他嗚咽哭泣。安幼輿舉起手，示意家人離開。花姑子拿出一束青草，熬了一碗藥湯，就著床頭餵他喝下。片刻，他就能開口說話，長嘆一聲，說：「殺我的是你，救活我的也是你！」於是講述那晚遭遇。花姑子說：「那是蛇精變成我的模樣假冒的。你前一次迷路所看見的燈光，便是這東西。」安幼輿說：「你怎麼有起死回生的本事？難道你是神仙？」花姑子說：「我早就想說了，可又怕嚇到你。五年前，你是不是曾在華山路邊買下一頭被獵捉的雄獐，然後放生？」安幼輿一想：「確有此事。」花姑子說：「那便是家父。先前他所說的大恩，就是指這件事。你死去那天晚上，已投胎到西村的王主政家中。我和家父到閻羅王那兒告狀，起初閻羅王還不受理。是家父願毀多年修爲代你去死，哀求了七天，才得到恩准。今天咱倆還能見面，實屬萬幸。你雖能還陽重生，可必定癱瘓，須以蛇血摻酒喝下，病方能痊癒。」安幼輿又氣又恨，正愁沒法捉住那蛇。花姑子說：「此非難事。不過，多殺生命，會連累我百年無法得道升天。蛇洞就在華山老崖下，可在傍晚堆茅草焚燒，再於洞外布置弓箭等候，定能捉住這妖物。」說完，辭別道：「我不能留下來終身侍奉你，實在傷感。爲了救你，我已損七成道行，你就憐憫、寬恕我吧。這一個多月來，我常覺腹中有些微動靜，想必懷了你的骨肉。無論是男是女，一年後定託人送還給你。」說著便淚流滿面，告辭而去。

安幼輿睡了一覺醒來，下半身毫無知覺，用手搔抓，絲毫感覺不到痛癢，便將花姑子的話告訴家人。家人到了那兒，按花姑子所教方法在蛇洞口點火。有條大白蛇冒著濃煙竄出，家人一齊放箭，將牠射殺。火熄滅後，眾人進洞一看，大大小小數百條蛇也已燒焦。家人回家後，用蛇血熬藥給安幼輿喝；連服三天，雙腿漸漸能夠活動，半年後才能下床行走。後來有次獨自在山中行走，遇到章老太太抱著一個襁褓中的嬰孩，交給了他，說：「我女兒向公子致意。」安幼輿正想詢問花姑子近況，老太太卻轉眼消失。打開襁褓一看，是個男嬰。安幼輿抱回家撫養，竟未再娶。

記下奇聞異事的作者如是說：「人與禽獸的差異在於，人有善性，而禽獸沒有，可就這個故事看來也非一定如此。有恩必報，甚至沒齒難忘，就算是人面對這般知恩圖報的禽獸，也只能自嘆不如。至於花姑子，起初，牠將聰慧藏在愚癡行爲裡，最終又選擇淡而忘情。由此可知，憨厚癡傻是聰慧的極致表現，淡如水則是情深的表現。花姑子眞是個神仙啊！」

獅子

暹邏[1]貢獅，每止處，觀者如堵。其形狀與世傳繡畫[2]者迥異，毛黑黃色，長數寸。或投以雞，先以爪摶[3]而吹之；一吹，則毛盡落如掃，亦理之奇也。◆

暹羅國進貢了一頭獅子，所到之處圍觀人潮像堵牆似的。這獅子樣貌和民間流傳的刺繡畫全然不同，牠的毛是黃黑色的，約有幾寸長；有人丟雞給牠吃，會先用爪子抓起來，再用嘴吹，一吹，雞毛全都脫落，這也是個奇特現象。

1 暹邏：讀作「仙羅」，應為「暹羅」，古代泰國的名稱。
2 繡畫：以刺繡所作的畫。
3 摶：讀作「團」，捏聚搓揉成團。此處應解作「抓」。

◆**何守奇評點：**如是我聞，言獅狀與此略同。

我聽人描述過獅子的樣貌，與本故事所載大略相同。

伍秋月

秦郵[1]王鼎，字仙湖。爲人慷慨有力，廣交遊。年十八，未娶，妻殞。每遠遊，恆經歲不返。兄鼐，江北[2]名士，友于[3]甚篤。勸弟勿遊，將爲擇偶。生不聽，命舟抵鎮江[4]訪友。友他出，因稅[5]居於逆旅[6]閣上。江水澄波，金山[7]在目，心甚快之。次日，友人來，請生移居；辭不去。

居半月餘，夜夢女郎，年可十四五，容華端妙，上牀與合[8]，既寤而遺[9]。頗怪之，亦以爲偶。入夜，又夢之。如是三四夜。心大異，不敢息[10]燭，身雖偃臥，惕然[11]自警。纔[12]交睫，夢女復來；方狎[13]，忽自驚寤；急開目，則少女如仙，儼然猶在抱也。見生醒，頓自愧怯。生雖知非人，意亦甚得；無暇問訊，眞與馳驟。女若不堪，曰：「狂暴如此，無怪人不敢明告也。」生始詰[14]之。答云：「妾伍氏秋月。先父名儒，邃於易數[15]。常珍愛妾；但言不永壽，故不許字[16]人。後十五歲果夭歿，即攢瘞[17]閣東，令與地平。亦無冢誌[18]，惟立片石於棺側，曰：『女秋月，葬無冢，三十年，嫁王鼎。』今已三十年，君適至。心喜，亟欲自薦；寸心羞怯，故假[19]之夢寐耳。」王亦喜，復求訖事。曰：「妾少須陽氣，欲求復生，實不禁此風雨[20]。後日好合無限，何必今宵？」遂起而去。次日，復至，坐對笑謔，懽[21]若生平。滅燭登牀，無異生人；但女既起，則遺洩流離，沾染茵褥[22]。

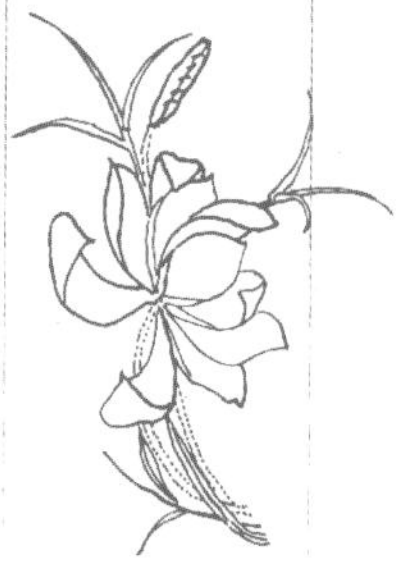

一夕，明月瑩澈，小步庭中。問女：「冥中亦有城郭否？」答曰：「等耳。冥間城府，不在此處，去此可三四里。但以夜爲晝。」問：「生人能見之否？」答云：「亦可。」生請往觀，女諾之。乘月去，女飄忽若風，王極力追隨。欻[23]至一處，女言：「不遠矣。」王瞻望殊罔[24]所見。女以唾塗其兩眥[25]，啓之，明倍於常，視夜色不殊白晝。頓見雉堞在杳靄[26]中；路上行人，如趨墟市[27]。俄二皂縶[28]三四人過，末一人怪類其兄。趨近之，果兄。駭問：「兄哪得來？」兄見生，潸然零涕，言：「自不知何事，強被拘囚。」王怒曰：「我兄秉禮[29]君子，何至縲絏[30]如此！」便請二皂，幸且寬釋。皂不肯，殊大傲睨[31]。生恚[32]欲與爭。兄止之曰：「此是官命，亦合奉法。但余乏用度，索賄良苦。弟歸，宜措置。」生把兄臂，哭失聲。皂怒，猛掣項索，兄頓顛蹶。生見之，忿火塡胸，不能制止，即解佩刀，立決皂首。一皂喊嘶，生又決之◆。女大驚曰：「殺官使，罪不宥[33]！遲則禍及！請即覓舟北發，歸家勿摘提旛[34]，杜門絕出入，七日保無慮也。」王乃挽兄夜買小舟，火急北渡。歸見弔客在門，知兄果死。閉門下鑰，始入。視兄已渺；入室，則亡者已蘇，便呼：「餓死矣！可急備湯餅[35]。」時死已二日，家人盡駭。生乃備言其故。七日啓關，去喪旛，人始知其復蘇。親友集問，但僞對之。

轉思秋月，想念頗煩。遂復南下，至舊閣，秉燭久待，女竟不至。矇矓欲寢，見一婦人來，曰：「秋月小娘子致意郎君：前以公役被殺，凶犯逃亡，捉得娘子去，見在監押。押役遇之虐。日日盼郎君，當謀作經紀[36]。」王悲憤，便從婦去。至一城都，入西郭，指一門曰：「小娘子暫寄此間。」王入，見房舍頗繁，寄頓囚犯甚多，並無秋月。又進一小扉，斗室中有燈火。王近窗以窺，則秋月坐榻上，掩袖嗚泣。二役在側，撮頤捉履，引以嘲戲。女啼益急。一役挽頸曰：「既爲罪犯，尚守貞耶？」王怒，不暇語，持刀直入，一役一刀，摧斬如麻，篡取女郎而出。幸無覺者。裁[37]至旅舍，驀然即醒。方怪幻夢之凶，見秋月含睇[38]而立。生驚起曳坐，告之以夢。女曰：「眞也，非夢也。」生驚曰：「且爲奈何！」女歎曰：「此有定數。妾待月盡，始是生期；今已如此，急何能待！當速發瘞處，載妾同歸，日頻喚妾名，三日可活。但未滿時日，骨耎(39)足弱，不能爲君任井臼(40)耳。」言已，草草欲出。又返身曰：「妾幾忘之，冥追若何？生時，父傳我符書，言三十年後，可佩夫婦。」乃索筆疾書兩符，曰：「一君自佩，一黏妾背。」

送之出，志其沒處，掘尺許，即見棺木，亦已敗腐。側有小碑，果如女言。發棺視之，女顏色如生。抱入房中，衣裳隨風盡化。黏符已，以被褥嚴裹，負至江濱；呼攏泊舟，僞言妹急病，將送歸其家。幸南風大競，甫曉，已達里門。抱女安置，始告兄嫂。一家驚顧，亦莫敢直言其惑。生啓衾(41)，長呼秋月，夜輒擁尸而寢。日漸溫煖(42)。三日竟蘇，七日能步；更衣拜嫂，盈盈然神仙不殊。但十步之外，須人而行；不則隨風搖曳，屢欲傾側。見者以爲身有此病，轉更增媚。每勸生曰：「君罪孽太深，宜積德誦經以懺之。不然，壽恐不永也。」生素不佞佛(43)，至此皈依(44)甚虔。後亦無恙。

異史氏曰：「余欲上言定律：『凡殺公役者，罪減平人三等。』蓋此輩無有不可殺者也。故能誅鋤蠹(45)役者，即爲循良；即稍苛之，不可謂虐。況冥中原無定法，倘有惡人，刀鋸鼎鑊(46)，不以爲酷。若人心之所快，即冥王之所善也。豈罪致冥追，遂可倖而逃哉？」

◆**但明倫評點：**雖有官命，何其虐也？佩刀再決，當呼快快。

即便奉官府之命行事，但衙役對待犯人也太過殘暴。王鼎舉刀再砍一名衙役的頭，當呼大快人心。

1秦郵：今江蘇省高郵市。
2江北：指揚州府，今江蘇省揚州市。
3友于：兄弟。此指兄弟之情。
4鎮江：古代府名，今江蘇省鎮江市。
5稅：租。
6逆旅：旅館。逆，迎接。
7金山：位於江蘇省鎮江市西北，本在江中，現已與南岸毗連。
8合：男女交歡。
9既寤而遺：醒來後夢遺。寤，讀作「物」，醒來、睡醒。遺，男子於睡夢時遺精。
10息：同「熄」，熄滅。
11惕然：讀作「替然」，膽戰心驚的樣子。此指提高警覺。
12纔：讀作「才」，通「裁」、「才」二字，僅、只之意。
13狎：讀作「霞」，親近。
14詰：讀作「傑」，問。
15邃於易數：精通《易經》八卦。邃，精通。易數，用《易經》象數之理推知吉凶的一種方法。
16許字：許配。
17攢瘞：讀作「鑽」的一聲＋「意」，掩埋。攢，鑽孔、挖洞。瘞，用土掩埋、埋葬。
18冢誌：讀作「腫誌」，墳墓的標記，如墓碑等。
19假：借。
20風雨：比喻男女間激烈的性交。
21懽：同今「歡」字，是歡的異體字。
22茵褥：床墊和被褥。茵，墊褥的通稱。
23歘：讀作「乎」，忽然之意；同今「欻」字，是欻的異體字。
24罔：通「無」，沒有。
25眥：讀作「字」，眼眶。

26雉堞：讀作「至跌」，城上的齒狀矮牆。杳靄：讀作「咬矮」，縹渺的雲氣。
27墟市：鄉村中的市集，即臨時市場。墟，俗稱市集、廟會或夜市。
28皂：皂隸，古代衙役多穿黑色衣服。縶：讀作「直」，綑綁。
29秉禮：守禮，不做違反法律及禮法之事。
30縲絏：讀作「雷謝」，古代用來綑綁罪犯的黑色繩索。此處作動詞用，指綑綁。
31傲睨：讀作「傲逆」，傲慢斜視，輕視對方之意。
32恚：讀作「惠」，惱怒、生氣。
33宥：讀作「右」，容忍、寬容、寬恕。
34提旛：喪家懸掛於門口，用以招死者魂魄的長白布條，俗稱招魂旛。旛，讀作「翻」。
35湯餅：湯麵。
36經紀：經營打理。此指營救。
37裁：通「纔」、「才」二字，僅、只之意。
38含睇：含情脈脈看著對方。睇，讀作「弟」，注視之意。
39耎：讀作「軟」，通「軟」。
40任井臼：指打理日常家務，打水、煮飯等。
41衾：讀作「親」，被子。
42煖：同今「暖」字，是暖的異體字。
43佞佛：迷信佛教。佞，讀作「寧」的四聲，沉迷。
44皈依：佛教語，指信仰佛教。皈，同「歸」。
45蠹：讀作「杜」，社會上的敗類，指貪官汙吏或市井無賴等。
46刀鋸鼎鑊：讀作「刀巨頂或」，四者皆為古代刑具。刀，執行割刑的器具。鋸，截斷肢體的刑具。鼎鑊，原為烹飪器具，後成為烹人用的刑具。

江蘇高郵人王鼎，字仙湖，爲人慷慨大方，孔武有力，交遊廣闊。十八歲時，未婚妻死去。每回出遠門，他往往一整年不回家。兄長王鼐，是揚州秀才，兄弟倆感情甚篤。王鼐勸他別遠遊，說要替他選一房合適對象。王鼎不聽，僱了艘船到鎮江訪友。朋友外出，他便在一家旅店租了間閣樓住下。於窗前臨眺，見江水碧波翻傾，遠處金山清晰可見，如此美景令人心曠神怡。次日，友人前來拜訪，請他搬去同住，他推辭不去。

住了半個多月，有天夜裡夢見一名女子，年約十四、五歲，容貌姣好，上床與他交歡，醒來後，他發現自己夢遺。王鼎奇怪，以爲不過偶然如此，可到了夜裡，又做同樣的夢，如此連續了三、四個晚上。心中覺得不大對勁，夜晚便不敢吹熄蠟燭，人雖躺於床上，卻保持警覺。才剛閉眼，又夢見女子前來；正親熱之際，忽然驚醒，忙睜開眼，見一美如天仙的少女正依偎自己懷中。少女見他醒了，顯得很羞怯。王鼎雖知它不是人，還是很高興，無暇細問，便與它眞的交媾起來。少女似乎難以承受如此激烈的對待，說：「你這麼粗暴，難怪人家不敢對你明講。」王鼎這才詢問原委，少女答：「我姓伍，名喚秋月。先父是位名儒，精通《周易》象數。他很疼愛我，但說我壽命不長，所以未將我許配他人。十五歲那年，果然不幸夭折。先父將我屍骨埋在東邊閣樓處，又將墓穴填得與周邊地面齊平，上頭未有任何標誌，只在棺木旁立了塊石頭，上面寫著：『女秋月，葬無塚，三十年，嫁王鼎。』如今已滿三十年，正巧你來到此處，我心中歡喜，很想與你見面，可實在羞怯，才借夢境與你幽會。」王鼎也很高興，請求它行完方才的歡愛。伍秋月說：「我需些許陽氣，想要還陽，可實在經受不住這般激烈的交歡。要做這事以後有的是機會，何必一定要在今夜？」便起身離去。次日，伍秋月又來，兩人對坐有說有笑，像活著的時候那般快樂；吹熄蠟燭上床就寢，也與活人無異；然伍秋月下床後，王鼎便大量洩精，把床墊被褥都沾濕了。

一晚，明月晶瑩透徹，兩人在庭院散步。王鼎問伍秋月：「陰間也有城郭嗎？」伍秋月答：「和陽世一樣。幽冥府衙，不在此處，離此約三四里。與陽世不同的是，將夜晚當白天。」王鼎問：「活人能見到嗎？」伍秋月答：「也可以。」王鼎請求前往一觀，伍秋月允諾。他們趁著月色而去，伍秋月像風一樣輕飄飄的，王鼎在後頭勉強追隨。忽來到一處，伍秋月說：「已經不遠了。」王鼎朝前觀望，什麼也沒看見。伍秋月用唾液塗在他眼皮上，再睜開眼時，王鼎目視已比平常清楚幾倍有餘，在夜間視物與白天無異。他瞧見，遠處雲霧縹緲中有座城市，路上行人像趕集似的，絡繹不絕。不久，見兩名衙役綑綁著三、四個人經過，最末一位被押解之人酷似自己兄長。王鼎上前一看，果是兄長，驚訝相詢：「兄長怎會被抓來？」王鼐看見弟弟，流淚道：「我也不知何事，硬是被它們抓了來。」王鼎怒道：「家兄是個知書達禮的君子，你們何必將它綑綁成這樣？」便上前請求兩名衙役寬釋。衙役不肯，且態度傲慢無禮。王鼎憤怒的與之爭辯，王鼐制止道：「此乃官府命令，它們也是奉命行事罷了。我現在身上沒錢，官府向我勒索很多，弟弟先回去，替我籌些錢來。」王鼎拉著王鼐手臂，痛哭失聲。衙役發怒，猛扯王鼐脖子上的繩索，王鼐頓時摔倒在地。王鼎見狀，怒火中燒，不能抑制，解下佩刀，隨即將一名衙役斬首刀下。另一名衙役驚聲呼喊，王鼎便又殺了它。伍秋月大驚，道：「你殺了官差，罪不可恕，晚了就要大禍臨頭！你們趕緊搭船北返，回到家後莫要摘下門上喪幡。關上門，禁止出入，七天後，可保無事。」王鼎遂拉著王鼐，當

奈何城

晚便僱了艘小船火速北駛。回到家，見弔喪客人還在門前，知道兄長果然死去。關門，上鎖，才進屋內，便已不見兄長魂魄；進內室一觀，死去兄長已然甦醒。王鼐喊道：「餓死我了，快去煮湯麵。」當時，他已經死了兩天，家人見狀無不驚訝害怕，王鼎便講述事情經過。七天後，王鼎將大門打開，摘下喪幡，別人才知王鼐死而復活。親友前來探問，兄弟倆敷衍幾句便搪塞過去。

處理完兄長之事，王鼎轉而思念伍秋月，想得心煩意亂；於是又南下，回到當初相會的閣樓，點上蠟燭以待，伍秋月卻始終沒出現。朦朧中剛要入睡，見一婦人前來，說：「秋月姑娘要我轉告你：日前衙役被殺，凶犯逃亡，把姑娘捉去，收押獄中。獄卒百般凌虐，天天都盼著公子設法營救。」王鼎十分悲憤，隨婦人前去。二人來到一座鬼城，進入西郭，婦人指著一扇門，道：「小姑娘暫時收押在此。」王鼎進入，見房間很多，羈押囚犯甚眾，其中並無伍秋月。又走進一扇小門，小屋中有燈光，走近窗邊一看，見伍秋月坐在床上掩袖啼哭，兩名衙役站於兩側，摸它下巴，捏它的腳，加以調戲。伍秋月哭得更加厲害。一名衙役摟著它脖子，說：「既成囚犯，還要守貞嗎？」王鼎大怒，二話不說，拿刀直接衝了進去，如斬亂麻般朝兩名獄卒一人砍一刀，接著劫走伍秋月，幸無人察覺。回到旅館，他驀然醒來，正爲夢境凶險而驚訝萬分，只見伍秋月含淚而立。王鼎吃驚的起身，拉它坐下，將夢裡經歷之事相告。伍秋月說：「這些都是眞的，不是夢。」王鼎驚訝的問：「那現在該怎麼辦？」伍秋月嘆道：「此乃定數。要到月底才是我還陽之日，事已至此，刻不容緩！你應儘速將我屍體從墓穴挖出，帶我的屍身一起回家，每天呼喚我名字，三天後可活。可是未滿時日還陽，骨頭酥軟、雙足孱弱，沒法替你打理家務。」說完，匆匆欲出，又

伍秋月
片石留題易数精
埋香卅載竟重
生冥途恃有靈
符在秋月於今
十倍明

轉過身來說：「差點忘了交代，萬一陰間官差追上來該怎麼辦。生前，父親曾教我一套畫符的法術，說三十年後我們夫妻可用上。」說完，振筆疾書畫了兩道符，道：「一張你帶在身上，一張黏在我背上。」

王鼎送它出去，記下它消失的位置，掘了一尺多，便見棺木，已然腐朽。棺旁有一小碑，果如伍秋月所說那樣。打開棺材一看，伍秋月面貌如同活人。王鼎將屍體抱入房中，衣服隨風灰化。他將符黏好，用被褥嚴密包裹屍體，揹到江邊，叫了一艘船，託言妹妹得了急病，要送她回家。幸得南風大作，天剛亮，已到家門。他抱著女屍入屋安置，這才將此事告訴兄嫂。全家都很吃驚的探望伍秋月，也沒人敢明說心中疑問。王鼎打開被子，長呼秋月，夜晚抱著屍體就寢。屍體日漸溫暖，三天後竟甦醒，七天後能下床行走。伍秋月更衣拜見兄嫂，體態曼妙如仙女。但十步之外，便需人攙扶；否則隨風搖擺，步履東倒西歪。見到她的人都以爲她患病，卻也更添幾分嫵媚。她總是勸王鼎，說：「你的罪孽太深，應積德誦經懺悔。否則，壽命恐怕不長。」王鼎素來不信佛，竟從此皈依三寶，十分虔誠。之後安然無恙。

記下奇聞異事的作者如是說：「我想上書請求朝廷制定一條法律：『凡殺害衙役者，罪減殺死平民百姓三等。』這些衙役平時作威作福，沒有一個不該殺。所以，能除去衙役中害群之馬者，就是良民；即使作法稍苛刻了點，也不能說是暴虐。況且，陰間本無固定律法，若是爲惡之人，上刀山下油鍋，那也不算酷刑。所做之事只要能大快人心，那就是閻王的德政。否則，哪有人遭陰間通緝追捕，還能僥倖逃過一劫的呢？」

金永年

利津[1]金永年，八十二歲無子，媼亦七十八歲，自分[2]絕望。忽夢神告曰：「本應絕嗣，念汝貿販平準[3]，賜予一子。」醒以告媼。媼曰：「此眞妄想。兩人皆將就木，何由生子？」無何，媼腹震動；十月，竟舉一男。◆

山東利津人金永年，八十二歲仍膝下無子，妻子也已七十八歲，心想此生與子嗣無緣。某晚，忽夢見神明告訴他：「你本該絕後，念你平日做生意價格還算公道，就賜你個兒子。」金永年醒來後，把這個夢告訴妻子。金妻笑道：「眞是癡心妄想。我倆都快進棺材的人了，如何生子？」不久，金妻肚皮有了動靜，十個月後，竟生下一個兒子。

1 利津：縣名，今山東省利津縣。
2 分：料想。
3 平準：平穩物價，使其合於一定的標準。此指價格合理。

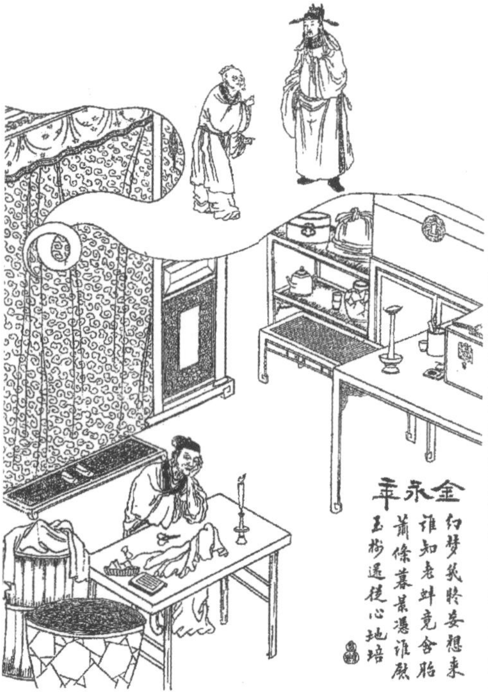

◆**但明倫評點**：天報善人，不可以常理論也。

上天回報好人，是不能用常理推論的。

鴉頭

諸生1王文，東昌2人。少誠篤。薄遊3於楚，過六河4，休於旅舍，閒步門外。遇里戚5趙東樓，大賈6也，常數年不歸。見王，相執甚懽7，便邀臨存。至其所，有美人坐室中，愕怪卻步。趙曳之，又隔窗呼妮子去，王乃入。趙具酒饌，話溫涼8。王問：「此何處所？」答云：「此是小勾欄9。余因久客，暫假10牀寢。」話間，妮子頻來出入。王跼促11不安，離席告別。趙強捉令坐。俄，見一少女經門外過，望見王，秋波頻顧，眉目含情，儀度嫻婉，實神仙也。王素方直，至此惘然若失◆，便問：「麗者何人？」趙曰：「此媼次女，小字鴉頭，年十四矣。纏頭者屢以重金啗12媼，女執不願，致母鞭楚，女以齒稺13哀免，今尚待聘耳。」王聞言俯首，默然癡坐，酬應悉乖14。趙戲之曰：「君倘垂意，當作冰斧15。」王憮16然曰：「此念所不敢存。」然日向夕，絕不言去。趙又戲請之。王曰：「雅意極所感佩，囊澀奈何！」趙知女性激烈，必當不允，故許以十金爲助。王拜謝趨出，罄貲17而至，得五數18，強趙致媼。媼果少之。鴉頭言於母曰：「母日責我不作錢樹子19，今請得如母所願。我初學作人，報母有日，勿以區區放卻財神去。」媼以女性拗執，但得允從，即甚懽喜。遂諾之，使婢邀王郎。趙難中悔，加金付媼。

王與女懽愛甚至。既，謂王曰：「妾煙花下流，不堪匹敵；既蒙繾綣，義即至重。君傾囊博此一宵懽，明日如何？」王泫然20悲哽。女曰：「勿悲。妾委風塵，實非所願。顧未有敦篤可託如君者。請以宵遁。」王喜，遽21起；女亦起。聽譙鼓22已三下矣。女急易男裝，草草偕出，叩主人扉。王故從雙衛23，

託以急務，命僕便發。女以符繫僕股[24]並驢耳上，縱轡[25]極馳，目不容啓，耳後但聞風鳴；平明，至漢江口，税屋而止。王驚其異。女曰：「言之，得無懼乎？妾非人，狐耳。母貪淫，日遭虐遇，心所積懣。今幸脱苦海。百里外，即非所知，可幸無恙。」王略無疑貳，從容曰：「室對芙蓉[26]，家徒四壁，實難自慰，恐終見棄置。」女曰：「何爲此慮。今市貨皆可居，三數口，淡薄亦可自給。可鬻[27]驢子作貲本。」王如言，即門前設小肆[28]，王與僕人躬[29]同操作，賣酒販漿其中。女作披肩，刺荷囊，日獲贏餘，顧贍[30]甚優。積年餘，漸能蓄婢媼。王自是不著犢鼻，但課督而已。

女一日悄然忽悲，曰：「今夜合有難作，奈何！」王問之。女曰：「母已知妾消息，必見凌逼。若遣姊來，吾無憂；恐母自至耳。」夜已央，自慶曰：「不妨，阿姊來矣。」居無何，妮子排闥[31]入。女笑逆[32]之。妮子罵曰：「婢子不羞，隨人逃匿！老母令我縛去。」即出索子縶[33]女頸。女怒曰：「從一者得何罪？」妮子益忿，捽[34]女斷衿。家中婢媼皆集。妮子懼，奔出。女曰：「姊歸，母必自至。大禍不遠，可速作計。」乃急辦裝，將更播遷。媼忽掩入，怒容可掬[35]，曰：「我故知婢子無禮，須自來也！」女迎跪哀啼。媼不言，揪髮提去。王徘徊愴惻，眠食都廢。急詣六河，翼得賄贖。至則門庭如故，人物已非。問之居人，俱不知其所徙。悼[36]喪而返。於是俵散客旅[37]，囊貲東歸。

後數年，偶入燕都[38]，過育嬰堂[39]，見一兒，七八歲。僕人怪似其主，反復凝注之。王問：「看兒何説？」僕笑以對，王亦笑。細視兒，風度磊落。自念乏嗣，因其肖己，愛而贖之。詰[40]其名，自稱王孜。王曰：「子棄之襁褓[41]，何知姓氏？」曰：「本師嘗言，得我時，胸前有字，書山東王文之子。」王大駭曰：「我即王文，烏[42]得有子？」念必同己姓名者。心竊喜，甚愛惜之。及歸，見者不問而知爲王生子。孜漸長，孔武有力，喜田獵，不務生產，樂鬬[43]好殺；王亦不能箝制之。又自言能見鬼狐，悉不之信。會里中有患狐者，請孜往覘[44]之。至則指狐隱處，令數人隨指處擊之，即聞狐鳴，毛血交落，自是遂安。由是人益異之。

王一日游市廛[45]，忽遇趙東樓，巾袍不整，形色枯黯。驚問所來。趙慘然請間[46]。王乃偕歸，命酒。趙曰：「媪得鴇頭，橫施楚掠。既北徙，又欲奪其志。女矢死不二，因囚置之。生一男，棄諸曲巷；聞在育嬰堂，想已長成。此君遺體[47]也。」王出涕曰：「天幸孽兒已歸。」因述本末。問：「君何落拓至此？」歎曰：「今而知青樓之好，不可過認眞也。夫何言！」先是，媪北徙，趙以負販[48]從之。貨重難遷者，悉以賤售。途中腳直供億，煩費不貲，因大虧損。妮子索取尤奢。數年，萬金蕩然。媪見牀頭金盡[49]，旦夕加白眼。妮子漸寄貴家宿，恆數夕不歸。趙憤激不可耐，然無奈之。適媪他出，鴇頭自窗中呼趙曰：「勾欄中原無情好，所綢繆[50]者，錢耳。君依戀不去，將掇奇禍。」趙懼，如夢初醒。臨行，竊往視女。女授書使達王，趙乃歸。

因以此情爲王述之。即出鴇頭書。書云：「知孜兒已在膝下矣。妾之厄難，東樓君自能緬悉。前世之孽，夫何可言！妾幽室之中，暗無天日，鞭創裂膚，飢火煎心，易一晨昏，如歷年歲。君如不忘漢上雪夜單衾[51]，迭互煖[52]抱時，當與兒謀，必能脫妾於厄。母姊雖忍，要是骨肉，但囑勿致傷殘，是所願耳。」王讀之，泣不自禁。以金帛贈趙而去。時孜年十八矣，王爲述前後，因示母書。孜怒眥[53]欲裂，即日赴都，詢吳媪居，則車馬方盈。孜直入，妮子方與湖客飲，望見孜，愕立變色。孜驟進殺之。賓客大駭，以爲寇。及視女尸，已化爲狐。孜持刃逕入。見媪督婢作羹，孜奔近室門，媪忽不見。孜四顧，急抽矢望屋梁射之，一狐貫心而墮，遂決其首。尋得母所，投石破扃[54]，母子各失聲。母問媼，曰：「已誅之。」母怨曰：「兒何不聽吾言！」命持葬郊野。孜僞諾之，剝其皮而藏之。檢媼箱篋[55]，盡卷金貲，奉母而歸。夫婦重諧，悲喜交至。既問吳媼，孜言：「在吾囊中。」驚問之，出兩革以獻。母怒，罵曰：「忤逆兒！何得此爲！」號慟自撾[56]，轉側欲死。王極力撫慰，叱兒瘞[57]革。孜忿曰：「今得安樂所，頓忘撻楚耶？」母益怒，啼不止。孜葬皮反報，始稍釋。

王自女歸，家益盛。心德趙，報以巨金。趙始知媼母子皆狐也。孜承奉甚孝；然誤觸之，則惡聲暴吼。女謂王曰：「兒有拗[58]筋，不刺去之，終當殺人傾產。」夜伺孜睡，潛縶其手足。孜醒曰：「我無罪。」母曰：「將醫爾虐，其勿苦。」孜大叫，轉側不可開。女以巨針刺踝骨側，深三四分許，用刀掘斷，崩然有聲；又於肘間腦際並如之。已乃釋縛，拍令安臥。天明，奔候父母，涕泣曰：「兒早夜憶昔所行，都非人類！」父母大喜。從此溫和如處女，鄉里賢之。

異史氏曰：「妓盡狐也，不謂有狐而妓者；至狐而鴇[59]，則獸而禽矣。滅理傷倫，其何足怪？至百折千磨，之死靡他，此人類所難，而乃於狐也得之乎？唐君謂魏徵更饒嫵媚[60]，吾於鴉頭亦云。」

◆**但明倫評點：**一望便知，又能托以終身，王生誠篤，鴉頭明決。

鴉頭只看一眼便知王文稟性，知道他是個可託付終身之人一王文老實忠厚，鴉頭聰慧果斷。

1 諸生：秀才。
2 東昌：古代府名，今山東省聊城市東昌府區。
3 薄遊：四處遊覽，無目的的漫遊。薄，語助詞，無義。
4 六河：古縣名，今南京市六合區。六，讀作「路」，地名讀音。
5 里戚：鄉親。
6 賈：讀作「古」，買賣經商之人。
7 懽：同今「歡」字，是歡的異體字。
8 溫涼：此處指賓主寒暄。
9 勾欄：妓院。
10 假：借、租。
11 跼促：也作「局促」，困窘忐忑的樣子。
12 纏頭者：此指嫖客。啗：讀作「旦」，吃；此指以利益誘惑他人。
13 齒穉：年幼。穉，讀作「智」，同今「稚」字，是稚的異體字。
14 乖：此指神色有異、不自然，行為舉止出了差錯。
15 冰斧：此指作媒。
16 憮然：讀作「五然」，悵惘若失的樣子。
17 罄貲：讀作「慶資」，散盡錢財，傾囊而出。罄，盡、用完。貲，通「資」，指財物、錢財。
18 五數：五兩銀子。
19 錢樹子：搖錢樹。
20 泫然：流淚的樣子。
21 遽：立刻、馬上。
22 譙鼓：譙樓在夜晚敲打的鼓聲，用以報更。譙，讀作「橋」，指譙樓，城門上用以望遠的高樓。
23 雙衛：兩頭驢子。
24 股：大腿。
25 轡：讀作「佩」，韁繩。
26 芙蓉：此處借指美女。

27 鬻：讀作「玉」，賣。
28 肆：店鋪。
29 躬：親自。
30 顧贍：讀作「顧善」，支應、周濟。
31 排闥：推開門。闥，讀作「踏」。
32 逆：迎接。
33 縶：讀作「直」，綑綁。
34 捽：讀作「族」，拉、抓。
35 怒容可掬：怒容滿面的樣子。
36 悼：讀作「到」，悲傷、悲痛。
37 俵散客旅：遣散旅居時所雇傭的夥計。俵，讀作「表」，分派。
38 燕都：北京。
39 育嬰堂：古代收養棄嬰的收容所。
40 詰：讀作「傑」，問。
41 襁褓：背負嬰兒的寬布條與包裹嬰兒的小被。
42 烏：表示反問的語氣，相當於「何」、「安」、「哪裡」、「怎麼」。
43 鬭：好勇鬥狠；同今「鬥」字，是鬥的異體字。
44 覘：讀作「沾」，觀看、察視。
45 市廛：市集。廛，讀作「禪」，店鋪之意。
46 間：讀作「建」，指私下。
47 遺體：父母留下的骨肉，指子女。
48 負販：裝載貨物、四處販賣以為生的人。
49 牀頭金盡：比喻窮困。後常用來指花費大筆金錢在嫖妓上，以致變得窮困。
50 綢繆：讀作「愁謀」，纏綿、親密。此指男女交歡。
51 衾：讀作「親」，被子。
52 煖：同今「暖」字，是暖的異體字。

雅頭
宵遁匆匆到
漢皋平康樂
籍獄同操都前
有子雄神武洗
髓遙期更伐毛

53 眥：讀作「字」，眼眶。
54 扃：讀作「窘」的一聲，當名詞用時，指門閂。此指門上的鎖。
55 篋：讀作「竊」，置物箱。
56 撾：讀作「抓」，敲打。此指搥胸。
57 瘞：讀作「意」，用土掩埋、埋葬。
58 拗：讀作「傲」，違逆、反抗、不順從。
59 鴇：讀作「保」，此指鴇母，開設妓院的女人。
60 唐君：指唐太宗李世民（五九八年至六四九年）。他在位期間，勵精圖治，減輕刑罰與賦稅，四海昇平，史稱「貞觀之治」。任用李勣（讀作「績」）、秦叔寶等人為將領，征服吐蕃、突厥，聲威遠播域外，西域各國尊為「天可汗」。在位廿三年，死後廟號太宗。
魏徵：字玄成，唐曲城（今山東省掖縣）人。唐太宗時，官拜諫議大夫等職，直言勸諫，深得聖心。在任期間，因病逝世，諡號文貞。
娬媚：即「嫵媚」，指姿容姣好可愛。娬，同今「嫵」字，是嫵的異體字。
山東東昌有個叫王文的秀才，從小個性誠懇，有次前往南方遊玩，路經江蘇六合，投宿旅店，閒暇出門散步，遇見鄉親趙東樓。此人是個做大生意的人，經商在外，好幾年不回家。趙東樓見到王文，熱情的握著他的手，邀他到自己住處聊天。去到那兒，見一美女在屋裡，王文吃驚的停下腳步。趙東樓上前拉他，又隔著窗要裡頭姑娘離開，王文這才進去。趙東樓備了酒菜，二人寒暄幾句。王文問：「此乃何處？」趙東樓說：「這是小妓院。我因久居在外，暫時借住此處。」談話間，姑娘在他們身邊進進出出，王文感到很不自在，起身欲告辭，趙東樓硬拉他坐下。

不久，有個少女從門外經過，望見王文，直盯著他瞧，眉目之間含情脈脈，儀態文雅婉約，如仙女下凡。王文爲人一向耿直，見到她也不禁失魂落魄，問：「這位佳人是誰？」趙東樓說：「這是鴇母的次女，小字鴉頭，已十四歲。嫖客經常以重金賄賂鴇母，可鴉頭執意不從，遭到鴇母鞭打。鴉頭以自己年幼爲由哀求，如今還在等待良人呢。」王文聞言低頭，一言不發的呆坐著，講話應對也頻頻失態。趙東樓玩笑道：「你如若對她有意，小弟願做媒人。」王文悵然若失的說：「我不敢奢望。」天色已晚，他也沒說要離開，趙東樓又開玩笑慫恿他。王文說：「你的好意我很感激，無奈囊中羞澀！」趙東樓心知鴉頭性情剛烈肯定不願意，便說要出十兩銀子相助。王文拜謝出來，回到旅店將所有家當全都拿來，共得五兩銀子，再三哀求趙說服鴇母。鴇母果然嫌少。鴉頭對鴇母說：「母親每日責罵我不做搖錢樹，今日正好遂了母親願望。我才剛學做人，要報答母親有的是時間，別因小錢放走了財神爺。」鴇母知鴉頭性格執拗，她肯答應，已很高興，便應允此事，讓婢女去邀王文。趙東樓一言既出難以反悔，只好眞拿出十兩銀子給鴇母。

王文與鴉頭歡愛至極。鴉頭對王文說：「我是青樓女子，不配嫁與你爲妻；承蒙你眷顧，足見恩義深重。你散盡錢財，換來春宵一度，明日欲待如何？」王文流淚，悲傷哽咽。鴉頭說：「勿要悲傷。我淪落風塵，實非所願。以後恐怕再也沒有像你這般忠厚老實可以讓我託付終身的人。不如今晚逃走。」王文很高興，立刻起身，鴉頭也隨之而起，此時譙樓打響了夜晚十二點的報更鼓聲。鴉頭急忙換上男裝，兩人一同出去。王文敲打所居旅店門扉，進去收拾行李。他本帶著一名隨從，騎了兩頭驢子而來，他託言有急事，要僕人立即出發。鴉頭拿符貼在僕人大腿和驢耳朵上，放開韁繩讓驢子疾馳，連眼睛都睜不開，只聽得耳邊風聲呼嘯；天亮，即來到漢江口，租了間房子住下。王文驚異不已，鴉頭說：「我說了，你可能會害怕吧？我不是人，而是狐妖。鴇母貪得無厭，我每天遭牠虐待，心中積怨已久，如今總算脫離苦海。百里之外，牠就找不到我下落，可以高枕無憂。」王文對牠所言深信不疑，從容的說：「家有嬌妻，卻家徒四壁，心中忐忑不安，恐你終究還是要捨我而去。」鴉頭說：「何必想這麼多。眼下做小本生意也可餬口，兩三口人，省吃儉用也能過日子。可將驢子賣了做本錢。」王文依其言賣了驢，在門前開一間小舖，與僕人一同打理生意。鴉頭做披肩，繡荷包，每天都有盈餘，支應甚豐。過了一年多，漸漸能養婢女、老媽子。王文從此無須幹粗活，只在一旁監督。

有天，鴉頭低聲悲嘆：「今晚將有災禍臨門，該如何是好？」王文忙詢問緣由。鴉頭說：「鴇母已知道我下落，必前來相逼。若派姊來，我倒不擔憂，怕的是牠親自來。」夜深，鴉頭暗自慶幸：「無妨，是阿姊前來。」不久，姑娘推門而入，鴉頭笑臉相迎。姑娘罵道：「賤婢不知羞恥，跟人私奔！鴇母命我來綁你回去。」便拿出繩子要往鴉頭脖子上套。鴉頭怒道：「從一而終倒成了我的罪過了？」姑娘更加憤怒，扯破鴉頭衣襟。家中婢女、老媽子都跑了出來，姑娘害怕，奔逃而出。鴉頭說：「阿姊回去，鴇母必定親至，大禍不遠，得快點想辦法。」兩人忙收拾行李，打算搬家。鴇母突然闖入，怒不可遏，說：「我就知道你這死丫頭不聽話，非我親自來一趟不可。」鴉頭迎面下跪，苦苦哀求。鴇母不吭聲，揪著頭髮將牠捉走。王文悲傷不已，坐立難安，難以成眠，急忙前往六河，希望花錢贖回牠。到了那座小妓院，門庭依舊，人事已非。向當地人打聽，也不知搬去哪裡。他失落悲傷而返，遣散雇用的伙計，帶著錢回山東。

數年後，王文偶然前往北京，經過一間棄嬰收容所，看到一個年約七八歲的男孩。僕人覺得他長得很像主人，雙眼盯著他瞧，上下打量他。王文問：「你爲什麼一直看著這孩子？」僕人笑答，王文也笑。仔細看看這男孩，見他儀表英挺，又想自己並無子嗣，而他又長得像自己，便心生憐愛的贖了他。問他姓名，自稱「王孜」。王文問：「你尚在襁褓時就被拋棄，怎知自己姓名？」男孩說：「家師曾言，當年收留我時，胸前寫著『山東王文之子』。」王文大驚，道：「我就是王文，何曾有過一個兒子？」心想，這男孩的父親一定是與自己同名同姓，心中暗喜，對他甚爲憐愛。回到家，見到孩子的人，無須相詢就知道他是王文的兒子。王孜年歲漸長，力大勇猛，喜歡打獵，不做正當工作，好勇鬥狠；王文也沒法制止。他又自稱能見到鬼狐，聽到這話的人都不信。適逢村里有狐妖作祟，請他前往觀視。一到那裡他便指出狐妖藏匿處，命人照他指向之處打，霎時聽聞狐狸哀嚎聲，皮毛和鮮血交錯落下，從此相安無事。眾人更覺他異於常人。

有天，王文到市集閒逛，偶遇趙東樓，見他衣衫不整、面容枯槁，驚訝問他從何處返鄉。趙東樓黯然神傷的問能否私下談話，王文便帶他回家，命人備酒宴。趙東樓說：「鴇母捉回鴉頭後，將牠毒打了一頓。接著搬到北方，又想逼鴉頭接客，牠抵死不肯，於是被囚禁。牠生下一個兒子，被丟棄在暗巷，聽說被收養在棄嬰收容所，想必已長大成人，那是你的骨肉。」王文熱淚盈眶，泣道：「幸好上天庇佑，我已與孩子相認了，現在就在我家。」便說了收容王孜的經過。王文問趙東樓：「你怎會落魄至此？」趙東樓嘆道：「現在才知歡場無眞愛，夫復何言！」先前鴇母北遷，趙東樓也跟著前往做買賣。可有些貨物太重，搬運不便，只好低價出售。一路上，車馬運費各項開銷花費很多，虧損慘重。加上姑娘索價很高，數年間，萬貫金銀消耗一空。鴇母見他錢財散盡，早晚沒給他好臉色看。姑娘逐漸在富人家留宿，經常好幾天不回來。趙東樓雖氣憤，卻也無可奈何。有天，恰巧鴇母外出，鴉頭從窗間喊他：「妓院本無眞情，與你歡好，也不過看在錢的分上。你眷戀不肯離去，恐將大禍臨頭。」他心中驚懼，恍如夢醒。臨走時，偷偷去看鴉頭，牠拿了封信託他轉交王文，趙東樓因此回山東。

將詳情告知王文後，趙東樓接著拿出鴉頭的信，信中寫道：「我知孜兒已承歡膝下。我的處境，東樓君會代為轉述。前世造的孽，夫復何言！我被關在暗室中，不見天日，被鞭子打得皮開肉綻，饑餓難耐，度日如年。你若沒忘當年在漢江口，在下雪的大冷夜裡，我倆裹著一條棉被相互擁抱取暖的情分，當與兒子商量對策，必能救我脫離苦海。鴇母、阿姊雖殘忍，可畢竟是骨肉至親，囑託孜兒莫要傷害牠們的性命，這是我的心願。」王文看了信，淚流不止，贈與些錢財送趙東樓回去。當時，孜兒已十八歲，王文便告訴他事情經過，又拿出鴉頭的信給他看。王孜聽後憤怒得眼眶簡直要裂開，立刻趕赴京城，打聽到鴇母住處。妓院門前車水馬龍，王孜逕直闖入，姑娘正與跑江湖的客商飲酒，看見王孜，嚇得站起身，瞬間花容失色。王孜猛然衝上前去，一刀砍死。在場嫖客大驚失色，以爲來了強盜，眼見姑娘的屍體變成了狐狸。王孜持刀續闖，見鴇母正督促婢女做羹湯，奔近廚房門口，鴇母忽消失蹤影。王孜四處張望，忙挽弓搭箭，朝屋梁一箭射去，有隻狐狸被箭穿心墜落在地，接著又砍下牠的頭。王孜找到母親被囚的屋子，拿石頭砸壞門鎖，母子相見痛哭失聲。鴉頭問起鴇母，王孜說：「已誅殺。」鴉頭怨道：「孩兒怎麼不聽我的話！」便命他將屍體葬在郊外。王孜假意答應，卻剝了狐狸皮藏起。又在鴇母房間翻箱倒櫃，將金銀珠寶都帶走，而後帶母親歸家。夫妻團圓，悲喜交加。接著王文問起鴇母，王孜說：「在我袋子裡。」王文詢問究竟，王孜便從袋中取出兩張狐狸皮。鴉頭暴怒，罵道：「逆子，你怎能這麼做？」牠悲傷得嚎啕痛

哭，捶胸頓足，尋死覓活。王文極力勸慰，斥責兒子趕緊埋了狐狸皮。王孜氣憤的說：「現在脫離苦海，就忘了挨鞭子那時候了。」鴉頭更加憤怒，啼哭不止。直到王孜葬了狐狸皮，回去稟告，鴉頭才稍微消氣。

自從鴉頭回來後，王文家業更加興旺發達。他對趙東樓心存感激，以重金酬謝。趙東樓這時才知鴇母母女都是狐妖。王孜侍奉雙親孝順至極，可若不小心觸犯了他，便破口大罵，大吼大叫。鴉頭對王文說：「兒子有拗筋，才導致性情這般凶暴，若不挑去，將來必鬧出人命，傾家蕩產。」有一晚，趁他睡著，鴉頭偷偷綑綁了他手腳。王孜醒來，問：「我沒做錯事。」鴉頭說：「這是要醫治你的戾氣，別怕痛。」王孜大叫，翻來覆去怎麼也掙脫不開。鴉頭以粗針刺他腳踝骨側，深入約三四分，用力將筋挑斷，崩然有聲；又在手肘、頭部依樣這麼做，這才解開繩子，拍著他哄他入睡。天亮，王孜跑去伺候父母，流淚泣訴：「兒夜裡回憶先前所作所爲，全都不是身爲一個人該做的。」父母大喜。從此，王孜性情溫和如姑娘，鄉里交口稱讚。

記下奇聞異事的作者如是說：「妓女全都有狐媚惑人的本事，還眞沒想到有狐妖去做妓女；甚至做了鴇母，眞是徹頭徹尾的禽獸，那麼禽獸幹下傷風敗俗、泯滅人倫之事，又有什麼好奇怪的？至於那股受盡百般折磨仍抵死不從的志氣，這是連人都很難做到的事，卻讓一隻狐妖做到了。唐太宗覺得犯顏直諫的魏徵比其他人都更可愛，我對鴉頭也是這麼想的。」

螳蜋[1]捕蛇

張姓者，偶行谿谷，聞崖上有聲甚厲。尋途登覘[2]，見巨蛇圍如碗，擺撲叢樹中，以尾擊柳，柳枝崩折。反側[3]傾跌之狀，似有物捉制之。然審視殊無所見。大疑。漸近臨之，則一螳蜋據[4]頂上，以刺刀攫[5]其首，攧[6]不可去。久之，蛇竟死。視頞[7]上革肉，已破裂云。

1 蜋：同今「螂」字，是螂的異體字。
2 覘：讀作「沾」，觀看、察視。
3 反側：翻來覆去。
4 據：占據。
5 攫：讀作「決」，抓取。
6 攧：讀作「顛」，投擲、甩。
7 頞：讀作「餓」，鼻梁。

有個姓張的人偶然走在山谷裡，聽聞崖上傳來巨大聲響，循聲爬上，看見一條足足有碗口那麼粗的大蛇，在樹叢中搖頭擺尾，尾巴甩在柳樹上，把柳枝都給甩斷。瞧牠翻來覆去、跌跌撞撞的模樣，好似讓什麼東西給控制住。仔細審視，毫無不對勁之處，他非常疑惑；慢慢朝蛇走近，只見一隻螳螂盤據在蛇的頭部，用鋒利如刀的前肢緊緊抓住蛇頭，蛇怎麼也掙脫不了。許久，大蛇竟然死了；張某察看蛇的鼻梁，早已皮開肉綻。

西湖主

陳生弼教，字明允，燕[1]人也。家貧，從副將軍賈綰作記室[2]。泊舟洞庭。適豬婆龍[3]浮水面，賈射之中背。有魚啣龍尾不去，並獲之。鎖置桅間，奄存氣息；而龍吻張翕[4]，似求援拯。生惻然心動，請於賈而釋之。攜有金創藥，戲敷患處，縱之水中，浮沉踰刻而沒。

後年餘，生北歸，復經洞庭，大風覆舟。幸扳一竹簏[5]，漂泊終夜，絓[6]木而止。援岸方升，有浮尸繼至，則其僮僕。力引出之，已就斃矣。慘怛[7]無聊，坐對憩息。但見小山聳翠，細柳搖青，行人絕少，無可問途。自遲明以及辰後，悵悵靡之。忽僮僕肢體微動，喜而捫[8]之。無何，嘔水數斗，醒然頓蘇。相與曝衣石上，近午始燥可著。而枵腸[9]轆轆，飢不可堪。於是越山疾行，冀有村落。纔[10]至半山，聞鳴鏑聲。方疑聽所[11]，有二女郎乘駿馬來，騁如撒菽[12]。各以紅綃[13]抹額，髻插雉尾；著小袖紫衣，腰束綠錦；一挾彈，一臂青韝[14]。度過嶺頭，則數十騎獵於榛莽，並皆姝麗，裝束若一。生不敢前。有男子步馳，似是馭卒[15]，因就問之。答曰：「此西湖主獵首山也。」生述所來，且告之餒[16]。馭卒解裹糧授之，囑云：「宜即遠避，犯駕當死！」生懼，疾趨下山。

茂林中隱有殿閣，謂是蘭若[17]。近臨之，粉垣圍沓，溪水橫流；朱門半啓，石橋通焉。攀扉一望，則臺榭環雲，擬於上苑，又疑是貴家園亭。逡巡[18]而入，橫藤礙路，香花撲人。過數折曲欄，又是別一院宇，垂楊數十株，高拂朱簷。山鳥一鳴，則花片齊飛；深苑微風，則榆錢[19]自落。怡目快心，殆非人

世。穿過小亭，有鞦韆一架，上與雲齊；而罥[20]索沉沉，杳無人迹。因疑地近閨閣，恇怯[21]未敢深入。俄聞馬騰於門，似有女子笑語。生與僮潛伏叢花中。未幾，笑聲漸近。聞一女子曰：「今日獵興不佳，獲禽絕少。」又一女曰：「非是公主射得雁落，幾空勞僕馬也。」無何，紅裝數輩，擁一女郎至亭上坐。禿袖戎裝，年可十四五。鬟多斂霧，腰細驚風，玉蕊瓊英未足方喻。諸女子獻茗熏香，燦如堆錦。移時，女起，歷階而下。一女曰：「公主鞍馬勞頓，尚能鞦韆否？」公主笑諾。遂有駕肩者，捉臂者，褰[22]裙者，持履者，挽扶而上。公主舒皓腕，躡利屣[23]，輕如飛燕，蹴入雲霄。已而扶下。羣曰：「公主眞仙人也！」嘻笑而去。生睨[24]良久，神志飛揚。迨人聲既寂，出詣[25]鞦韆下，徘徊凝想。見籬下有紅巾，知爲羣美所遺，喜內[26]袖中。登其亭，見案上設有文具，遂題巾曰：「雅戲何人擬半仙[27]？分明瓊女散金蓮[28]。廣寒隊裏恐相妒[29]，莫信凌波上九天[30]。」題已，吟誦而出。復尋故徑，則重門扃錮[31]矣。踟躕罔計，反[32]而樓閣亭臺，涉歷幾盡。

一女掩入，驚問：「何得來此？」生揖之曰：「失路之人，幸能垂救。」女問：「拾得紅巾否？」生曰：「有之。然已玷染，如何？」因出之。女大驚曰：「汝死無所矣！此公主所常御，塗鴉若此，何能爲地？」生失色，哀求脫免。女曰：「竊窺宮儀，罪已不赦。念汝儒冠蘊藉，欲以私意相全；今孽乃自作，將何爲計！」遂皇皇[33]持巾去。生心悸肌栗，恨無翅翎，惟延頸俟死。迂久，女復來，潛賀曰：「子有生望矣！公主看巾三四徧[34]，囅然[35]無怒容，或當放君去。宜姑耐守，勿得攀樹鑽垣，發覺不宥[36]矣。」日已投暮，凶祥不能自必；而餓焰中燒，憂煎欲死。無何，女子挑燈至。一婢提壺榼[37]，出酒食餉生。生急問消息。女云：「適我乘間言：『園中秀才，可恕則放之；不然，餓且死。』公主沉思云：

『深夜教渠[38]何之？』遂命餽君食。此非惡耗也。」生徊徨終夜，危不自安。

辰刻向盡，女子又餉之。生哀求緩頰。女曰：「公主不言殺，亦不言放。我輩下人，何敢屑屑[39]瀆告？」既而斜日西轉，眺望方殷，女子坌息[40]急奔而入，曰：「殆矣！多言者洩其事於王妃；妃展巾抵地，大罵狂傖[41]，禍不遠矣！」生大驚，面如灰土，長跽[42]請教。忽聞人語紛拏[43]，女搖手避去。數人持索，洶洶入戶。內一婢熟視曰：「將謂何人，陳郎耶？」遂止持索者，曰：「且勿且勿，待白[44]王妃來。」返身急去。少間來，曰：「王妃請陳郎入。」生戰惕從之。經數十門戶，至一宮殿，碧箔銀鉤[45]。即有美姬揭簾，唱：「陳郎至。」上一麗者，袍服炫冶[46]。生伏地稽首[47]，曰：「萬里孤臣，幸恕生命！」妃急起，自曳之曰：「我非君子，無以有今日。婢輩無知，致迕[48]佳客，罪何可贖！」即設華筵，酌以鏤杯。生茫然不解其故。妃曰：「再造之恩，恨無所報。息女蒙題巾之愛，當是天緣，今夕即遣奉侍。」生意出非望，神惝[49]恍而無著。

日方暮，一婢前白：「公主已嚴妝[50]訖。」遂引生就帳。忽而笙管敖曹[51]；階上悉踐花罽[52]；門堂藩溷[53]，處處皆籠燭。數十妖姬，扶公主交拜。麝蘭之氣，充溢殿庭。既而相將入幃，兩相傾愛。生曰：「羈旅之臣，生平不省拜侍。點污芳巾，得免斧鑕[54]，幸矣；反賜姻好，實非所望。」公主曰：「妾母，湖君妃子，乃揚江[55]王女。舊歲歸寧，偶游湖上，爲流矢所中。蒙君脫免，又賜刀圭[56]之藥，一門戴佩，常不去心。郎勿以非類見疑。妾從龍君得長生訣，願與郎共之。」生乃悟爲神人。因問：「婢子何以相識？」曰：「爾日洞庭舟上，曾有小魚啣尾，即此婢也。」又問：「既不見誅，何遲遲不賜縱脫？」笑曰：「實憐君才，但不自主。顛倒終夜，他人不及知也。」生歎曰：「卿，我鮑叔[57]也。餽食者誰？」曰：「阿念，亦妾腹心。」生曰：「何以報德？」笑曰：「侍君有日，徐圖塞責未晚耳。」問：「大王何在？」曰：「從關聖征蚩尤[58]未歸。」

居數日，生慮家中無耗[59]，懸念綦[60]切，乃先以平安書遣僕歸。家中聞洞庭舟覆，妻子縗絰[61]已年餘矣。僕歸，始知不死；而音問梗塞，終恐漂泊難返。又半載，生忽至，裘馬甚都，囊中寶玉充盈。由此富有巨萬，聲色豪奢，世家所不能及。七八年間，生子五人。日日宴集賓客，宮室飲饌之奉，窮極豐盛。或問所遇，言之無少諱。

有童稚之交梁子俊者，宦游南服[62]十餘年。歸過洞庭，見一畫舫，雕檻朱窗，笙歌幽細，緩蕩煙波。時有美人推窗憑眺。梁目注舫中，見一少年丈夫，科頭疊股[63]其上；傍有二八姝麗，挼莎交摩[64]。念必楚襄[65]貴官，而騶[66]從殊少。凝眸審諦，則陳明允也。不覺憑欄酣叫[67]。生聞呼罷棹[68]，出臨鷁首[69]，邀梁過舟。見殘肴滿案，酒霧[70]猶濃。生立命撤去。頃之，美婢三五，進酒烹茗，山海珍錯，目所未睹。梁驚曰：「十年不見，何富貴一至於此！」笑曰：「君小覷窮措大不能發迹[71]耶？」問：「適共飲何人？」曰：「山荊[72]耳。」梁又異之。問：「攜家何往？」答：「將西渡。」梁欲再詰[73]，生遽[74]命歌以侑酒。一言甫畢，旱雷聒耳，肉竹[75]嘈雜，不復可聞言笑。梁見佳麗滿前，乘醉大言曰：「明允公，能令我眞箇銷魂否？」生笑云：「足下醉矣！然有一美妾之貲，可贈故人。」遂命侍兒進明珠一顆，曰：「綠珠[76]不難購，明我非吝惜。」乃趣[77]別曰：「小事忙迫，不及與故人久聚。」送梁歸舟，開纜逕去。

梁歸，探諸其家，則生方與客飲，益疑。因問：「昨在洞庭，何歸之速？」答曰：「無之。」梁乃追述所見，一座盡駭。生笑曰：「君誤矣，僕豈有分身術耶？」眾異之，而究莫解其故。後八十一歲而終。迨殯，訝其棺輕；開之，則空棺耳。

異史氏曰：「竹簏不沉，紅巾題句，此其中具有鬼神；而要皆惻隱[78]之一念所通也。迨宮室妻妾，一身而兩享其奉，即又不可解矣。昔有願嬌妻美妾，貴子賢孫，而兼長生不死者，僅得其半耳。豈仙人中亦有汾陽[79]、季倫[80]耶？」◆

◆**何守奇評點：**德無不報，神亦猶是也。乃世人不務施德，而專務結仇者，亦獨何哉？

施德於人皆得回報，即便是神仙也同樣知恩圖報。可世人卻不喜歡行善，而老愛與人結仇，這是為什麼？

1 燕：讀作「煙」，河北省的簡稱；清代稱河北省為直隸。
2 記室：古代官名。職掌書記，後用以稱呼掌管文書的幕僚。
3 猪婆龍：爬蟲類動物，長約兩公尺，形似鱷魚，四隻腳，前肢五趾無蹼，後肢四趾有蹼，穴居在池沼底部，以魚、蛙、鳥、鼠為食。皮可用來製成鼓面。又稱「鼉龍」、「靈鼉」、「揚子鱷」（鼉，讀作「陀」）。猪，同今「豬」字，是豬的異體字。
4 吻張翕：嘴巴一開一合。吻，嘴，嘴唇。
5 簏：讀作「路」，圓形的竹箱。
6 絓：讀作「掛」，受到阻礙。
7 慘怛：讀作「慘達」，擔憂、悲痛。
8 捫：讀作「門」，撫摸、觸摸。
9 枵腸轆轆：肚子餓得咕咕叫，形容非常饑餓。枵，讀作「蕭」，指空腹。
10 纔：讀作「才」，通「裁」、「才」二字，僅、只之意。
11 方疑聽所：凝神細聽。
12 撒菽：如撒豆般，形容速度很快。菽，讀作「淑」，豆類總稱。
13 綃：讀作「蕭」，以生絲織成的絲織品。
14 韝：讀作「勾」，皮製的護臂袖套；同今「鞲」字，是韝的異體字。
15 馭卒：馬夫，養馬或管理馬匹的人。
16 餒：饑餓。
17 蘭若：此指寺院。
18 逡巡：讀作「群」的一聲十「巡」，指徘徊。
19 榆錢：即榆莢，因外貌大小如錢幣，故俗稱榆錢。
20 罥：讀作「眷」，吊掛、懸掛。
21 閨閣：讀作「規格」，女子所居臥室。
恇怯：讀作「框卻」，畏縮害怕。
22 褰：讀作「千」，提起、拉起。
23 躡利屣：讀作「聶利喜」，穿著舞鞋。利屣，此為舞鞋的一種，楦頭細尖。
24 睨：讀作「逆」，斜眼看、偷窺。
25 詣：讀作「意」，來到。
26 內：通「納」，放入、收進。
27 擬半仙：指盪鞦韆這種遊戲。

28 瓊女散金蓮：形容女子盪鞦韆時，腳影晃動的姿態。金蓮，指女子的金蓮小腳，是女子腳的代稱。
29 廣寒隊：泛指天宮中的仙女；廣寒，指月宮。妬：妒忌；同今「妒」字，是妒的異體字。
30 莫信凌波上九天：不信她輕盈的步履可以飛到九重天上。
31 重門扃錮：一道道的門都上了鎖。扃，讀作「窘」的一聲，當名詞用，指門閂。
32 反：通「返」，返回。
33 皇皇：驚慌害怕、徬徨不安。
34 徧：同今「遍」字，是遍的異體字。
35 囅然：讀作「產然」，開心微笑貌。
36 宥：讀作「右」，饒恕、寬恕。
37 榼：讀作「克」，盒子形狀的容器。此指盛裝食物的盒子。
38 渠：他，指第三人稱。
39 屑屑：瑣碎細微。此指說話繁瑣囉嗦。
40 坌息：讀作「笨息」，此指因奔跑而呼吸急促，用力喘氣。
41 抵：讀作「底」，扔擲。傖：讀作「倉」，粗鄙之人。
42 跽：讀作「季」，古代跪禮的一種，臀部不著腳跟，直身挺腰。
43 紛挐：讀作「芬如」，紛亂。
44 白：讀作「博」，告訴、告知。
45 碧箔銀鉤：形容室內裝飾得金碧輝煌、璀璨華麗。
46 炫冶：華貴奪目。
47 稽首：叩首的跪拜禮，表示極為敬重、隆重的禮節。
48 迕：讀作「武」，冒犯。
49 惝：讀作「場」，害怕。
50 嚴妝：梳妝打扮。
51 敖曹：形容聲音喧鬧吵雜。

52 罽：讀作「季」，毛織品。此指地毯。
53 溷：讀作「混」，廁所。
54 斧鑕：讀作「府志」，古代刑罰——將人放置鐵砧上，以斧頭砍頭或腰斬。此指死刑。
55 揚江：揚子江，即長江。
56 刀圭：古代量藥的器具，借指藥物。
57 鮑叔：此處引用鮑叔牙事蹟，借指公主乃是自己知音。鮑叔牙，春秋時代齊國大夫，年幼和管仲是知交，知其家境貧窮，便接濟他一些財物。後鮑叔牙事齊桓公，管仲事公子糾，公子糾死，管仲成為階下囚，鮑叔牙深知管仲的賢才，故將他推薦給齊桓公，輔佐齊桓公成霸業。後世以管仲和鮑叔牙的事蹟，比喻知交好友。
58 關聖征蚩尤：此為民間傳說。北宋大中祥符年間，相傳蚩尤為害，導致山西解（讀作「謝」）州的鹽池產量減少。朝廷命張天師請關羽現身，前往征討，收復鹽池；事見呂湛恩注引彭宗古的《關帝實錄》。關聖，三國時期蜀將關羽。蚩尤，古代的部落酋長，曾被黃帝擒殺。
59 秏：指音訊。
60 綦：讀作「其」，當副詞用，極、甚。
61 縗絰：讀作「崔跌」，麻布製成的喪服。此指披麻帶孝，為他服喪。
62 南服：指南方。古代王畿以外地區，依距離遠近劃分為五等，即侯、甸、綏、要、荒，稱為「五服」。
63 科頭：沒有戴帽子。疊股：雙腿交疊，俗稱翹腳；股，大腿。
64 挼莎交摩：以雙手來回按摩。挼，讀作「挪」，搓揉之意。
65 楚襄：指湖北江陵、襄陽地區。楚，古時楚國都於郢（今湖北省荊州市）。
66 騶：讀作「鄒」，古代尊貴之人外出時，負責瞻前顧後的騎士。
67 酣叫：大聲喊叫。
68 棹：讀作「趙」，船槳。
69 鷁首：讀作「義首」，古代常於船頭繪有鷁鳥（水鳥）圖案，故以此借指船。
70 酒霧：酒香。
71 窮措大：貧窮的讀書人。發迹：飛黃騰達。迹，蹤跡、行跡、痕跡；同今「跡」字，是跡的異體字。
72 山荊：謙稱自己妻子。
73 詰：讀作「傑」，問。
74 遽：就、遂。
75 肉竹：唱歌聲與音樂演奏聲。肉，指歌聲。竹，指管樂。
76 綠珠：西晉官員石崇所寵愛的歌妓，美豔絕倫，善吹笛。另一名官員孫秀託人向石崇索要綠珠，被石崇拒絕而懷恨在心，假詔逮捕石崇。綠珠為報答石崇知遇之恩，當即跳樓自殺。此處借指身價極高的絕代美女。
77 趣：讀作「醋」，催促之意。
78 惻隱：惻隱之心：不忍他人受苦難的心，人皆有之。《孟子．公孫丑上》：「所以謂人皆有不忍人之心者，今人乍見孺子將入於井，皆有怵惕惻隱之心。」（每個人看到小孩快要掉入井裡，心中都會升起不忍而想救他的心。）
79 汾陽：指郭子儀（六九七年至七八一年），唐朝名將，華州（今陝西華縣）人。平定安史之亂有功，官拜太尉、中書令，時人稱「郭令公」。一生事奉玄宗、肅宗、代宗、德宗四朝。
80 季倫：指石崇，字季倫，累官至荊州刺史，家財萬貫，後被孫秀所殺。

有個出身直隸的讀書人名叫陳弼教，字明允，家貧，跟隨副將軍賈綰擔任掌管文書的官員。有一回，船停泊在洞庭湖邊時，一條豬婆龍恰好浮出水面，賈綰拿箭射中牠的背，還有條小魚緊緊銜住豬婆龍尾巴，遲遲不肯游走，就這麼一起被捕上了船。牠們被綁在桅杆上，奄奄一息，豬婆龍嘴巴一開一合，似在求救。陳弼教於心不忍，請求賈綰放了牠們。還將隨身攜帶的治刀劍傷勢的金創藥，敷在豬婆龍傷口上，而後將牠放回水裡，只見牠隨著海浪浮沉片刻後即沒入水中。

過了一年多，陳弼教要回北方，再次經過洞庭湖，卻颳起大風，船被吹翻。幸扳住一只竹箱，在海上漂泊一夜，讓岸邊樹枝勾住，才停止漂流。才剛攀爬上岸，後面緊接著漂來一具浮屍，那人是他的僮僕。陳弼教用力拉他上岸，可人已死去。他心中悲痛，面朝屍體坐下休息；只見前方聳立著一座蒼翠小山，青色細柳在風中搖擺，不見任何來往行人，想問路也無人可問。從清晨呆坐至上午九時，心情沮喪，不知該往何處去。忽見僮僕手腳稍微動了一下，陳弼教高興的替他按壓胸口。不久，吐出幾斗水，頓時甦醒過來。兩人將濕衣服脫下放在石頭上曬，近中午時才曬乾能穿。然而饑腸轆轆，難以忍受，便翻山越嶺快步行走，望能找到村落。才走至半山腰，便聞響箭聲。正凝神諦聽之際，兩名女子騎著駿馬奔馳而來，額頭都綁著紅絲巾，髮髻插著雉尾，身穿窄袖紫衣，腰間綁束綠色錦帶。一個手持彈弓，另一個手臂戴著黑色護套。陳弼教翻過山頭，又見幾十個人騎著馬在樹叢打獵，她們全是美女，穿著打扮劃一。陳弼教不敢再向前去。有名男子徒步跑了過來，像個馬夫，陳弼教便相詢於他。馬夫答：「這是西湖主在首山打獵。」陳弼教說了自己來自何方，並告知腹中饑餓難耐。馬夫解開包裹，拿乾糧給他，囑道：「最好趕緊離開，要是驚擾公主車駕，是要被處死的！」陳弼教聽了很害怕，快步走下山去。

山下茂密樹林中隱約可見殿臺樓閣，陳弼教以爲是寺廟。走近一看，粉白色矮牆重重環繞，溪水流經其間；朱紅大門半開，有座石橋通向大門。陳弼教攀著門牆往裡窺視，只見樓臺高聳，雲霧環繞，好似深宮上苑，又疑爲富貴人家的別苑。陳弼教徘徊而入，藤蔓交錯，花香撲鼻。穿過幾道迴廊，又是一座院落，植有數十株高大垂柳，柳條輕拂紅色屋簷。山鳥鳴叫，落花紛飛；深苑微風吹過，榆錢自然飄落。眼前美景賞心悅目，恐非人世間所能有。穿過一座小亭，有架鞦韆和雲齊高，可鞦韆架四周冷清，沒有人影。陳弼教懷疑自己走進了女子住處，心中畏懼不敢再向前。不久，聽見大門處傳來馬蹄聲，似有女子笑語聲，陳弼教和僮僕趕忙躲進花叢藏身。不久，笑聲漸近，聽見一個女子說：「今天運氣太差，獵獲的禽鳥太少。」又一名女子說：「若非公主射下一隻雁，我們幾乎空手而歸。」不久，幾名紅色衣裝女子簇擁一女到亭中坐下。那女子身穿短袖戎裝，年約十四五歲，秀髮如雲盤繞頭頂，腰身纖細如弱柳扶風，即便名花玉蕊也難以比擬她的美。而那幾名伺候她的女子，有的奉茶，有的薰香，所有人衣著皆華麗似錦，光燦奪目。不久，女子起身，步下階梯。有人問：「公主才剛打完獵疲憊得很，還有體力盪鞦韆嗎？」公主笑著點點頭。於是那些女子有的架著她的肩膀，有的攙扶她的胳膊，有的幫她撩裙子，有的拿鞋，將公主攙扶上了鞦韆。公主伸出皓腕，腳著舞鞋，身輕如燕，一下子就盪入雲霄之中。盪完鞦韆，一眾女子扶公主下來，她們都說：「公主眞是個仙女啊！」便嬉笑著離開。

陳弼教窺視了很久，爲這一切神魂顚倒。待仙人們歡聲笑語消失後，走到鞦韆架下，徘徊流連，心中

西湖主
一幅紅巾題
好句美人真
箇最憐才
酬恩合共長
生訣會向龍
宮證夙來

所思皆公主倩影。見籬笆下有條紅巾，陳弼教知道是剛才那群美女所落下，高興的收入袖中。登上小亭，見桌案擺放著文房四寶，便在絲巾上頭題了首詩：「雅戲何人擬半仙？分明瓊女散金蓮。廣寒隊裏恐相妬，莫信凌波上九天。」題罷，吟誦著走出亭子，循原路返回，卻見裡外一道道門都上了鎖。陳弼教不知如何是好，只好返回亭臺樓閣，全都逛了一遍。有名女子悄悄走近，驚訝的問：「你是怎麼進來的？」陳弼教打躬作揖，道：「我迷了路，希望你能幫幫我。」女子問：「你可曾撿到一條紅絲巾？」陳弼教說：「有的，但我已在上頭題字，沾染了墨跡，該如何是好？」遂拿出那條紅絲巾給對方看。女子大驚，說：「你死無葬身之地了！這條絲巾公主常使用，你在上頭亂畫，教我如何幫你？」陳弼教大驚失色，哀求女子代爲求情免罪。女子說：「你闖窺深宮內院，已經罪無可赦。念在你是個斯文的讀書人，本想暗中相助，如今你卻自作孽，我也無能爲力。」說完匆忙拿著紅絲巾走了。陳弼教膽戰心驚，恨不能立刻插翅而飛，卻只能坐以待斃。許久，那名女子又至，偷偷賀道：「你有活命的機會了！公主看了紅絲巾三四遍，只是微笑沒有發怒，或許會放你走。你得耐心等候，別爬樹跳牆試圖逃跑，萬一被發現將難以寬恕。」天色已晚，是吉是凶尚且未知，然腹中饑餓難耐，既心焦又饑餓，煎熬得快要死去。不久，那名女子挑燈前來，有個侍婢提著食盒和水壺，拿出酒菜給陳弼教吃。他急忙打聽消息，女子說：「剛才我尋機跟公主說：『花園裡的秀才，如果能赦免他的罪就放他走，不然，他就要餓死了。』公主沉思了一會兒，說：『三更半夜叫他去哪裡？』便命我送吃的給你。這可不是壞消息。」陳弼教在花園徘徊整晚，惶惶不安。翌日上午九時將過，女子又來送飯，陳弼教求她爲自己說情，女子道：「公主沒說要殺你，也沒說要放，我們這些下人，怎敢在她面前多嘴？」待太陽西沉，陳弼教引頸企盼能有後續消息，女子忽上氣不接下氣的跑來：「完了！有人多嘴，將這件事告訴了王妃，王妃看了紅絲巾後扔擲在地，大罵狂妄之徒，你就要大禍臨頭了！」陳弼教大驚失色，面如死灰，長跪在地求她想想辦法。忽聽人聲喧譁，女子搖手暫避。幾人拿著繩索，氣勢洶洶衝了進來。其中有個丫鬟瞧了瞧陳弼教，說：「我以為是誰呢，這不是陳公子嗎？」便制止拿繩索的人，說：「請先住手，待我前去稟告王妃。」忙轉身離去，不久又回，說：「王妃有請陳公子。」陳弼教戰戰兢兢的跟隨於她。穿過十幾道門，來到一座宮殿，殿內金碧輝煌，有位美女掀開門簾高呼：「陳公子到。」大殿上坐了一名衣著服飾耀眼華貴的美婦，陳弼教趴在地上磕頭，說：「孤臣遠道而來，還望饒恕性命！」王妃忙起身，扶他起來，說：「若非公子，我無法活至今日。丫鬟們無知，冒犯了貴客，罪無可恕！」便命人設筵席，以鏤花金杯斟酒相待。陳弼教不明所以，王妃說：「救命之恩，恩同再造，只恨無以為報。承蒙你在小女絲巾題詩示愛，此乃上天注定之緣分，今晚就讓她侍奉你。」陳弼教喜出望外，既害怕又恍惚，不知如何是好。

天色剛黑，有個丫鬟來報：「公主已梳妝完畢。」便領陳弼教前往洞房。忽笙管齊鳴，臺階鋪上織花地毯，屋裡屋外掛滿了燈籠。幾十名美女扶著公主與陳弼教交拜，蘭花和麝香氣味彌漫了整座殿宇。拜完天地，新人進了幃帳，交頸纏綿，極盡繾綣。陳弼教說：「我是個漂泊在外的孤臣，生平從未進宮拜見，玷污了公主的絲巾，能撿回一條命已很幸運，誰知反倒賜我與你成婚，實是意料之外。」公主說：「家母是洞庭湖君的妃子，是揚子江王之女。去年她回娘家時，偶然在湖上遊玩，被弓箭射中，蒙你相救才被釋放，又賜金創藥，我們全家因此深懷感激，常掛心頭。你且莫因我是異類而心存猜疑，我從龍王那兒習得了長生祕訣，願與你分享。」陳弼教這才恍然大悟她是神仙，便問：「那個丫鬟怎麼認得我？」公主說：「那天在洞庭湖的船上，有條小魚跟隨著家母，就是那丫鬟。」陳弼教又問：「既然你不殺我，為何遲遲不放我走？」公主笑答：「我雖仰慕你的才華，可婚姻之事又不能自己作主，於是輾轉終夜，別人哪裡懂我心思。」陳弼教嘆了口氣，說：「你眞是我的知音啊！那個給我送飯的女子是誰？」公主回答：「她叫阿念，也是我的心腹。」陳弼教問：「要怎麼報答她的恩德呢？」公主笑道：「她伺候你的日子還長著呢，慢慢再找機會報答也不遲。」陳弼教又問：「大王身在何處？」公主說：「家父跟隨關聖帝君討伐蚩尤，還沒回來。」

住了幾天，陳弼教擔憂家人沒他消息將十分掛念，便先寫了封信派遣僮僕送回報平安。家人聽說陳弼教的船在洞庭湖沉沒後，妻子已披麻戴孝一年有餘，直到僮僕返回才知他沒死；但因無法傳遞消息，又恐他漂泊在外，無法回家。又過半年，陳弼教忽然回家，身穿名貴服飾，騎駿馬，行囊裝滿了寶石珠玉，極盡雍容華貴；從此變得家財萬貫，享足聲色犬馬，大戶人家也比不上他。七八年光陰過去，陳弼教生了五個兒子，天天設宴宴請賓客，房屋、飲食無不豪華豐盛。有人問起他的機遇，也實話實說，毫不避諱。

陳弼教有個從小一塊兒長大的朋友名叫梁子俊，在南方為官十多年，有次回家，途經洞庭湖，見一艘畫船雕欄紅窗，笙歌悠揚，在湖上緩慢飄盪，還不時有美人推窗向外眺望。梁子俊見畫船中有名少年男子，未著冠，翹腿坐於其中，旁邊還有個年約十五六的美女替他按摩。梁子俊心想此人必是江陵、襄陽一帶大官，可隨行騎士竟不怎麼多。仔細審視，此人原來是陳明允。梁子俊倚著欄杆大喊，陳弼教聽見有人喊自己，便命船夫停止搖槳，走到船頭，邀請梁子俊上船。只見船內滿桌殘羹剩菜，艙中彌漫著酒香；陳弼教立刻命人撤去殘席。不久，三五名美麗丫鬟進酒端茶，送上前所未見的山珍海味。梁子俊訝道：「十年不見，怎突然變得如此富裕？」陳弼教笑道：「你這是小看我窮書生不能飛黃騰達嗎？」梁子俊問：「剛才和你一起喝酒的是誰？」陳生說：「是拙荊。」梁子俊又覺奇怪：「你攜家帶眷的要上哪兒去？」陳弼教答：「要到西岸去。」梁子俊還待追問，陳弼教命人奏樂勸酒。一句話剛說完，只聞樂聲如雷震耳，絲竹管弦之聲嘹亮，再聽不見談笑聲。梁子俊見眼前全是美女，乘醉大聲說：「明允兄，能賜我個美人讓我銷魂一番嗎？」陳弼教笑道：「你喝醉了！但我可以送老朋友一筆錢，讓你去買嬌妻美妾。」便命丫鬟送上明珠一顆，說：「有了這個，就算是綠珠般的美人也不愁買不到，也證明我並非吝嗇之人。」便起身作勢辭別：「我還有點事，無暇與老朋友久聚。」便送梁子俊回船。陳弼教解開纜繩，逕自開船而去。

梁子俊回去後，到陳家探望，見陳弼教正和客人喝酒，心中更加疑惑，便問：「昨天還在洞庭湖，怎麼這麼快就回來了？」陳弼教答：「沒有此事。」梁子俊追述當時情景，滿座賓客驚訝至極。陳弼教笑道：「你弄錯了，我難道懂得分身術？」眾人無不驚異，但終仍不解。後來，陳弼教活到八十一歲去世；下葬時，人們驚訝棺材太輕，打開一看，裡面什麼也沒有。

記下奇聞異事的作者如是說：「憑著一只竹箱在海上漂浮撿回一命，又在紅絲巾上題詩，這代表冥冥中有鬼神護佑，而其中關鍵在於陳弼教有顆惻隱之心。可直到他住宮殿、妻妾成群，一個人居兩地享受富貴後，便難以理解了。過去，有人希望自己坐擁嬌妻美妾、貴子賢孫，還要長生不老，結果也只能得到一部分罷了。難道，神仙之中也有像郭子儀、石崇那樣可以盡享富貴的嗎？」

罵鴨

邑[1]西白家莊居民某，盜鄰鴨烹之。至夜，覺膚癢。天明視之，茸[2]生鴨毛，觸之則痛◆。大懼，無術可醫。夜夢一人告之曰：「汝病乃天罰。須得失者罵，毛乃可落。」而鄰翁素雅量，生平失物，未嘗徵於聲色[3]。某詭告翁曰：「鴨乃某甲所盜。彼深畏罵焉，罵之亦可警將來。」翁笑曰：「誰有閒氣罵惡人◆。」卒不罵。某益窘，因實告鄰翁。翁乃罵，其病良已。

異史氏曰：「甚矣，攘[4]者之可懼也：一攘而鴨毛生！甚矣，罵者之宜戒也：一罵而盜罪減！然為善有術，彼鄰翁者，是以罵行其慈者也。」

1 邑：此處指縣市，指蒲松齡的家鄉——山東省淄川縣（古名「般陽」），即今淄博市淄川區。
2 茸：讀作「榮」，鳥獸身上細柔的毛。
3 徵於聲色：表露出來；即透過言行舉止，將心中喜怒哀樂表現在臉上。
4 攘：讀作「讓」的二聲，偷盜、竊取。

◆**馮鎮巒評點：**盜一鴨耳，天公那有若許閒工夫。盜牛馬者又以何法治之？

不過是偷了隻鴨子，老天爺哪有這等閒工夫一一懲治偷取雞鴨犬之輩。那麼偷牛馬的人又該拿什麼法子懲治呢？

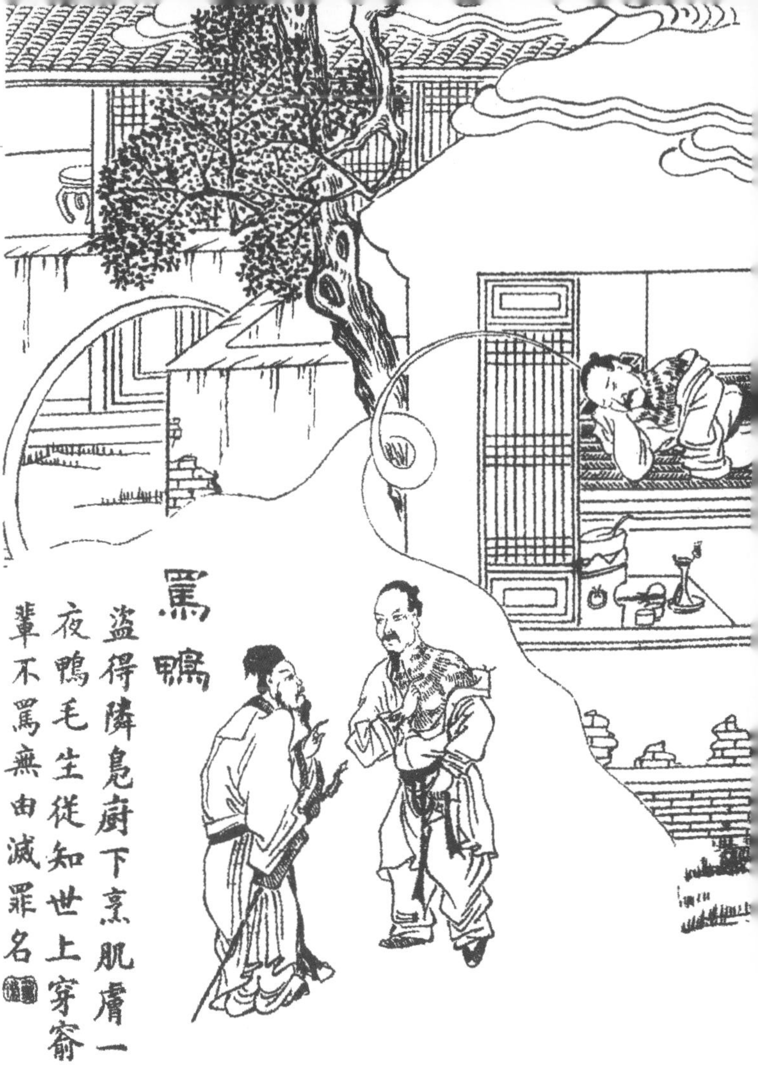
罵鴨
盜得隣鳧廚下烹肌膚一
夜鴨毛生從知世上穿窬
輩不罵無由滅罪名

本縣西邊的白家莊，有位村民偷抓鄰居的鴨子煮來吃。夜晚，覺得皮膚很癢，天亮一看，竟長出密密麻麻的鴨毛，一碰就痛；他很害怕，無法可醫。晚上夢見有人告訴他：「你這病是天罰，得被失主痛罵一頓，鴨毛才能脫落。」可是，鄰家老翁一向寬宏大量，丟失任何東西從不形於色。村民要求老翁，道：「鴨子是某某人偷的，他最怕挨罵，罵他可警惕他將來不再犯。」老翁笑道：「誰有閒工夫去罵壞人？」就是不肯罵。那位偷鴨的村民很尷尬，便將實情告知老翁。老翁才罵他幾句，病就痊癒了。

記下奇聞異事的作者如是說：「偷竊的人要小心啊：一偷，就會長鴨毛！罵人的人要警惕啊：一罵，可就減輕了竊盜罪！不過，做好事也是有方法的，像鄰家老翁就是以罵人來做善事。」

封三娘

范十一娘，思𪊨城祭酒[1]之女。少豔美，騷雅[2]尤絕。父母鍾愛之，求聘者輒令自擇；女恆少可。會上元[3]日，水月寺中諸尼，作盂蘭盆會[4]。是日，游女如雲，女亦詣[5]之。方隨喜[6]間，一女子步趨相從，屢望顏色[7]，似欲有言。審視之，二八絕代姝也。悅而好之，轉用[8]盼注。女子微笑曰：「姊非范十一娘乎？」答曰：「然。」女子曰：「久聞芳名，人言果不虛謬。」十一娘亦審里居。女答言：「妾封氏，第三，近在鄰村。」把臂歡笑，詞致溫婉，於是大相愛悅，依戀不捨。十一娘問：「何無伴侶？」曰：「父母早世，家中止一老嫗[9]，留守門戶，故不得來。」十一娘將歸，封凝眸欲涕，十一娘亦惘然，遂邀過從。封曰：「娘子朱門繡戶[10]，妾素無葭莩親[11]，慮致譏嫌。」十一娘固邀之，答：「俟[12]異日。」十一娘乃脫金釵一股贈之，封亦摘髻上綠簪爲報。十一娘既歸，傾想殊切。出所贈簪，非金非玉，家人都不之識，甚異之。日望其來，悵然遂病。父母訊得故，使人於近村諮訪，並無知者。

時值重九[13]，十一娘羸頓[14]無聊，倩[15]侍兒強扶窺園，設褥東籬下。忽一女子攀垣[16]來窺，覘[17]之，則封女也。呼曰：「接我以力！」侍兒從之，驀然遂下。十一娘驚喜，頓起，曳坐褥間，責其負約，且問所來。答云：「妾家去此尚遠，時來舅家作耍。前言近村者，緣舅家耳。別後懸思頗苦；然貧賤者與貴人交，足未登門，先懷慚怍，恐爲婢僕下眼覷，是以不果來。適經牆外過，聞女子語，便一攀望，冀是小姐，今果如願。」十一娘因述病源。封泣下如雨，因曰：「妾來當須秘密。造言生事者，飛短流

長，所不堪受。」十一娘諾。偕歸同榻，快與傾懷。病尋愈。訂爲姊妹，衣服履舄[18]，輒互易著。見人來，則隱匿夾幙[19]間。積五六月，公及夫人頗聞之。一日，兩人方對弈。夫人掩入，諦視，驚曰：「眞吾兒友也！」因謂十一娘：「閨中有良友，我兩人所歡，胡不早白[20]？」十一娘因達封意，夫人顧謂三娘：「伴吾兒，極所忻慰[21]，何昧之？」封羞暈滿頰，默然拈帶而已。夫人去，封乃告別，十一娘苦留之，乃止。一夕，自門外匆皇[22]奔入，泣曰：「我固謂不可留，今果遭此大辱！」驚問之。曰：「適出更衣，一少年丈夫，橫來相干[23]，幸而得逃。如此，復何面目？」十一娘細詰[24]形貌，謝曰：「勿須怪，此妾癡兄。會告夫人，杖責之。」封堅辭欲去。十一娘請待天曙。封曰：「舅家咫尺，但須以梯度我過牆耳。」十一娘知不可留，使兩婢踰垣送之。行半里許，辭謝自去。婢返，十一娘伏牀悲惋，如失伉儷。

後數月，婢以故至東村，暮歸，遇封女從老嫗來。婢喜，拜問。封亦惻惻，訊十一娘興居。婢捉袂曰：「三姑過我。我家姑姑盼欲死！」封曰：「我亦思之，但不樂使家人知。歸啓園門，我自至。」婢歸，告十一娘；十一娘喜，從其言，則封已在園中矣。相見，各道間闊，綿綿不寐。視婢子眠熟，乃起，與十一娘同枕，私語曰：「妾固知妹子未字，以才色門地，何患無貴介壻[25]；然紈袴兒[26]傲不足數。如欲得佳耦[27]，請無以貧富論。」十一娘然之。封曰：「舊年邂逅處，今復作道場[28]，明日再煩一往，當令見一如意郎君。妾少讀相人書，頗不參差。」昧爽，封即去，約俟蘭若[29]。十一娘果往，封已先在。眺覽一周，十一娘便邀同車。攜手出門，見一秀才，年可十七八，布袍不飾，而容儀俊偉。封潛指曰：「此翰苑才[30]也。」十一娘略睨[31]之。封別曰：「娘子先歸，我即繼至。」入暮，果至，曰：「我適物色

[32]甚詳，其人即同里孟安仁也。」十一娘知其貧，不以為可，封曰：「娘子何亦墮世情哉！此人苟長貧賤者，余當抉[33]眸子，不復相天下士矣。」十一娘曰：「且為奈何？」曰：「願得一物，持與訂盟。」十一娘曰：「姊何草草！父母在，不遂如何？」封曰：「妾此為，正恐其不遂耳。志若堅，生死何可奪也？」十一娘必不可，封曰：「娘子姻緣已動，而魔劫[34]未消。所以故，來報前好耳。請即別，即以所贈金鳳釵，矯命贈之。」十一娘方謀更商，封已出門去。

時孟生貧而多才，意將擇耦，故十八猶未聘也。是日，忽睹兩豔，歸涉冥想，一更向盡，封三娘款門而入。燭之，識為日中所見。喜致詰問。曰：「妾封氏，范十一娘之女伴也。」生大悅，不暇細審，遽前擁抱。封拒曰：「妾非毛遂[35]，乃曹丘生[36]。十一娘願締永好，請倩冰[37]也。」生愕然不信。封乃以釵示生，生喜不自已，矢曰：「勞眷注若此，僕不得十一娘，寧終鰥[38]耳。」封遂去。生詰旦[39]，浼鄰媼詣[40]范夫人，夫人貧之，竟不商女，立便卻去。十一娘知之，心失所望，深怨封之誤己也；而金釵難返，只須以死矢之。又數日，有某紳為子求婚，恐不諧，浼邑宰作伐[41]。時某方居權要，范公心畏之。以問十一娘，十一娘不樂。母詰之，嘿嘿[42]不言，但有涕淚。使人潛告夫人：非孟生，死不嫁！公聞，益怒，竟許某紳家，且疑十一娘有私意於生，遂涓吉[43]速成禮。十一娘忿不食，日惟耽臥。至親迎之前夕，忽起，攬鏡自妝。夫人竊喜。俄侍女奔白：「小姐自經[44]！」舉宅驚涕，痛悔無所復及。三日遂葬。

孟生自鄰媼反命[45]，憤恨欲絕。然遙遙探訪，妄冀復挽。察知佳人有主，忿火中燒，萬慮俱斷矣。未幾，聞玉葬香埋，愴然[46]悲喪，恨不從麗人俱死。向晚出門，意將乘昏夜一哭十一娘之墓。欻[47]有一人來，近之，則封三娘。向生曰：「喜姻好可就矣。」生泫然[48]曰：「卿不知十一娘亡耶？」封曰：「我所謂就者，正以其亡。可急喚家人發冢，我有異藥，能令蘇。」生從之，發墓破棺，復掩其穴。生自負尸，與三娘俱歸，置榻上；投以藥，踰時而蘇。顧見三娘，問：「此何所？」封指生曰：「此孟安仁也。」因告以故，始如夢醒。封懼漏洩，相將去十五里，避匿山村。

封欲辭去，十一娘泣留作伴，使別院居。因貨殉葬之飾，用爲資度，亦稱小有。封每遇生來，輒走避。十一娘從容曰：「吾姊妹，骨肉不啻[49]也，然終無百年聚。計不如效英、皇[50]。」封曰：「妾少得異訣，吐納可以長生，故不願嫁耳。」十一娘笑曰：「世傳養生術，汗牛充棟[51]，行而效者誰也？」封曰：「妾所得非世人所知。世傳並非眞訣，惟華陀五禽圖[52]差爲不妄。凡修煉家無非欲血氣流通耳，若得厄逆症[53]，作虎形立止，非其驗耶？」十一娘陰與生謀，使僞爲遠出者。入夜，強勸以酒；既醉，生潛入污之。三娘醒曰：「妹子害我矣！倘色戒不破，道成當升第一天。今墮奸謀，命耳！」乃起告辭。十一娘告以誠意而哀謝之。封曰：「實相告：我乃狐也。緣睹麗容，忽生愛慕，如繭自纏，遂有今日。此乃情魔之劫，非關人力。再留，則魔更生，無底止矣◆。娘子福澤正遠，珍重自愛。」言已而逝。夫妻驚歎久之。

逾年，生鄉、會[54]果捷，官翰林。投刺[55]謁范公，公愧悔不見。固請之，乃見。生入，執子壻禮，伏拜甚恭。公愧怒，疑生儇薄[56]。生請間[57]，具道情事。公不深信；使人探諸其家，方大驚喜。陰戒勿宣，懼有禍變。又二年，某紳以關節[58]發覺，父子充遼海[59]軍，十一娘始歸寧焉。

1 魑城：查無此地，地名不詳。祭酒：官名，國子監祭酒，古代全國最高學府的主管官員。
2 騷雅：分指〈離騷〉，以及《詩經》中的〈大雅〉、〈小雅〉。此處泛指詩才。
3 上元：原是元宵節的別稱。但下文提及「盂蘭盆會」，因而此處應指農曆七月十五日，非正月十五日，此處應改為中元較恰當。
4 盂蘭盆會：中國最早舉行盂蘭盆會者相傳是南朝梁武帝蕭衍，他每逢七月十五日即以盆普施諸寺，後蔚為風氣，歷代帝王臣民多行此會，以報父母、祖先恩德。後代佛教徒則在每年此時舉行齋僧、拜懺、放焰口等活動，做為超渡祖先及餓鬼道眾生的法會，此即民間信仰俗稱的「中元普渡」。
5 詣：讀作「意」，前往。
6 隨喜：此指在寺廟中四處遊覽。
7 顏色：容貌。
8 轉用：猶言「反而」。
9 老嫗：老婦人。嫗，讀作「玉」。
10 朱門繡戶：泛指富貴人家。朱門，指富貴人家。唐代詩人杜甫〈自京赴奉先縣詠懷五百字〉曾云：「朱門酒肉臭，路有凍死骨。」（富貴人家的酒肉多得吃不完，都發臭了；而路邊隨處可見無飯可吃、凍死餓死的人。）繡戶，此指古代女子所住華麗居室。
11 葭莩親：讀作「家扶」，蘆葦中的薄膜，藉此以比喻較少來往的遠房親戚。
12 俟：讀作「四」，等待、等候。
13 重九：重陽節在農曆九月九日，故稱重九。習俗多於此日相約登高、飲菊花酒、佩戴茱萸，以避凶厄。
14 羸頓：瘦弱憔悴。羸，讀作「雷」。
15 倩：請人幫忙。

16 垣：讀作「圓」，矮牆。
17 覘：讀作「沾」，觀看、察視。
18 履舄：讀作「旅系」，均指鞋子。
19 幞：讀作「幕」，帷幕；同今「幕」字，是幕的異體字。
20 白：讀作「博」，告訴、告知。
21 忻慰：高興安慰。忻，喜悅，通「欣」，同今「欣」字，是欣的異體字。
22 匆皇：匆忙慌張。皇，通「惶」。
23 相干：不顧對方意願的冒犯人家。干，冒犯之意。
24 詰：讀作「傑」，問。
25 壻：女婿；同今「婿」字，是婿的異體字。
26 紈袴兒：即紈袴子弟，指出身有錢人家，不務正業、遊手好閒的公子哥兒。
27 耦：配偶，此指丈夫。
28 道場：即水陸道場。原為佛教為超渡一切水陸亡魂而設，所舉行的盛大法會。傳至後世，佛道混合，民間水陸法會佛、道聯合舉行。
29 蘭若：此指寺院。
30 翰苑才：足堪進入翰林院的人才。翰林院，始於唐代，為待詔之所。宋設翰林學士院，職掌在內朝起草詔旨；此外，於內侍省下設翰林院。明改學士院為翰林院，掌祕書著作；清代沿之，也稱「木天」、「禁林」。
31 睨：讀作「逆」，斜眼看、偷窺。
32 物色：此指察訪、打聽。
33 抉：挖出。
34 魔劫：指慘重的災難。

◆**但明倫評點：**忽生愛慕，如繭自纏，斯言也狐且不可，而況於人乎？

封三娘一睹范十一娘芳容之後，生出愛慕之心，有如作繭自縛，對狐妖來說尚且不可以，更何況是人呢？

35毛遂：即毛遂自薦。戰國時代，秦兵圍攻趙國都城邯鄲，平原君想向楚求救，原不打算派毛遂前往，覺得他做為門下食客多年，毫無建樹。毛遂則說，那是因為平原君從不曾把他這個錐子放進袋裡（意即，從未給他表現機會），平原君這才同意派毛遂前往。最後，毛遂成功說服楚王同意趙楚合縱。典故出自《史記・卷七六・平原君虞卿傳》。後用以比喻自告奮勇、自我推薦。

36曹丘生：漢代有曹丘，他到處宣揚季布的英勇事蹟，使季布頗有盛名。後用作引薦人、推薦人的代稱。

37倩冰：託人作媒。

38鰥：讀作「關」，妻子過世或年老無妻之人。此指終身不娶。

39詰旦：翌日早晨。

40浼：讀作「每」，拜託、請求。詣：讀作「意」，拜訪。

41邑宰：古代對縣令的尊稱，現今的縣長。

作伐：幫人作媒，也稱「求伐」、「執柯」。典故出自《詩經・豳風・伐柯》：「伐柯如何？匪斧不克；取妻如何？匪媒不得。」一把好斧頭，需有一個相襯的斧柄；如同男子娶妻，需經迎娶程序才行，媒人則是此程序中的重要環節。意即，男子娶妻需有媒人作媒。

42嘿：讀作「莫」，同「默」，指靜默。

43涓吉：選擇黃道吉日。

44自經：自盡。

45反命：覆命。反，通「返」。

46懎然：讀作「色然」，悲恨的樣子。

47歘：讀作「乎」，忽然之意；同今「欻」字，是欻的異體字。

48泫然：流淚的樣子。

49不啻：不亞於。啻，讀作「斥」。

50效英、皇：此指效法娥皇、女英，姊妹共侍一夫。娥皇、女英，相傳為堯的女兒，兩姊妹同嫁於舜。及舜為天子，娥皇為后，女英為妃。

51汗牛充棟：形容書籍極多。汗牛，指運送書籍時，牛馬負載，累得出汗。充棟，指書籍繁多，堆滿屋子，充塞棟梁間。

52 華陀：即華佗（一四五年至二〇八年），字元化，沛國譙縣（今安徽亳縣）人，東漢末年的方士、醫師，精通醫術。五禽圖：又稱五禽戲，東漢名醫華（讀作「話」）佗所傳強身健體術，一套模仿虎、鹿、熊、猿、鳥五種動物身體姿態的運動招式，行之可養生，避免生病。

53 厄逆症：即打嗝。

54 鄉、會：指鄉試和會試。科舉制度下，各省每三年舉行一次鄉試，中試者稱「舉人」。鄉試後的翌年春季，則由禮部舉行會試，及格則成「進士」。

55 刺：拜帖。古代在竹簡上刻上姓名，作為拜見的名帖。

56 儇薄：讀作「宣薄」，輕薄狡猾。

57 間：讀作「建」，指私下。

58 關節：打通關節之意，即花錢疏通相關人員。此指收賄。

59 遼海：指遼海衛，今遼寧省開原縣境內。

父親官拜國子監祭酒的疃城人氏范十一娘，從小就長得美，詩詞歌賦素養超群。雙親很疼愛她，有人登門提親，讓她自己挑選，可很少有人能得到她青睞。

七月十五日，水月寺的尼姑舉辦「盂蘭盆會」做法事普渡眾生。那日，出遊女子不絕於途，十一娘亦前往造訪。正當在寺內四處遊覽時，有位女子快步跟上，不斷盯著她瞧，似有話想說。十一娘打量對方一番，發現是個年方十六的絕代佳麗，內心生出了愛慕之情，亦含情脈脈的凝視著人家。女子微笑道：「姊姊不是范十一娘嗎？」她回答：「正是。」女子說：「久聞你豔名，果然名不虛傳。」十一娘也問起她來歷，女子答：「我姓封，排行第三，就住在鄰村。」便挽起十一娘的手，有說有笑，言談溫柔婉約。兩人相互愛慕，依戀不捨。十一娘問：「怎麼沒人陪你來？」封三娘說：「父母早逝，家中只有一個老媽子，留下來看家，所以沒能同來。」十一娘要返家時，封三娘一直凝望著她，簡直快流下眼淚來，十一娘也很悵惘，便邀她到家中作客。封三娘說：「娘子出身大戶人家，我與你非親非故，怕去了被人譏諷嫌棄。」十一娘堅持，封三娘答：「改日再去。」十一娘取下一支金釵相贈，封三娘也摘下髮上綠簪做爲回報。回家後，十一娘很想念封三娘，拿出那支綠簪細細審視，不是金銀做的，也不像玉石雕的，家人都不曉得是什麼材質，她覺得很奇怪。她每天都期盼封三娘來，內心惆悵得染了病。父母問明原因後，找人到附近村子打聽，竟無一人知曉封三娘。

重陽佳節當天，十一娘身子虛弱，感到無聊，丫鬟攙扶著她，勉強走至花園散步，在東邊籬笆下鋪了褥墊坐下。忽見有個女子攀牆窺視，一看，是封三娘。封三娘大聲喊道：「過來拉我一把！」丫鬟上前去扶，她很快便翻下牆來。十一娘又驚又喜，立刻起身，拉她一塊兒坐於褥墊，責怪她沒遵守約定，又問她從哪裡來。封三娘答：「我家離這兒很遠，可是經常到舅舅家玩。上次說住在鄰村，便是舅舅家。上回分別後，我日夜記掛著你，想得好苦；可窮人與富人來往，未及登門就先自慚形穢，唯恐被婢女僕人看輕，所以沒來。剛才從牆外經過，聽聞女子說話聲，便想爬牆看看是不是小姐，果眞如我所願。」接著，十一娘說起自己因思念她而染病的事。封三娘淚如雨下的說：「我來之事還請保守祕密，要是被喜歡亂嚼舌根的人知道，那些蜚短流長的話語令人難以承受。」十一娘允諾。兩人回到屋裡，一起坐在床上開懷的互訴心事，不久，十一娘的病便痊癒了。二人結爲異姓姊妹，衣服鞋子常常交換著穿。見有人來，封三娘便躲在帷帳後方。過了五六個月，范老爺和夫人也聽聞此事。有天，兩人正在下棋，夫人悄悄進來，仔細一看，驚訝的說：「眞不愧是小女的朋友啊！」便對十一娘說：「你有閨中密友相伴，我和你爹都很高興，爲何不早說？」十一娘於是轉達封三娘之意。夫人對封三娘說：「你肯來此陪伴小女，心中備感欣慰，何須隱瞞？」封三娘羞愧得滿臉通紅，只默默搓捻著衣帶。夫人離去後，封三娘便要告辭，十一娘再三挽留，她才留下。一晚，封三娘從門外匆匆跑進房裡，哭道：「我本就說不可留，今日果然遭此大辱！」十一娘驚訝相詢事情始末，封三娘答：「剛才我出去方便，有個少年男子跑來調戲我，幸好我逃得快。這一來，我還有什麼面目見人。」十一娘細問那名男子樣貌，歉道：「請別見怪，那是我的傻兄長。此事我必告訴母親，讓他吃一頓棍子。」封三娘去意堅決，十一娘請她天亮再走。封三娘說：「我舅舅家就在附近，只須搭梯讓我翻牆而過就行。」十一娘心知無法挽留，便要兩名丫鬟翻牆送她離開。走了半里多，封三娘向她們告辭道過謝，自行離去。丫鬟回來，見十一娘像失去了伴侶那樣趴在床上悲泣。

幾個月後，丫鬟因外出辦事來到東村，傍晚回來時，遇見封三娘跟一個老太太迎面走來。丫鬟很高興，向前行禮問候，封三娘則心情抑鬱的問起十一娘近來可好。丫鬟拉著封三娘衣袖說：「三姑娘過來坐坐嘛，我家姑娘盼你，盼得都快傷心死了！」封三娘說：「我也想念她，只是不想讓范家的人知道。你回去後打開花園的門，我自然會到。」丫鬟回去後，將這件事告訴十一娘，十一娘很高興，照封三娘所言去做，此時三娘人已在花園裡了。兩人相見，互訴久別之情，難以成眠。夜裡，封三娘見丫鬟睡熟，這才前來與十一娘共枕，悄聲說：「我知道小姐尚未訂親，以你才貌和門第，何愁找不到一個門當戶對的丈夫；縱然如此，那些紈袴子弟不値得嫁，若你想找個好夫君，莫以貧富論定。」十一娘也深表贊同。封三娘說：「去年我們相遇之處，如今又要舉辦法會，明天煩你再走一趟，擔保你見到如意郎君。我年少時讀過不少看相的書，看人頗準，定不出差錯。」天亮後，封三娘離去，約定在寺廟相見。

十一娘果然前去，封三娘已先等候在那兒。兩人遊覽了一番，十一娘便邀封三娘同車回去。兩人手牽手步出大門之際，看見一名年約十七八歲、穿著破舊布袍的秀才，一表人才，風姿俊逸。封三娘暗指秀才，說：「這位將來會是在翰林院爲官的人才。」十一娘稍微偷瞄了秀才一眼。封三娘向她道別，說：「小姐先回，我隨後便到。」天剛黑，封三娘果至，說：「剛才我去打聽了一番，他是同鄉的孟安仁。」十一娘知道他家很窮，認爲不合適。封三娘說：「小姐爲何也與一般世俗之人同樣見識！如若此人終其一生都那麼窮，我就把自己眼珠挖出來，不再替天下人看相。」十一娘說：「那要怎麼做呢？」封三娘說：

「你給我一件信物，我拿去交給那個人，訂立鴛盟。」十一娘說：「姊姊怎如此草率！父母都健在，他們不同意怎麼辦？」封三娘說：「我這麼做，正是擔心令尊令堂不同意啊。你若足夠堅決，就算是死也無法動搖你的心意。」十一娘還是不同意。封三娘說：「小姐的姻緣已動，可大的劫難還在後頭。我之所以這麼做，是爲了報答你先前傾心相待的眞情。我要告辭了，就拿你贈我的金鳳釵，假你之名送給他。」十一娘還想再商量，封三娘已出門而去。

當時，孟安仁很窮，但才華洋溢，想擇中意對象成婚，所以直到十八歲都還沒訂親。這天，他忽然看見兩個美女，回家後對她們念念不忘。當晚近九時，封三娘敲門進來。他拿燈燭一照，認出是白天所見女子，高興的問她來歷。她說：「我姓封，是范十一娘的女伴。」孟安仁非常高興，還不及細問，便上前擁她入懷。封三娘將他推開，說：「我不是要來與你私奔的，而是要替人作媒。范十一娘願與你結爲夫妻，請你找媒人提親去吧。」孟安仁驚訝得不敢相信，封三娘拿出金鳳釵給他看。他喜不自勝，誓道：「有幸得到小姐垂青，若無法娶到十一娘，寧願終身不娶。」三娘隨即離去。等到天亮，孟安仁懇託鄰居老婦拜訪范夫人，向她提親。范夫人嫌孟家貧窮，竟不待和女兒商量，立刻拒絕。十一娘得知此事後非常失望，埋怨封三娘誤了自己終身大事；而金釵又難以索要回來，只得誓死堅守婚約。過了幾天，有位官員要爲自己兒子向范家求婚，唯恐不成，便請知縣作媒。當時，那位官員權勢如日中天，范大人深怕得罪他，便來問十一娘意願，十一娘不樂意。范夫人問她爲何拒婚，她默默無語，只是流淚。十一娘派人暗中告訴母親：除非孟生，誓死不嫁！范大人聽聞此事，震怒之下竟答應那位官員的求親，還懷疑十一娘與孟安仁有私情，便決定挑選黃道吉日盡快完婚。十一娘忿恨絕食，整日只躺在床上睡悶覺。迎親前一晚，忽然起身，拿起鏡子梳妝打扮。范夫人心中暗喜。不久，侍女跑來稟報：「小姐上吊了！」全家震驚，痛哭流涕，後悔也無法使她復生，停屍三日便下葬。

孟安仁自鄰居老婦回來覆命後，憤恨得不想活了，但仍打探范家消息，希望有轉圜餘地。後來知道十一娘已訂了婚約，怒火中燒，萬念俱灰。不久，又聽聞十一娘香消玉殞，更是悲憾交集，恨不能追隨佳人於九泉之下。一日傍晚他出門，原想趁著黑夜到十一娘墳前痛哭一場。忽見一人走來，近前一看，來人是封三娘。她對孟安仁說：「恭喜你的婚事終於水到渠成。」孟安仁淚道：「你難道不知十一娘已死？」封三娘說：「我所說的成了，正是因爲她死了。你趕快叫家人掘開墳墓，我有仙丹妙藥，能讓她起死回生。」孟安仁依她所言去做，挖開墳墓，打開棺材，又將墳穴埋好。他揹著屍體，和封三娘一起回家，將十一娘放在床上。封三娘讓她服藥，不久，便甦醒。十一娘看見三娘，問：「這是何處？」封三娘指著孟生說：「他就是孟安仁。」接著便交代事情原委。十一娘這才恍然大悟，如夢初醒。封三娘擔心事情洩漏出去，便領著他倆前往十五里外的山村藏匿。

封三娘本欲辭別離去，十一娘哭著留她與自己作伴，讓她在別院住下。十一娘將殉葬的首飾賣了，用作吃穿用度，日子過得還不錯。封三娘每次見孟安仁前來便避開，十一娘從容的說：「我們是姊妹，無異於親姊妹，但終究不能永遠在一起。我看不如效法娥皇、女英，同嫁一夫，就能永遠相伴。」封三娘說：「我年輕時得到祕訣，修習吐納之術可長生不老，所以不願嫁人。」十一娘笑道：「世上流傳的養生術多不勝數，可是又有誰試過後眞的有用呢？」封三娘說：「我所得到的祕術並非世人所知那種。世上流傳的都不是眞正的養生術，只有華佗的五禽圖有點效用。舉凡修練，無非是想讓氣血流通，所以打嗝氣逆時，照著五禽圖上老虎的姿態做，立刻就會好，這難道不靈驗嗎？」十一娘暗中與孟安仁謀劃，叫他假裝出遠門。到了晚上，十一娘猛勸封三娘喝酒，待封三娘醉了，讓夫君偷偷進去將她姦污。封三娘酒醒後，說：「妹子陷害我！倘若色戒不破，修練成功將能飛天成仙。如今中了你們奸計，這都是命啊！」便起身告辭。十一娘表示這麼做全然出自一片眞誠，再三請求原諒。封三娘說：「實話告訴你們，我乃狐妖修練而成人形。因看到你美麗容貌心生愛慕，如今作繭自縛，才導致今日這件悲慘之事。這是情魔造成的劫難，非人力所能左右。再留下，魔障還會更加厲害，無窮無盡。小姐的福氣還在後頭，請多加珍重。」說完便消失。夫妻倆驚嘆了許久。

過了一年，孟安仁應考鄉試、會試均告捷，進入翰林院任職。他遞上拜帖求見范大人，范大人悔不當初，未答應接見。孟安仁再三請求，范大人這才答應。進入後，孟安仁依女婿身分行禮，無比恭敬的向他叩頭。范大人又慚又惱，懷疑孟安仁故意以輕薄之舉嘲諷自己。孟安仁請教范大人能否私下談話，他便詳述了事情始末。范大人半信半疑，找人去他家探查，這才大爲驚喜。大人又暗中告誡，莫張揚此事，恐有禍事發生。又過了兩年，那位原本要與范家結親的官員，因收受賄賂東窗事發，父子倆被發配遼寧開原充軍，十一娘這才敢回娘家看望雙親。

小人

康熙[1]間，有術人攜一榼[2]。榼中藏小人，長尺許。投以錢，則啓榼令出，唱曲而退。至掖[3]，掖宰索榼入署，細審小人出處。初不敢言；固詰[4]之，始自述其鄉族。蓋讀書童子，自塾中歸，爲術人所迷，復投以藥，四體暴縮；彼遂攜之，以爲戲具。宰怒，殺術人。留童子，欲醫之，尚未得其方也。◆

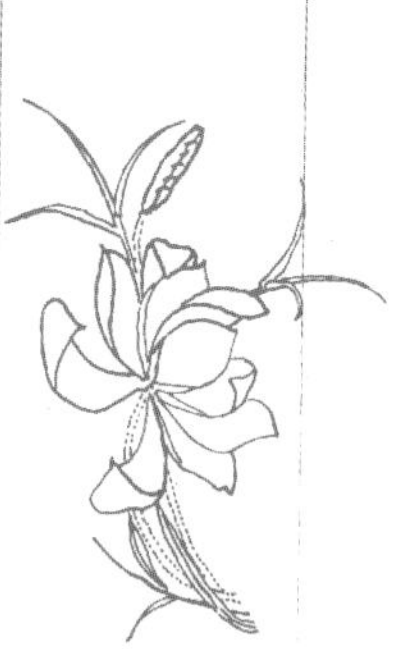

1 康熙：清聖祖愛新覺羅玄燁的年號，從一六六二年用至一七二二年，前後共六十一年。
2 術人：變戲法的江湖術士。榼：讀作「克」，古代的一種盛酒器皿。
3 掖：古縣名，今山東省萊州市。
4 詰：讀作「傑」，問。

康熙年間，有個江湖術士帶著一只盒子，盒中藏著一個高一尺多的小人。給他錢財，便打開盒子讓小人出來，唱首歌就退回。來到山東掖縣，知縣要他將盒子帶到衙門，仔細審問小人從何而來。術士起初不敢說，在縣官不斷詢問下，才說出了小人身世。小人原是個孩子，從私塾歸家途中，遭術士迷拐，然後施藥，四肢突然縮小，從此攜著小人做爲表演工具。縣官很憤怒，將術士處死。留下小人，欲爲他治病，卻一直沒能找到醫治方法。

◆**馮鎮巒評點：**殺術人，烹其肉，以饗童子，當得暴長，見龍宮外方。

殺術士，烹煮其肉，讓童子食之，四肢就會恢復原狀，龍宮外方中如此記載著。

小人
肢體矯柔供
戲具由来鬼
蜮徧江湖试
聽䜣供言如
繪左道應嚴
兩觀诛

趙城虎

趙城[1]嫗，年七十餘，止一子。一日，入山，爲虎所噬。嫗悲痛，幾不欲活，號啼而訴於宰[2]。宰笑曰：「虎何可以官法制[3]之乎？」嫗愈號咷[4]不能制止。宰叱之，亦不畏懼，又憐其老，不忍加威怒，遂諾爲捉虎。嫗伏不去，必待勾牒[5]出，乃肯行。宰無奈之，即問諸役，誰能往者。一隸名李能，醺醉，詣座下，自言：「能之。」持牒下，嫗始去。隸醒而悔之；猶謂宰之僞局[6]，姑以解嫗擾耳，因亦不甚爲意，持牒報繳。宰怒曰：「固言能之，何容復悔？」隸窘甚，請牒拘獵户。宰從之。隸集諸獵人，日夜伏山谷，冀得一虎，庶可塞責。月餘，受杖數百，冤苦罔控[7]。遂詣東郭嶽廟[8]，跪而祝之，哭失聲。無何，一虎自外來，隸錯愕，恐被咥[9]噬。虎入，殊不他顧，蹲立門中。隸祝曰：「如殺某子爾也，其俯聽吾縛。」遂出縲索縶[10]虎頸，虎帖耳受縛。牽達縣署，宰問虎曰：「某子，爾噬之耶？」虎頷之。宰曰：「殺人者死，古之定律。且嫗止一子，而爾殺之，彼殘年垂盡，何以生活？倘爾能爲若子也，我將赦之。」虎又頷之。乃釋縛令去。

嫗方怨宰之不殺虎以償子也，遲旦，啓扉，則有死鹿；嫗貨其肉革，用以資度[11]。自是以爲常，時啣金帛擲庭中。嫗從此致豐裕，奉養過於其子。心竊德虎。虎來，時臥簷下，竟日不去。人畜相安，各無猜忌。數年，嫗死，虎來吼於堂中。嫗素所積，綽可營葬，族人共瘞[12]之。墳壘方成，虎驟奔來，賓客盡逃。虎直赴冢前，嗥[13]鳴雷動，移時始去。土人[14]立「義虎祠」於東郊，至今猶存。◆

1 趙城：古縣名，今山西省洪洞縣。
2 宰：知縣。
3 制：制裁。
4 號咷：讀作「豪逃」，也作「號（嚎）啕」，大哭大叫。
5 勾牒：抓捕罪犯的公文，又稱拘票。牒，讀作「蝶」，官府發布的公文或證明文書。
6 僞局：騙局。
7 罔控：投訴無門。

8 詣：讀作「意」，前往。嶽廟：山神廟。
9 咥：讀作「跌」，咬。
10 縲索：讀作「雷索」，用以拘捕犯人的繩索。縶：讀作「直」，綑綁。
11 資度：支付日常開銷。
12 瘞：讀作「意」，用土掩埋、埋葬。
13 嗥：讀作「豪」，吼叫號哭。
14 土人：當地人。

山西趙城有位七十多歲的老婦，只有一個兒子，有天，兒子上山被老虎所食，得此噩耗，悲痛不已，哭喊著跑去找知縣告狀。

知縣笑道：「老虎是畜生，怎能用人間法律制裁呢？」老婦哭喊得更加傷心，無人能夠制止。知縣呵斥，也不害怕，知縣憫其年邁，不忍施加威嚇，便答應爲她捕捉老虎。老婦趴伏在地不肯離開，非要等到知縣發布拘捕老虎的公文，才肯離去。知縣莫可奈何，遂問手下差役誰能前往捕捉老虎，李能醉醺醺的來到知縣座下，說：「我能捉老虎。」說完便拿著公文走了，老婦這才離開縣衙。李能酒醒後，極其後悔答應此事，認爲這是知縣爲安撫老婦所設騙局，於是不甚在意，拿著公文還給知縣。知縣怒道：「你先前

◆**但明倫評點：**王阮亭云：「人云：王于一所記孝義之虎，予所記贛州良富里郭氏義虎，及此而三。何於菟（讀作「屋圖」）之多賢哉！」

傳聞王于一（王猷定）作了《義虎傳》，加上我所記載贛州良富里郭氏義虎的故事，以及本篇義虎的故事，就有三篇了；足見老虎擁有大賢大德者，很多啊！

編者按：王于一（王猷定）作《義虎傳》，記載一名樵夫砍柴時掉入洞穴，受母虎餵養而存活下來，後樵夫邀母虎至村子，要將豬獻給牠食用，卻被村民擒抓。後來樵夫跑到公堂上救牠，表明願與母虎同生共死，知縣深受感動，釋放了母虎；這篇故事也記載於王士禎的《池北偶談》中。

趙城虎
縣牒持來虎就拘
居然反哺學慈
烏代供子
職彌
前憾
祠宇
東郊
今未
蕪

自告奮勇要去捉虎，怎能反悔？」李能困窘至極，請求知縣再下一道公文，命令獵人協助自己前往捕捉老虎。知縣允諾。李能召集了幾名獵人，日夜埋伏山谷，希望捕到一隻老虎勉強交差。可過了一個多月仍捕捉不到，身上挨了數百杖催限的板子，有冤無處訴，便前往城東山神廟痛哭失聲的跪拜祈禱。不久，有隻老虎從外頭進來，李能驚慌失措，唯恐被老虎吃掉。老虎進入廟中，不看別處，只蹲於門內。李能對老虎說：「如果是你吃了老婦人的兒子，就低下頭讓我把你綁起來。」於是拿出繩索套住老虎頸子，老虎竟溫馴的讓他綑綁。李能將老虎牽到縣衙，知縣審問老虎：「老婦人的兒子，是你吃的嗎？」老虎點頭承認。知縣說：「殺人償命，是自古以來的定律，況且老婦人只有一個兒子，你吃了他，她的晚年該將如何度過？如果你能做老太婆的兒子，盡孝奉養她安享晚年，我就赦免你的罪。」老虎又點頭。知縣便釋放了老虎。

正當老婦埋怨知縣不殺老虎為兒子償命之際，隔天一早，她打開門，發現門前有頭死鹿，於是賣了鹿肉鹿皮，做為日常生活開銷。從此以後，習以為常，老虎有時甚至叼來值錢東西放在院子裡，老婦從此生活寬裕；老虎對她的奉養甚於其子，她心中感念老虎恩德。老虎來了，時常趴在屋簷下，整日不離開。人虎相安無事，彼此都不猜疑。

幾年後，老婦死了，老虎跑到靈堂悲號。老婦平日積蓄足可用以支付喪葬費用，且有所剩餘，親戚便合力為她下葬。墳墓才剛做好，老虎突然前來，嚇得眾人全都逃走。老虎直奔老婦墳前，悲號之聲如雷鳴，許久才離去。當地人在趙城東郊建了座「義虎祠」，至今仍在。

蓮花公主

膠州[1]竇旭，字曉暉。方晝寢，見一褐衣人立榻前，逡巡[2]惶顧，似欲有言。生問之，答云：「相公奉屈[3]。」「相公何人？」曰：「近在鄰境。」從之而出。轉過牆屋，導至一處，疊閣重樓，萬椽[4]相接，曲折而行。覺萬户千門，迥非人世。又見宮人女官，往來甚夥，都向褐衣人問曰：「竇郎來乎？」褐衣人諾。俄，一貴官出，迎見甚恭。既登堂，生啓問曰：「素既不敘[5]，遂疏參謁。過蒙愛接[6]，頗注疑念。」貴官曰：「寡君以先生清族世德[7]，傾風結慕[8]，深願思晤焉。」生益駭，問：「王何人？」答云：「少間自悉。」

無何，二女官至，以雙旌[9]導生行。入重門，見殿上一王者，見生入，降階而迎，執賓主禮。禮已，踐席，列筵豐盛。仰視殿上一扁[10]曰「桂府」。生跼蹙[11]不能致辭。王曰：「忝[12]近芳鄰，緣即至深。便當暢懷，勿致疑畏。」生唯唯[13]。酒數行[14]，笙歌作於下，鉦[15]鼓不鳴，音聲幽細。稍間，王忽左右顧曰：「朕一言，煩卿等屬對：『才人登桂府。』」四座方思，生即應云：「君子愛蓮花。」王大悅曰：「奇哉！蓮花乃公主小字，何適合[16]如此？寧非夙分？傳語公主，不可不出一晤君子。」移時，珮環聲近，蘭麝[17]香濃，則公主至矣。年十六七，妙好無雙。王命向生展拜，曰：「此即蓮花小女也。」拜已而去。生睹之，神情搖動，木坐[18]凝思。王舉觴勸飲，目竟罔[19]睹。王似微察其意，乃曰：「息女[20]宜相匹敵，但自慚不類，如何？」生悵然若癡，即又不聞。近坐者躡[21]之曰：「王揖君未見，王言君未

聞耶？」生茫乎若失，懡㑩[22]自慚，離席曰：「臣蒙優渥，不覺過醉，儀節失次，幸能垂宥[23]。然日旰君勤[24]，即告出也。」王起曰：「既見君子，實愜心好，何倉卒而便言離也？卿既不住，亦無敢於強。若煩縈念，更當再邀。」遂命內官[25]導之出。途中內官語生曰：「適王謂可匹敵，似欲附爲婚姻，何默不一言？」生頓足而悔，步步追恨，遂已至家。忽然醒寤[26]，則返照已殘。冥坐觀想，歷歷在目。晚齋滅燭，冀舊夢可以復尋，而邯鄲[27]路渺，悔歎而已。

一夕，與友人共榻，忽見前內官來，傳王命相召。生喜，從去。見王伏謁。王曳起，延止隅坐[28]，曰：「別後知勞思眷。謬以小女子奉裳衣[29]，想不過嫌也。」生即拜謝。王命學士[30]大臣，陪侍宴飲。酒闌，宮人前白[31]：「公主妝竟。」俄見數十宮女，擁公主出。以紅錦覆首，凌波微步，挽上氍毹[32]，與生交拜成禮。已而送歸館舍。洞房溫清[33]，窮極芳膩。生曰：「有卿在目，真使人樂而忘死。但恐今日之遭，乃是夢耳。」公主掩口曰：「明明妾與君，哪得是夢？」詰旦[34]方起，戲爲公主勻鉛黃[35]；已而以帶圍腰，布指度足[36]。公主笑問曰：「君顛耶？」曰：「臣屢爲夢誤，故細志之。倘是夢時，亦足動懸想耳◆。」

調笑未已，一宮女馳入曰：「妖入宮門，王避偏殿，凶禍不遠矣！」生大驚，趨見王。王執手泣曰：「君子不棄，方圖永好。詎期[37]孽降自天，國祚[38]將覆，且復奈何！」生驚問何說。王以案上一章，授生啓讀。章[39]云「含香殿大學士臣黑翼，爲非常妖異，祈早遷都，以存國脈事：據黃門[40]報稱：自五月初六日，來一千丈巨蟒，盤踞宮外，吞食內外臣民一萬三千八百餘口；所過宮殿盡成丘墟，等因。臣奮勇前窺，確見妖蟒：頭如山岳，目等江海；昂首則殿閣齊吞，伸腰則樓垣盡覆。真千古未見之凶，萬代不遭之禍！社稷宗廟，危在旦夕！乞皇上早率宮眷，速遷樂土」云云。生覽畢，面如灰土。即有宮人奔奏：「妖物至矣！」闔[41]殿哀呼，慘無天日。王倉遽[42]不知所爲，但泣顧曰：「小女已累先生。」生坌息[43]而返。公主方與左右抱首哀鳴，見生入，牽衿曰：「郎焉置妾？」生愴惻欲絕，乃捉腕思曰：「小生貧賤，慚無金屋。有茅廬三數間，姑同竄匿可乎？」公主含涕曰：「急何能擇？乞攜速往！」生乃挽扶而出。未幾，至家。公主曰：「此大安宅，勝故國多矣。然妾從君來，父母何依？請別築一舍，當舉國相從。」生難之。公主號咷[44]曰：「不能急人之急，安用郎也！」生略慰解，即已入室。公主伏牀悲啼，不可勸止。焦思無術，頓然而醒，始知夢也。而耳畔啼聲，嚶嚶未絕。審聽之，殊非人聲，乃蜂子二三頭，飛鳴枕上。大叫怪事。

友人詰[45]之，乃以夢告。友人亦詫爲異。共起視蜂，依依裳袂間，拂之不去。友人勸爲營巢。生如所請，督工構造。方豎兩堵，而羣蜂自牆外來，絡繹如蠅。頂尖未合，飛集盈斗。迹[46]所由來，則鄰翁之舊圃也。圃中蜂一房，三十餘年矣，生息頗繁。或以生事告翁。翁覘[47]之，蜂戶寂然。發其壁，則蛇據其中，長丈許。捉而殺之。乃知巨蟒即此物也。蜂入生家，滋息更盛，亦無他異。

◆**但明倫評點：**明明夢也，以夢而說恐是夢，又以夢而說不是夢，更以夢而說不是夢且當作倘是夢。翻空妙筆，最足啟人智慧。

明明是一場夢，在夢中說此間經歷一切恐怕是一場夢，又在夢中說這不是夢，更在夢中說這不是夢姑且當作是場夢。憑空想像，妙筆生花，當為最能啟發人看清迷局的智慧。

1膠州：今山東省膠州市，明朝時屬萊州府。

2逡巡：徘徊。逡，讀作「群」的一聲。

3奉屈：恭候您屈尊光臨。

4椽：讀作「船」，架於屋梁的橫木上，用以承接木條及屋頂的木材。

5素既不敘：素不相識。

6過蒙愛接：承蒙您的抬愛招待。

7寡君：寡德之君。此乃謙辭，古代臣子對外國人自稱本國國君的謙辭。

清族世德：書香門第，累積世德之家。

8傾風結慕：傾慕他人的風範。

9旌：讀作「鯨」，一種旗杆上飾有五彩羽毛的旗子。

10扁：同「匾」，匾額、牌匾。

11跼蹙：同「侷促」，拘謹、不自在的樣子。

12忝：帶有輕賤、侮辱之意。自稱的謙詞，猶言有幸。

13唯唯：讀作「偉偉」，恭敬的應諾。

14數行：數巡。遍敬在座賓客酒一巡，稱一行。

15鉦：讀作「爭」，樂器名。一種銅製的打擊樂器，形似鐘而狹長，有長柄可執持，是為古代行軍樂器，用來使士兵調整或停止步伐。

16適合：此指湊巧。

17蘭麝：婦女身上所散發的體香。

18木坐：發呆坐著，坐著發愣。

19罔：通「無」，沒有。

20息女：親生女兒。

21躡：讀作「捏」的四聲，踩、踢之意。

22懡儸：讀作「抹羅」，神色羞慚。

23宥：讀作「右」，容忍、寬容、寬恕。

24日旰君勤：天色已晚，君王累了。旰，讀作「幹」，晚上，日落時分。

25內官：宦官。

26寤：讀作「物」，醒來、睡醒。

27邯鄲：此處比喻虛幻的夢境。邯鄲，指戲曲《邯鄲記》，明代湯顯祖以唐人沈既濟所撰傳奇小說《枕中記》改編而成。講述盧生進京赴考，不幸落榜。途經旅店，遇一老道士以枕頭相贈，他便枕於其上睡了一覺。夢見自己金榜題名，當了大官，卻遭奸人陷害，榮華富貴一朝煙消雲散。夢醒，黃粱甚且尚未煮熟，盧生後來看破紅塵，出家當道士。

28延止隅坐：請客人到一旁坐下。

29奉裳衣：指為人妻妾。

30學士：古代官名。初設於南北朝，為執掌典禮、撰述的官職；到了清代，內閣、翰林院也都設有學士官。

31白：讀作「博」，告訴、告知。

32氍毹：讀作「渠魚」，毛織的地毯。

33溫清：此指氣溫宜人。

34詰旦：翌日早晨。

35勻鉛黃：上妝，將臉上的化妝品調勻。鉛黃，分指鉛粉（白色）與黃粉，皆古代婦女化妝用品。

36布指度足：張開手指，丈量腳長。

37詎期：不料。

38國祚：讀作「國坐」，國運、政權。

39章：奏章。

40黃門：原指黃色的宮門。古代官名，是為散騎之官，隸屬於門下省（唐玄宗時曾一度改名黃門省），故稱「黃門侍郎」，簡稱「黃門」。

41闔：全部。

42倉遽：驚慌失措。

43坌息：讀作「笨息」，此指因奔跑而呼吸急促，用力喘氣。

44號咷：讀作「豪逃」，也作「號（嚎）啕」，大哭大叫。

45詰：讀作「傑」，問。

46迹：尋覓蹤跡。

47覘：讀作「沾」，觀看、察視。

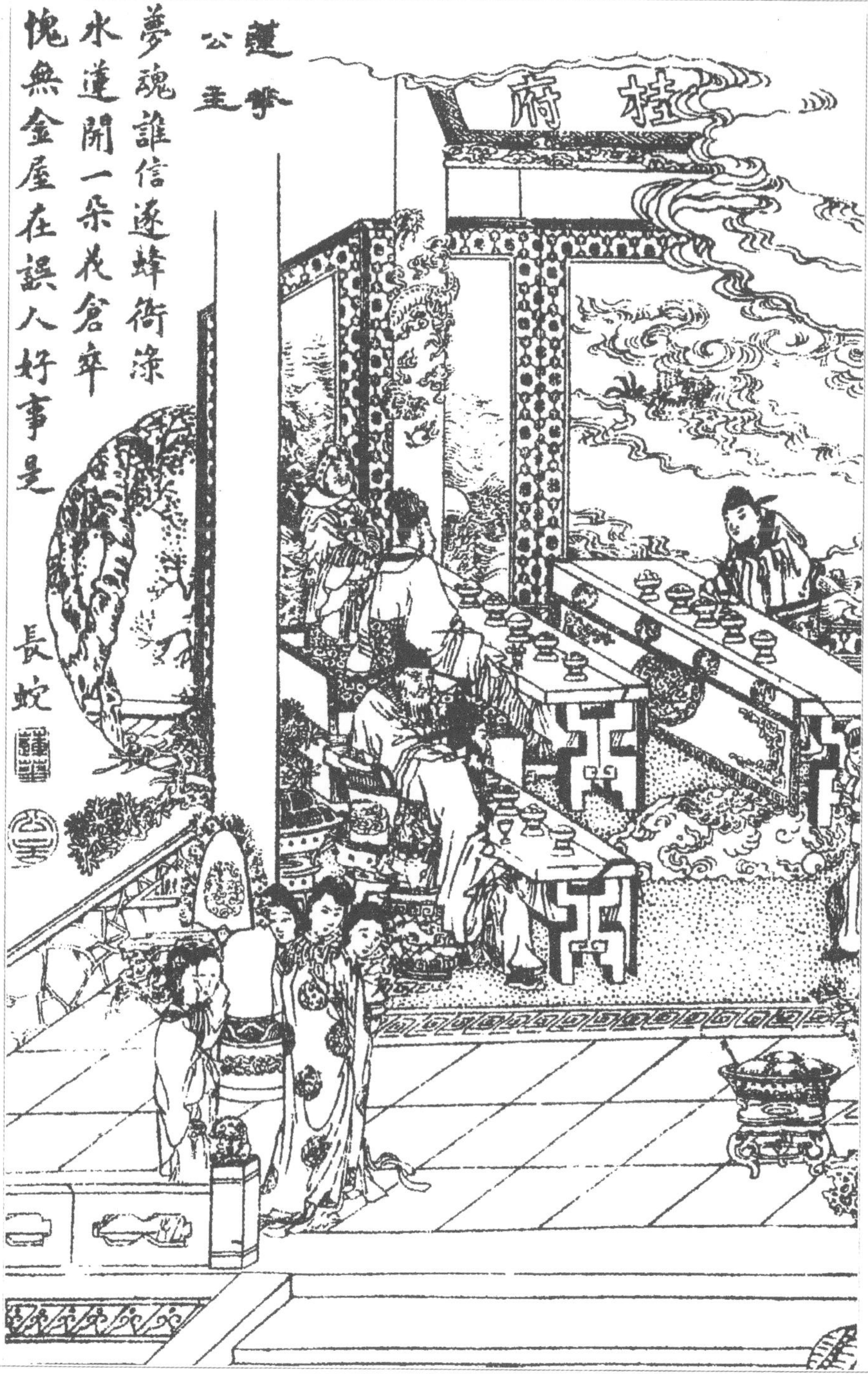
蓮華
公主
夢魂誰信逐蜂衙淥
水蓮開一朵花倉卒
愧無金屋在誤人好事是
長蛇
桂府

山東膠州人竇旭，字曉暉，有天睡午覺時，見一名褐衣人站在床前，徘徊不安、欲言又止的看著自己。竇旭問有何貴幹，那人答：「我家主人勞您屈尊前往一會。」竇旭問：「你家主人是誰？」他答道：「主人就在附近。」竇旭隨他走出門。轉過牆角，那人引他來到一個地方，只見高樓連綿，屋宇相接，走在曲曲折折的通道上，只覺萬戶千門，景致全然不似人間。又見宮娥、女史來來往往，人數眾多，她們全都向褐衣人問道：「是竇公子來了？」褐衣人一一回應。不久，有位高官出來恭敬相迎，進了大殿，竇旭問：「你我素昧平生，從未過府拜見。蒙您熱情接待，心中很是惶恐疑惑。」高官說：「敝國君上因先生乃書香門第，世代德厚，十分傾慕，期望與先生會面。」竇旭更加驚訝，問：「敢問君上是何人？」高官回答：「一會兒你見了便知。」

不久，來了兩位女史，各舉一面旗子爲竇旭帶路。通過好幾道門，見大殿上坐著一位君王。見竇旭進來，大王忙走下臺階相迎，二人各執賓主之禮。禮畢，入席，筵席豐盛至極。竇旭抬頭仰望殿上一幅匾額，上面書寫「桂府」二字。竇旭拘謹不安，連話都說不出來，大王說：「朕有幸與先生比鄰而居，緣分自當深厚。應開懷暢飲，不必疑惑畏懼。」竇旭便恭敬的答允。酒過數巡，絲竹管弦音樂響起，可未聞鑼鼓聲，音調極爲優雅柔細。又過一會兒，大王忽對身側眾人說：「朕有一句，勞煩眾位卿家作對，上聯是『才人登桂府』。」舉座正思考中，竇旭答：「君子愛蓮花。」大王甚喜，說道：「眞是奇啊！蓮花是公主的小名，怎有如此巧合？莫非是夙世緣分？傳話給公主，不能不出來拜見君子。」片刻後，環珮聲響由遠而近，蘭麝薰香濃郁芬芳，公主已到。她年芳十六、七歲，美豔絕倫。大王命她向竇旭施禮，說：「此乃小女蓮花。」施禮後隨即離去。竇旭親睹公主美麗芳容，魂魄飛至九霄雲外，呆坐沉思。大王舉杯勸飲，竇旭視若無睹。大王略微看出他心思，便說：「小女堪與先生匹配，然以異類自慚形穢，不知先生意下如何？」竇旭失魂落魄，癡癡呆愣，對大王的話置若罔聞。鄰座之人踢了踢他的腳，說：「大王向你敬酒你沒看見，就連對你說話也沒聽見嗎？」竇旭茫然若有所失，慚愧得很，便欲離席，道：「承蒙您熱情款待，不知不覺喝醉了，失禮之處，還望海涵。天色已晚，君王日理萬機，必然倦累，我這就告辭。」大王起身，說：「今日與先生一晤，實暢心懷，何以如此倉促告辭？你既不肯留下，朕也不敢勉強。如若再想見你，當再相邀。」便命宦官領他出去。路上，宦官對竇旭說：「剛才君上說你與公主很相配，似有想攀附婚姻之意，你爲何默不作聲？」竇旭跺腳後悔不已，每走一步都在後悔方才錯失了良機，不知不覺已回到家門。他忽然睡醒，只見日落西山。靜坐冥想，剛才夢境歷歷在目。晚飯後，吹滅蠟燭，希望舊夢重尋，可夢境已逝，只餘悔嘆而已。

某晚，竇旭與友人同榻而眠，忽見宦官前來，傳達大王召見之命。竇旭高興的隨他前去。見到大王時，竇旭上前叩拜，大王拉他起身，請他到一旁坐下，說：「分別後，得知先生朝思暮想，朕欲將小女許配與你，想必你不嫌棄吧。」竇旭馬上拜謝。大王命眾學士、大臣陪同宴飲，筵席將盡時，宮女上前稟告：「公主已妝扮完畢。」不久，見幾十名宮女簇擁公主出來。她頭上蓋著紅錦，步履輕盈，眾人扶她站於地毯之上，與竇旭交拜行禮。婚禮完畢，送這對新人入洞房，房間溫暖潔淨，香氣濃郁。竇旭說：「有你在眼前，眞讓人樂而忘死。只怕今天之事，只是一場夢。」公主掩嘴道：「我明明和你在一起，怎會是夢？」第二天早上，夫妻起床，竇旭爲公主塗抹脂粉，又用衣帶量她的腰，張開手指量她的腳。公主笑問：「你可是瘋了？」竇旭說：「我時常經歷一些事，醒來後發現自己在做夢，所以要仔細記下。如若是夢，也有憑據可留個念想。」兩人正調笑間，有名宮女跑了進來，說：「有妖怪闖入宮門，君上避至偏殿，災禍將臨了。」竇旭大驚，匆忙去見大王，大王拉著他的手，泣道：「承蒙先生不嫌棄，本想永結姻親之好。不料妖孽從天而降，國家將要傾覆，該當如何是好？」竇旭驚問緣由，大王便拿桌案奏章給他看，寫道：「含香殿大學士臣黑翼，因巨大妖孽為禍一事，祈求早日遷都，以維國家命脈：據黃門侍郎報告，五月初六，一條千丈巨蟒來犯，盤據宮門外，已吞食內外臣民一萬三千八百餘人；巨蟒所過之處，宮殿盡成廢墟等等。臣鼓起勇氣前往偵察，確實看見妖蟒，其頭若山峰，目如江海；抬頭就能將宮殿樓閣吞入腹中，伸腰則樓臺全部傾覆。實乃曠古絕今之災禍！國家社稷，危在旦夕！懇請君上早日率領宮中眷屬，迅速遷往安樂之鄉。」等等。

竇旭看完，面如死灰，隨即有宮女來報：「妖怪來了。」舉殿上下一片哀號之聲，淒慘無比。慌亂之中，大王無計可施，只哭泣看著竇旭，說：「小女這就連累先生了。」竇旭氣喘吁吁的跑回房中。公主正與宮女抱頭痛哭，見竇旭進來，牽起他衣衿，道：「夫君將如何安置我？」竇旭悲痛欲絕，握著公主手腕，沉思道：「在下貧窮卑賤，只恨無華屋可安置嬌妻。僅草廬數間，你暫且與我前往躲避可好？」公主含淚道：「危急時怎能挑剔？你快帶我去！」竇旭便挽著公主出來，不多久即回到家。公主說：「這幢宅子很安全，比故國好上許多。我雖跟你逃了出來，可雙親該怎麼辦？請你另外修建一幢房子，讓我們全國人民都跟隨過來。」竇旭面有難色。公主號啕大哭，說：「不能救人於危難之中，我要你何用？」竇旭安慰勸解一番，帶她進入內室。公主趴在床上痛哭，無法勸阻。竇旭心焦如焚，無計可施，忽然驚醒，才知是場夢。耳畔嚶嚶啼哭之聲不絕，仔細一聽，非人聲，而是兩三隻蜜蜂在他枕上飛鳴。他大呼怪事。

友人問他發生何事，竇旭便告知了夢境，友人也感到詫異。二人一起審視蜜蜂，蜜蜂依戀的在竇旭衣袖間飛舞流連，趕也趕不走。友人勸他幫蜜蜂建巢，竇旭照辦，親自督工建造。才剛豎起兩道矮牆，便有一大群蜜蜂自牆外飛來，絡繹不絕如長繩。新巢屋頂還未合攏，裡頭已聚集了一大堆蜜蜂。竇旭循跡而往，發現原來是從鄰居老翁舊菜園飛來的。菜園有個蜂窩，已歷時三十多年，蜜蜂繁殖得很多。有人將竇旭之事告知老翁，老翁前往察看，發現蜂窩靜悄悄的；拆開一看，有條一丈長的巨蛇盤據其中，老翁捉住蛇，殺了。這才知所謂的「巨蟒」正是此蛇。而蜜蜂來到竇旭家後，繁殖得更加旺盛，並未發生什麼怪異之事。

秦生

萊州[1]秦生，製藥酒，悞[2]投毒味，未忍傾棄，封而置之。積年餘，夜適思飲，而無所得酒。忽憶所藏，啓封嗅之，芳烈噴溢，腸痒[3]涎流，不可制止。取琖[4]將嘗，妻苦勸諫。生笑曰：「快飲而死，勝於饞渴而死多矣。」一琖既盡，倒瓶再斟。妻覆其瓶，滿屋流溢。生伏地而牛飲之。少時，腹痛口噤[5]，中夜而卒。妻號泣，爲備棺木，行入殮矣。次夜，忽有美人入，身長不滿三尺，逕就靈寢，以甌[6]水灌之，豁然頓甦。叩而詰[7]之，曰：「我狐仙也。適丈夫入陳家竊酒醉死，往救而歸，偶過君家，彼憐君子與己同病，故使妾以餘藥活之也。」言訖，不見。

余友人丘行素貢士[8]，嗜飲。一夜思酒，而無可行沽[9]，輾轉不可復忍，因思代以醋。謀諸婦，婦嗤之。丘固強之，乃煨醯[10]以進。壺既盡，始解衣甘寢[11]。次日，夫人謁壺酒之資，遣僕代沽。道遇伯弟[12]襄宸，詰知其故，因疑嫂不肯爲兄謀酒。僕言：「夫人云：『家中蓄醋無多，昨夜已盡其半；恐再一壺，則醋根斷矣。』」聞者皆笑之。不知酒興初濃：即毒藥猶甘之，況醋乎？亦可以傳矣。◆

◆何守奇評點：同病相憐，代以醋，可發一笑。

第一篇故事記述有兩人同病相憐，皆因酒癮發作而亡；第二篇則記述酒癮發作，以醋代酒；兩件事都可博君一笑。

1 萊州：今山東省萊州市。
2 悞：出了差錯；同今「誤」字，是誤的異體字。
3 痒：受到刺激而抓搔難耐；讀作「癢」，同今「癢」字，是癢的異體字。
4 琖：讀作「展」，玉製的酒杯。
5 口噤：發不出聲音，無法說話。
6 甌：讀作「歐」，喝酒、飲茶水的容器，形狀似碗。
7 詰：讀作「傑」，問。
8 丘行素貢士：丘希潛，字行素。山東省淄川縣人，康熙二十八年（西元一六八九年）貢生，授山東省黃縣訓導。
貢士：貢生。古代科舉制度，考選府州縣學生員（秀才）之學行俱優者，貢諸京師，送到國子監（太學）入學；有副貢、拔貢、優貢、歲貢、恩貢等名，統稱為「貢生」。
9 沽：買。下文的「沽」字依照上下文意，當解作買酒。
10 煨醯：讀作「威西」，將醋溫熱。醯：醋。
11 甘寢：酣睡，安睡入眠。
12 伯弟：堂弟。

秦生
居然吏部比風流酒
國沈酣死未休賴有
相憐同病者共君長
向醉鄉游

山東萊州的秦生製作藥酒，誤放毒草，捨不得倒掉，於是密封收藏。過了一年多，某晚突然想喝酒，遍尋不著，忽想起先前封藏的酒，開封一聞，酒香四溢，酒癮難耐，無法自制。取來酒杯欲嘗，妻子苦勸不可，秦生笑道：「寧可痛快的醉死，也好過饞飲而死。」秦生喝了一杯，又要再倒。妻子倒翻酒瓶，酒流滿地，秦生趴在地上狂飲，不久腹痛，口不能言，半夜死去。妻子哭號悲泣，準備了棺材，將要入殮。隔天晚上，忽有位身高不到三尺的美女前來，直接走向靈柩停放處，拿了碗水灌入秦生口中，他頓時甦醒。他向美女磕頭致謝，相詢緣由，美女道：「我是狐仙。剛才，我丈夫到陳家偷喝酒，醉死，救活他後正要回家，回程正好從你家門前路過。我那丈夫與你同病相憐，所以要我用剩下的藥將你救活。」說完，不見蹤影。

吾友丘行素是個貢生，嗜酒如命。某天晚上想喝酒，無處可買，躺在床上翻來覆去，酒癮難忍，便想以醋代替。他與妻子商量，被妻子譏笑。丘行素堅持要喝，丘妻便把醋溫熱了給他喝。一壺飲盡，這才脫衣安然入睡。第二天，丘妻湊了點錢，遣僕人去買酒，路上遇丘之堂弟襄宸，相詢得知前晚之事後，疑是嫂子不肯為堂兄買酒之故。僕人道：「夫人說：『家中存的醋不多，昨晚已被喝去一半，恐怕老爺再喝一壺，醋根都喝斷了。』」聽聞此事之人無不覺得好笑。哪裡知道，酒癮發作，就算喝毒藥也甘之如飴，何況是醋呢？此事值得記載流傳。

狐夢

余友畢怡庵[1]，倜儻不羣，豪縱自喜。貌豐肥多髭[2]。士林[3]知名。嘗以故至叔剌史公[4]之別業，休憩樓上。傳言樓中故多狐。畢每讀青鳳傳[5]，心輒向往，恨不一遇。因於樓上攝想凝思。既而歸齋，日已寖[6]暮。時暑月燠熱，當户而寢。睡中有人搖之。醒而卻視，則一婦人，年逾不惑[7]，而風雅猶存。畢驚起，問其誰何。笑曰：「我狐也。蒙君注念，心竊感納。」畢聞而喜，投以嘲謔。婦笑曰：「妾齒[8]加長矣，縱人不見惡，先自漸沮。有小女及笄[9]，可侍巾櫛[10]。明宵，無寓人於室，當即來。」言已而去。至夜，焚香坐伺。婦果攜女至。態度嫺婉，曠世無匹。婦謂女曰：「畢郎與有宿緣，即須留止。明旦早歸，勿貪睡也。」畢與握手入幃[11]，款曲[12]備至。事已，笑曰：「肥郎癡重，使人不堪！」未明即去。

既夕自來，曰：「姊妹輩將爲我賀新郎，明日即屈同去。」問：「何所？」曰：「大姊作筵主，去此不遠也。」畢果候之，良久不至，身漸倦惰。纔[13]伏案頭，女忽入曰：「勞君久伺矣。」乃握手而行。奄[14]至一處，有大院落。直上中堂，則見燈燭熒熒[15]，燦若星點。俄而主人出，年近二旬[16]，淡妝絕美。斂衽[17]稱賀已，將踐席，婢入白[18]：「二娘子至。」見一女子入，年可十八九，笑向女曰：「妹子已破瓜[19]矣。新郎頗如意否？」女以扇擊背，白眼視之。二娘曰：「記兒時與妹相撲爲戲[20]，妹畏人數脅[21]骨，遙呵手指，即笑不可耐。便怒我，謂我當嫁僬僥國[22]小王子。我謂婢子他日嫁多髭郎，刺破小吻，今果然矣。」大娘笑曰：「無怪三娘子怒詛也！新郎在側，直爾憨跳[23]！」頃之，合尊促坐，宴笑甚懽[24]。忽一少女抱一貓至，年可十一二，雛髮未燥，而豔媚入骨。大娘曰：「四妹妹亦要見姊丈耶？此無坐處。」因提抱膝頭，取肴果餌之。移時，轉置二娘懷中，曰：「壓我脛股[25]酸痛！」二姊曰：「婢子許大，身如百鈞[26]重，我脆弱不堪。既欲見姊夫，姊夫故壯偉，肥膝耐坐。」乃捉置畢懷。入懷香輭[27]，輕若無人。畢抱與同杯飲。大娘曰：「小婢勿過飲，醉失儀容，恐姊夫所笑。」少女孜孜展笑，以手弄貓，貓戛然[28]鳴。大娘曰：「尚不拋卻，抱走蚤蝨矣！」二娘曰：「請以貍奴[29]爲令，執箸交傳，鳴處則飲。」眾如其教。至畢輒鳴。畢故豪飲，連舉數觥[30]。乃知小女子故捉令鳴也，因大喧笑。二姊曰：「小妹子歸休！壓煞郎君，恐三姊怨人。」小女郎乃抱貓去。

大姊見畢善飲，乃摘髻子[31]貯酒以勸。視髻僅容升許；然飲之，覺有數斗之多。比[32]乾視之，則荷蓋[33]也。二娘亦欲相酬。畢辭不勝酒。二娘出一口脂合子[34]，大如彈丸，酌曰：「既不勝酒，聊以示意。」畢視之，一吸可盡；接吸百口，更無乾時。女在傍以小蓮杯易[35]合子去，曰：「勿爲奸人所弄。」置合案上，則一巨鉢。二娘曰：「何預汝事！三日郎君，便如許親愛耶！」畢持杯向口立盡。把之膩軟；審之，非杯，乃羅襪一鉤[36]，襯飾工絕。二娘奪罵曰：「猾婢！何時盜人履子去，怪道足冰冷也！」遂起，入室易舄[37]。女約畢離席告別。女送出村，使畢自歸。瞥然醒寤[38]，竟是夢景；而鼻口醺醺，酒氣猶濃，異之。至暮，女來，曰：「昨宵未醉死耶？」畢言：「方疑是夢。」女曰：「姊妹怖君狂譟，故托之夢，實非夢也。」

女每與畢弈，畢輒負。女笑曰：「君日嗜此，我謂必大高著[39]；今視之，只平平耳。」畢求指誨。

女曰：「弈之爲術，在人自悟，我何能益君？朝夕漸染，或當有異。」居數月，畢覺稍進。女試之，笑曰：「尚未，尚未。」畢出與所嘗共弈者游，則人覺其異，咸奇之。畢爲人坦直，胸無宿物[40]，微洩之。女已知，責曰：「無惑乎[41]同道者不交狂生也。屢囑愼密，何尚爾爾[42]！」怫然欲去。畢謝過不遑，女乃稍解；然由此來寖疏矣。

積年餘，一夕來，兀坐[43]相向。與之弈，不弈；與之寢，不寢。悵然良久，曰：「君視我孰如青鳳？」曰：「殆過之。」曰：「我自慚弗如。然聊齋[44]與君文字交，請煩作小傳，未必千載下無愛憶如君者。」畢曰：「夙有此志；曩[45]遵舊囑，故秘之。」女曰：「向爲是囑，今已將別，復何諱？」問：「何往？」曰：「妾與四妹妹爲西王母徵作花鳥使[46]，不復得來。曩有姊行，與君家叔兄，臨別已產二女，今尚未醮[47]；妾與君幸無所累。」畢求贈言，曰：「盛氣平，過自寡。」遂起，捉手曰：「君送我行。」至里許，灑涕分手，曰：「彼此有志，未必無會期也。」乃去。

康熙二十一年臘月[48]十九日，畢子與余抵足綽然堂[49]，細述其異。余曰：「有狐若此，則聊齋之筆墨有光矣。」遂志之。◆

◆**馮鎮巒評點：**通篇畢子不多著語，最喜小女兒聲口一一如繪。

通篇未著墨畢怡庵太多，最喜作者描寫小女孩說話語氣與神態，十分傳神。

1 畢怡庵：根據臺灣蒲學專家盧源淡先生的考證，畢怡庵似乎是畢際有的侄兒。然《淄川畢氏世譜》中並無記載此人，恐為作者杜撰的人物。

2 髭：讀作「資」，長在嘴唇上邊的短鬚。

3 士林：文壇、學術界。

4 刺史公：此指畢際有。刺史，清代知州的別稱，而畢際有曾任揚州府通州知州。畢際有（一六二三至一六九三），字載積，號存吾，明末戶部尚書畢自嚴之子；清順治二年（一六四五年）考中拔貢生，曾任山西省稷山知縣，娶王士禎的姑母為妻，是山東淄川當地威望很高的縉紳。蒲松齡在畢家開館授徒三十年，兩人交情深厚。

5 青鳳傳：蒲松齡曾寫過一篇〈青鳳〉，講述有關狐仙的故事，收錄於本套書第一冊〈卷一〉。

6 寖：同「浸」，逐漸。

7 不惑：孔子自稱「四十而不惑」，後人便稱四十歲為「不惑」。

8 齒：此指年齡。

9 及笄：滿十五歲；古代女子年滿十五歲即束髮、使用髮簪，代表成年，可婚配。笄，讀作「基」，盤髮用的簪子。

10 侍巾櫛：讀作「世今傑」，侍奉梳洗，比喻妻子侍奉丈夫。巾櫛，洗手梳頭；此指可嫁與他人為妻，這是狐母想將女兒嫁給畢怡庵的委婉用語。

11 幃：讀作「維」，指幃帳。

12 款曲：殷勤、情真意摯。

13 纔：讀作「才」，通「裁」、「才」二字，僅、只之意。

14 奄：讀作「眼」，突然。

15 熒熒：讀作「迎迎」，微弱光影閃動的樣子。

16 二旬：二十歲。

17 斂衽：讀作「練認」，整理衣襟，表示恭敬。衽，衣襟。

18 白：讀作「博」，告訴、告知。

19 破瓜：女子初次與人性交。

20 相撲為戲：此指互相打鬧玩耍。

21 脅：讀作「鞋」，胸部兩側，由腋下至肋骨盡處的部位；亦指肋骨。

22 僬僥國：讀作「交姚國」，古代傳說中的矮人國。

23 直爾憨跳：竟敢如此胡鬧。憨跳，傻鬧。

24 懽：同今「歡」字，是歡的異體字。

25 脛股：讀作「靜古」，分指小腿、大腿。

26 鈞：古時計重單位，三十斤為一鈞。此處一小女孩竟達百鈞重，自是誇張笑鬧之語。

27 輭：同今「軟」字，是軟的異體字。

28 戞然：讀作「夾然」，形容貓兒的叫聲。

29 貍奴：貓的別名。

30 觥：讀作「工」，用兕（讀作「四」）牛角做成的酒器。

31 髻子：原指髮髻，此指包覆綁束髮髻的堅硬飾物。

32 比：等到。

33 荷蓋：荷葉。

34 口脂合子：裝口紅的盒子。口脂，塗抹在嘴唇上的胭脂。

35 易：換、更替。

36 一鉤：女子的一隻鞋。古代女子纏足，足尖小，彎曲如鉤狀，一雙鞋稱為雙鉤，一鉤即指一隻鞋。

37 舄：讀作「系」，鞋子。

38 寤：讀作「物」，醒來、睡醒。

39 高著：棋藝高明。著，讀作「卓」，指下棋。

40 胸無宿物：胸無城府，內心藏不住祕密。

41 無惑乎：難怪。

42 爾爾：如此。

43 兀坐：獨自端坐不動。

44 聊齋：蒲松齡的書齋名稱，這裡借指蒲松齡。

45 曩：讀作「囊」的三聲，以前、昔日之意。

46 西王母：中國古代神話中的女神，還有「王母娘娘」、「瑤池金母」等稱呼。

花鳥使：唐天寶年間，曾挑選風流豔麗的宮女照料宴會，名曰花鳥使。此為借用其名。

47 醮：讀作「叫」，本指男女再婚的通稱，元、明以後，專指女子結婚後改嫁。

48 康熙二十一年臘月：西元一六八二年的農曆十二月。

49 抵足綽然堂：在綽然堂同榻而眠。綽然堂，畢際有罷官後，家居時，興建的堂屋。

吾友畢怡庵，倜儻不凡，形貌肥胖，臉多鬍鬚，在文壇頗負盛名。他曾因故至叔父畢刺史別墅作客，在樓上歇息。傳聞，這棟樓有狐妖出沒；他每讀〈青鳳傳〉，心中總十分嚮往，恨不能遇到青鳳那般美豔的狐女，便在樓上幻想她美豔的樣貌。

有天回到書房，天色已然向晚，時值炎炎夏季，他便朝著敞開的門睡覺。睡夢中，有人搖動他，醒來一看，是位婦人，年約四十，風韻猶存。畢怡庵驚訝得起床，問她是什麼人，婦人笑答：「我是狐仙，承蒙你日思夜想，心中暗自感念。」畢怡庵聞言大喜，說了些調情的話挑逗。婦人笑道：「我年紀大了，縱使別人看了不嫌惡，卻也自慚形穢。我有個女兒已滿十五歲，可嫁與君爲妻。明晚，別讓人留在屋裡，我必帶牠前來。」說完便離去。到了約定夜晚，畢怡庵燒香坐待，婦人果然帶了女兒前來。此女容貌儀態文雅柔順，世上無人能出其右。婦人對女兒說：「你與畢郎有夙緣，就留宿在這兒。明日早點回來，莫要貪睡。」畢怡庵牽著狐女的手上了床，兩人極盡纏綿恩愛。雲消雨散後，狐女笑道：「胖郎君好重，眞讓人受不了！」天還沒亮即離去。

到了晚上，牠獨自前來，說：「姊妹們要祝賀我們新婚，明日勞煩你跟我走一趟。」畢怡庵問：「在哪裡？」狐女答：「大姊做東道主，離此地不遠。」畢怡庵果眞在屋裡恭候，狐女卻許久不來，他有些疲倦。才剛趴在桌案上，狐女忽然進來，道：「讓你久等了。」便牽他手往外走。忽至一處，有座大宅院，二人直接走入大廳。燈光閃爍，燦如繁星。不久，主人出來，是名二十歲左右的女子，裝扮素雅，美豔絕倫。行禮拜見完畢，將要入席，婢女來報：「二小姐到。」又有一名女子進來，年約十八九歲，笑著對狐女說：「妹妹已非處女之身，新郎可還滿意？」狐女用扇子打牠的背，瞪牠一眼。二小姐說：「還記得，小時候跟妹妹嘻笑打鬧，妹妹怕人搔癢，遠遠的哈著手指就笑翻，還對我生氣，說我該嫁給矮人國的王子。我便說，妹妹你以後嫁個大鬍子丈夫，把你的小嘴給刺破，果然如此。」大小姐笑道：「也難怪三妹罵你，新郎在旁，還如此胡鬧。」不久，眾人舉杯相敬，促膝而坐，筵席上有說有笑，氣氛熱鬧愉快。忽見一名少女抱著一隻貓進來，年僅十一二歲，稚氣未脫，已十分貌美。大小姐說：「四妹妹也要見姊夫嗎？位子都坐滿了。」便抱牠坐在自己腿上，夾菜肴拿水果給牠吃。不久，轉放到二小姐懷中，少女說：「壓得我小腿和大腿都痠痛！」二小姐說：「妹子長這麼大，身子如百鈞重，我嬌弱不堪負荷。既要見姊夫，那麼姊夫身材高大魁梧，肥腿耐坐。」便將四妹抱起，放入畢怡庵懷中。他抱牠入懷，只覺肌膚香軟，輕盈似無重量，還共用一只杯子喝酒。大小姐說：「小妹妹別喝過量，喝醉了失態，讓姊夫看笑話。」少女喜孜孜的笑著，用手摸貓，貓「喵喵」叫著。大小姐說：「還不快點扔掉，那貓身上全是跳蚤和蝨子！」二小姐說：「不如，我們就用貓兒來行酒令，拿筷子互相傳遞，貓叫時傳到誰手中，誰就要喝酒。」眾人都認爲這是個好主意。筷子每回傳到畢怡庵手中，貓兒便叫。他一向酒量不淺，接連喝了幾杯，才知是小女孩故意捉弄自己，讓貓鳴叫。眾人哄堂大笑。二小姐說：「小妹該回去了，壓壞郎君，小心三姊埋怨你。」小女孩這才抱著貓離去。

大小姐見畢怡庵很能飲酒，便摘下頭上的髻子，盛酒勸飲。看那髻子不過一升左右容量，可喝起來像有好幾斗似的；待喝完一看，竟是荷葉。二小姐也欲勸酒，畢怡庵推辭，說自己不勝酒力。二小姐拿出一只彈珠般大小的胭脂粉盒，斟滿酒，說：「既不勝酒力，就聊表心意。」畢怡庵一看，一口就可飲盡，接連喝了上百口，好像怎麼也喝不完。狐女在旁，便用小蓮花杯掉換胭脂粉盒，說：「莫被奸人捉弄。」牠將盒子放在桌上，竟是個大缽。二小姐說：「此事與你何干？才成親三日，便如此恩愛。」畢怡庵拿起蓮花杯，一口喝完；賞玩蓮杯，軟綿綿的，仔細一瞧並非杯子，而是隻做工精巧的繡花鞋。二小姐搶將過來，罵道：「狡猾的丫頭！什麼時候偷走人家鞋子，怪不得我腳冷冰冰的！」便起身進屋換鞋。狐女要畢怡庵向眾人辭別；牠則送夫君出村，讓他自己回去。畢怡庵猛然醒來，發覺是場夢，可口鼻全是酒味，感到奇怪。到了晚上，狐女前來，問：「昨晚沒醉死嗎？」畢怡庵答：「我正疑惑是不是在做夢。」狐女說：「姊妹們怕你發酒瘋，所以假借夢境相會，實際上不是夢。」

狐女每與畢怡庵對弈，他總是輸。狐女笑道：「你喜歡下棋，我還以爲你棋高一著；現在看來，也不過如此。」畢怡庵求牠指點一二。狐女說：「下棋這種技藝，在於自己領悟，我如何能教你？你時常與我對弈，耳濡目染，也許會有進展。」狐女住了幾個月，畢怡庵覺得自己棋藝有些進步，狐女試與他下了一盤，笑道：「還早，還早。」畢怡庵外出和棋友下棋，別人都覺他棋藝有所長進，無不奇怪。畢怡庵爲人耿直，心中向來藏不住秘密，便略微洩露風聲。狐女知道了，便責備他：「難怪我們同類都不願與狂生交往。多次囑你要保守祕密，怎麼還是如此？」說完憤然要走，畢怡庵忙上前賠禮道歉，狐女才稍解氣；然而，此後兩人日漸疏遠。

過了一年多，有天狐女前來，兩人面對面乾坐著。要與牠下棋，說不下；要與牠就寢，亦不寢。狐女惆悵許久，說：「你看我和青鳳相比如何？」畢怡庵說：「有過之而無不及。」狐女說：「我自嘆不如。然聊齋先生是你的文友，就麻煩他爲我寫篇小傳，說不定千百年後也有像你這般愛狐成癡之人。」畢怡庵說：「我一直有這樣的想法，可從前遵照你囑咐，所以才不敢張揚。」狐女說：「過去和你在一起時不想讓人知道，可如今分別在即又有什麼好避諱的？」畢怡庵問：「將欲何往？」狐女說：「我和四妹被西王母徵召做花鳥使，不能再來。從前我有個姊妹，與你堂兄分別時已生了兩個女兒，至今仍未改嫁；幸而我倆無子嗣牽掛。」畢怡庵求牠臨別贈言，牠說：「能抑制胸中怒火，過錯自然就少。」狐女起身，拉起他手，道：「你送我一程。」走了一里左右，揮淚作別，說：「彼此有心，未必後會無期。」說完便離去。

康熙二十一年十二月十九日，畢怡庵與我在綽然堂同榻而眠，他敘述了此段經歷。我說：「有這樣的狐仙，大大光燦我聊齋之筆墨呀。」便記下這則故事。

農人

有農人芸[1]於山下，婦以陶器爲餉[2]。食已，置器壠[3]畔。向暮視之，器中餘粥盡空。如是者屢。心疑之，因睨注以覘[4]之。有狐來，探首器中。農人荷[5]鋤潛往，力擊之。狐驚竄走。器囊[6]頭，苦不得脫；狐顛蹷[7]，觸器碎落，出首，見農人，竄益急，越山而去。

後數年，山南有貴家女，苦狐纏祟，敕勒[8]無靈。狐謂女曰：「紙上符咒，能奈我何！」女紿[9]之曰：「汝道術良深，可幸永好。顧不知生平亦有所畏者否？」狐曰：「我罔所怖。但十年前在北山時，嘗竊食田畔，被一人戴闊笠[10]，持曲項兵[11]，幾爲所戮，至今猶悸。」女告父。父思投其所畏，但不知姓名、居里，無從問訊。

會僕以故至山村，向人偶道。旁一人驚曰：「此與吾曩[12]年事適相符同，將無向所逐狐，今能爲怪耶？」僕異之，歸告主人。主人喜，即命僕馬招農人來，敬白[13]所求。農人笑曰：「曩所遇誠有之，顧未必即爲此物；且既能怪變，豈復畏一農人？」貴家固強之，使披戴如爾日狀，入室以鋤卓[14]地，咤曰：「我日覓汝不可得，汝乃逃匿在此耶！今相值，決殺不宥[15]！」言已，即聞狐鳴於室。農人益作威怒。狐即哀言乞命。農人叱曰：「速去，釋汝。」女見狐奉[16]頭鼠竄而去，自是遂安。◆

◆**何守奇評點：**世有久假不歸，便欲以為真有，持之以嚇人者，類如農人之于此狐也。

世間有迷途不知返者，總以為自己害怕之事是真實存在的，因此可捉住他害怕的把柄加以嚇唬，正如農人捉住狐妖怕自己的心理一樣加以嚇唬。

1 芸：通「耘」，除草。此指下田耕種等務農之事。
2 餉：讀作「想」，給人準備食物。
3 壠：田埂、田畝或田中分界；同今「壟」字，是壟的異體字。
4 睨注：暗中窺視。睨，讀作「逆」，斜眼看、偷窺。
覘：讀作「沾」，觀看、察視。
5 荷：讀作「賀」，持、拿著。
6 囊：當動詞用，套住、罩住。
7 顛蹷：讀作「顛決」，走路跌跌撞撞。
8 敕勒：指道教畫符念咒的法術。
9 紿：讀作「帶」，指欺瞞、誆騙。
10 闊笠：寬邊斗笠。
11 曲項兵：前端彎曲的武器；狐狸不知道那其實是鋤頭。
12 曩：讀作「囊」的三聲，以前、昔日之意。
13 白：讀作「博」，告訴、告知。
14 卓：豎立。
15 宥：讀作「右」，容忍、寬容、寬恕。
16 奉：通「捧」，抱。

農人

阿紫倉皇竟
遁形荷鋤
帶笠儼神靈
人間敕勒
非無咒合與
秧歌一例聽

有個農夫在山下耕種，妻子將飯菜裝入陶器送去給他，吃過後便放在田邊。傍晚一看，陶器中剩餘的粥飯全沒了，這種情況發生了好幾次。農夫奇怪，便躲起來偷偷窺視。原來有隻狐狸前來，將頭伸進陶器吃東西。農夫拿著鋤頭，悄悄走上前奮力擊打，狐狸嚇得逃走。陶器套在頭上，狐狸使盡全力仍無法掙脫，歪歪扭扭的走路，陶器摔碎在地；狐狸一抬頭，瞧見農夫，跑得更快，翻山越嶺逃命去了。

數年後，山南有位富家女遭狐妖糾纏，請道士來畫符作法全都不管用。狐妖對富家女說：「只憑幾張符咒，能奈我何！」富家女騙牠，說：「你道行這麼高，願與你結秦晉之好。只是不知你平生可曾畏懼過什麼？」狐妖說：「我無所畏懼。只是十年前在北山時，曾在田畔偷吃東西，被一個戴寬斗笠的人拿著前端彎曲的武器打我，差點被殺害，至今還心有餘悸。」富家女將此話稟告父親。富翁便想以狐妖最畏懼的東西驅趕牠，想找來此人幫忙，可不知姓名、住處，無從打聽。

正好有個僕人有事到鄉下，無意間向人說起此事，旁有一人驚道：「此事與我前些年經歷相符，難道當年被我趕走的狐狸，如今變成了狐妖？」僕人聞言很是驚訝，回去稟告富翁。富翁很高興，遂命僕人備馬請農夫來，求他幫忙。農夫笑道：「從前眞有此事，可未必就是這隻狐妖；況且牠現在能變化成人形，難道還怕一個農人嗎？」富翁要求再三，求農夫穿戴得像過去一樣。農夫拿著鋤頭走進房間，敲擊地面，斥罵：「我到處都找不到你，原來你躲在這兒，今日既然被我碰到，定殺不饒。」說完，便在房中聽到狐妖哀號之聲。農夫裝出一副凶惡模樣，狐狸哀求饒命，農夫罵道：「趕快離開，就放過你。」富家女看見狐妖抱頭鼠竄的逃走，從此平安無事。

酒蟲

長山①劉氏，體肥嗜飲。每獨酌，輒盡一甕。負郭②田三百畝，輒半種黍③；而家豪富，不以飲爲累也。一番僧④見之，謂其身有異疾。劉答言：「無。」僧曰：「君飲嘗⑤不醉否？」曰：「有之。」曰：「此酒蟲也。」劉愕然，便求醫療。曰：「易耳。」問：「需何藥？」俱言不須。但令於日中俯臥，縶⑥手足；去首半尺許，置良醞⑦一器。移時，燥渴，思飲爲極。酒香入鼻，饞火上熾，而苦不得飲。忽覺咽中暴痒，哇⑧有物出，直墮酒中。解縛視之，赤肉長三寸許，蠕動如游魚，口眼悉備。

劉驚謝。酬以金，不受，但乞其蟲。問：「將何用？」曰：「此酒之精：甕中貯水，入蟲攪之，即成佳釀。」劉使試之，果然。劉自是惡酒如仇。體漸瘦，家亦日貧，後飲食至不能給。

異史氏曰：「日盡一石，無損其富；不飲一斗，適⑨以益貧：豈飲啄固有數乎？或言：『蟲是劉之福，非劉之病，僧愚之以成其術。』然歟否歟？」◆

1 長山：地名，今山東省鄒平縣。
2 負郭：靠近城郭之地，寓土地肥沃之意。
3 黍：高粱。
4 番僧：來自邊疆地域的僧人。
5 嘗：時常。
6 縶：讀作「直」，捆綁。
7 良醞：佳釀、美酒。醞，讀作「韻」。
8 哇：讀作「挖」，嘔吐。
9 適：反而。

◆**何守奇評點**：不以飲為累，亦何惡於飲？劉終是愚人。

並不以飲酒為負累，又為何要厭惡飲酒？沒能看透這一點，劉氏始終是個愚笨的人。

山東長山劉某身體肥胖，嗜酒如命，每回獨飲，往往能喝一罈。他在城郊附近有片三百畝良田，一半種植高粱；他家境也很富裕，不因喝酒而傾家蕩產。

有位從西域來的僧人見到他，說他身染異疾。劉某答：「並無此事。」番僧說：「你喝酒是不是從沒醉過？」劉某答：「是。」番僧說：「此乃酒蟲作祟。」劉某十分驚愕，請求醫治。番僧說：「這容易。」劉某問：「需要什麼藥材？」番僧說用不著，只要劉某正午趴在床上，手腳牢牢捆綁，離頭部半尺遠處放碗美酒。不久，劉某覺口乾舌燥，很想喝酒。酒香入鼻，引發喝酒慾望，饞火不斷在體內焚燒，卻無法飲酒解饞。忽覺咽喉搔癢難耐，吐出一物，直接掉進了酒碗。解開綁繩一看，有條身長達三寸多的肉紅色蟲子如游魚在酒中蠕動，嘴巴眼睛俱全。劉某驚訝得向番僧致謝。要贈以酬金，番僧拒收，只向他索要那條酒蟲。劉某問有何用處？番僧答：「這是酒的精靈，拿一個大甕，在裡面裝滿水，把蟲放進去攪一攪，立刻變成美酒。」劉某要番僧試驗，果如其言。從此以後，劉某視酒如仇，滴酒不沾；身體逐漸消瘦，可家境日漸貧困，後來甚至三餐不濟。

記下奇聞異事的作者如是說：「每天喝一石酒，也不損其家產；滴酒不沾，反倒更加貧困；難道，人生在世喝多少、吃多少的花用，冥冥之中都注定好了嗎？有人說：『那條酒蟲是劉某的福源，並非劉某的病因，番僧愚弄他，是爲了騙走那條蟲。』此話不知是眞是假？」

酒蟲
漫因貧富歎途窮應
悔當時去酒虫何物
畬僧偏好事未容長
任醉鄉中

土偶

沂水[1]馬姓者，娶妻王氏，琴瑟甚敦。馬早逝。王父母欲奪其志，王矢不他。姑憐其少，亦勸之，王不聽。母曰：「汝志良佳；然齒太幼[2]，兒又無出。每見有勉強於初，而貽羞於後者，固不如早嫁，猶恆情也。」王正容，以死自誓，母乃任之。女命塑工肖夫像，每食，酹[3]獻如生時。

一夕，將寢，忽見土偶人欠伸[4]而下。駭心愕顧，即已暴長如人，眞其夫也。女懼，呼母。鬼止之曰：「勿爾。感卿情好，幽壤[5]酸辛。一門有忠貞，數世祖宗，皆有光榮。吾父生有損德，應無嗣，遂至促我茂齡[6]；冥司念爾苦節，故令我歸，與汝生一子承祧緒[7]。」女亦沾衿。遂燕好[8]如平生。雞鳴，即下榻去。如此月餘，覺腹微動。鬼乃泣曰：「限期已滿，從此永訣矣！」遂絕。

女初不言；即而腹漸大，不能隱，陰以告母。母疑涉妄；然窺女無他，大惑不解。十月，果舉一男◆。向人言之，聞者罔不匿笑；女亦無以自伸。有里正[9]故與馬有郤[10]，告諸邑令[11]。今拘訊鄰人，並無異言。今曰：「聞鬼子無影，有影者僞也。」抱兒日中，影淡淡如輕煙然。又刺兒指血傳[12]土偶上，立入無痕；取他偶塗之，一拭便去。以此信之。長數歲，口鼻言動，無一不肖馬者，羣疑始解。

1 沂水：今山東沂水。沂，讀作「怡」。
2 齒太幼：年紀太輕。
3 酹：讀作「類」，酒撒地祭鬼神。
4 欠伸：打呵欠，伸懶腰。

5 幽壤：九泉之下。
6 茂齡：壯年。
7 承祧緒：傳承香火。祧緒：祭祀祖先；祧，讀作「挑食」的挑。

8 燕好：夫妻情深。
9 里正：里長。
10 郤：讀作「戲」，通「隙」，仇怨，嫌隙。

11 邑令：知縣、縣令，現今的縣長。
12 傳：通「敷」，塗抹。

山東沂水有個姓馬的人，娶妻王氏，琴瑟和鳴。馬某早夭，王氏雙親想叫她改嫁，王氏矢志不渝。婆婆可憐她還年輕也相勸，王氏仍未動搖心志。婆婆說：「你願意守節，有這份心意很好。然而你太年輕，又沒生孩子，常看到有些人起初勉強不改嫁，後來卻與人暗通款曲令家族蒙羞，還不如趁早改嫁。這畢竟是人之常情。」王氏神色嚴肅，以死發誓絕不改嫁，婆婆也就任由她。王氏請來泥塑匠爲丈夫造了一座土偶雕像，每次用餐總不忘以酒食祭奠，待之如在世時那麼恭敬盡禮。

某晚，王氏正欲就寢，忽見土偶打呵欠、伸懶腰，從神龕走了下來。王氏又驚又怕，土偶瞬間長得像人一樣高大，果眞是她丈夫。王氏害怕，呼喚婆婆，鬼制止道：「莫要喊叫。我感念你情意，於九泉之下備感辛酸。我馬家有你如此忠貞的媳婦，數代祖宗也都沾光。家父生前做了有損陰德之事，應該絕後，以致我壯年早夭。冥司念你守節艱苦，所以讓我回來，與你生一子，傳宗接代。」王氏聞言，眼淚沾濕了衣襟。兩人恩愛如馬某生前；雞鳴時分，鬼便下床離去。如此一個多月後，王氏覺腹中稍有動靜，鬼泣道：「期限已滿，從此永別了！」鬼再沒來過。

起初，王氏未將此事告訴他人，可肚皮逐漸大了起來，不能再隱瞞，便暗中告知婆婆。婆婆懷疑她說謊，可觀察王氏並無其他相好而疑惑不解。十個月後，王氏果眞生下一個男孩。她對人們說出眞相，聽到的人無不暗中竊笑；王氏也無法爲自己辯白。有個里長和馬家之間向來有夙怨，便向縣令告發王氏不守婦道。縣令傳喚鄰居進行審訊，眾人都無法供出對王氏不利的證詞。縣令說：「聽說鬼子無影，若有影子就

◆**但明倫評點：**忠孝義節，格天地而質鬼神，絕無絕嗣之理，然從未有奇於此者。

忠孝節義，感天動地，連鬼神也深受感動，上天絕無令其絕子絕孫的道理，可從未聽說比此事更駭人聽聞者。

是假的。」遂將孩子抱到太陽底下，影子果然淡如輕煙。又刺破孩子手指，將血塗到馬某的土偶像上，立刻滲入，不留痕跡；再塗至其他土偶像，則一擦就掉。從此，大家不再懷疑王氏所言。孩子長大些後，五官樣貌、言行舉止無一不酷似馬某，眾人心中疑問這才完全解除。

義犬

潞安①某甲，父陷獄將死。搜括囊蓄，得百金，將詣②郡關說。跨騾出，則所養黑犬從之。呵③逐使退；既走，則又從之，鞭逐不返。從行數十里。某下騎，趨路側私④焉。既乃以石投犬，犬始奔去；某既行，則犬欻⑤然復來，嚙騾尾足。某怒鞭之。犬鳴吠不已。忽躍在前，憤齕⑥騾首，似欲阻其去路。某以爲不祥，益怒，回騎馳逐之。視犬已遠，乃返轡⑦疾馳；抵郡已暮。及捫腰橐⑧，金亡⑨其半。涔涔汗下，魂魄都失。輾轉終夜，頓念犬吠有因。候關⑩出城，細審來途。又自計南北衢衢⑪，行人如蟻，遺金寧有存理？逡巡⑫至下騎所，見犬斃草間，毛汗溼如洗。提耳起視，則封金儼然。感其義，買棺葬之，人以爲義犬冢云。◆

1 潞安：山西省潞州府，明朝嘉靖年間改為潞安府，治所在長治縣（今山西省長治市）；轄境約當今山西省長治、襄垣、黎城、長子、屯留、平順、壺關等市縣地。
2 詣：讀作「意」，前往。
3 呵：大聲喝斥、責罵。
4 私：小便。
5 欻，讀作「乎」，忽然之意；同今「欻」字，是欻的異體字。
6 齕：讀作「河」，以牙齒去咬。
7 轡：讀作「佩」，韁繩。
8 捫：讀作「門」，撫摸、觸摸。橐：讀作「陀」，袋子，此指錢袋。
9 亡：丟失。
10 候關：等候門開啟。古代入夜後城門關閉，早上才開啟。
11 衢：讀作「渠」，通達四方的大路。
12 逡巡：徘徊。逡，讀作「群」的一聲。

◆何守奇評點：犬何以遂斃？不可解。

狗為何突然暴斃？文中並無交代，難以理解。

山西潞安府的某甲，父親被關在獄中即將處死，他拿出家中所有積蓄，湊足一百兩銀子，要到郡城疏通官吏。他騎騾出門，所養的黑狗跟在後頭。某甲呵斥，狗稍微後退；再往前走，狗又跟了上來，用鞭子趕也趕不回，就這麼尾隨了幾十里路。某甲跳下騾子，到路旁小便，解完後，拿石子朝狗扔去，狗這才跑開。走不多久，見狗又忽然跟了上來，還咬騾子的尾巴和蹄。某甲生氣的拿鞭子抽牠，狗兒狂吠不已。狗忽又躍到前頭，憤怒的咬騾子頭部，像欲阻擋他去路似的。某甲以爲此乃不祥預兆，更加生氣，便掉轉騾頭往回驅趕狗兒。見狗已跑遠，這才轉身疾馳而去。

到達郡城天色已晚，某甲一摸腰間錢袋，裡面銀子竟丟失了一半，嚇得冷汗直流，失魂落魄。輾轉一整夜，頓時明白，狗吠是有原因的。待城門打開後出城，仔細察看來時路。某甲心想，此路是南北交通要道，行人多如螞蟻，丟失的銀子還可能留在原地嗎？慢慢走至昨日小解處，發現黑狗死在草叢間，身上的毛全被汗水浸透。提起牠耳朵一看，原來丟失的銀子全讓牠壓在身體底下。某甲感激狗兒義行，買了口棺材葬牠，人們稱這座墳爲「義犬塚」。

義犬
不辭鞭逐吠狺
狺死守遺金若
有神義犬冢前
曾寄慨艱難報
主又何人

綠衣女

于生名璟，字小宋，益都[1]人。讀書醴泉寺[2]。夜方披誦，忽一女子在窗外贊曰：「于相公[3]勤讀哉！」因念深山何處得女子？方疑思間，女已推扉笑入曰：「勤讀哉！」于驚起視之，綠衣長裙，婉妙無比。于知非人，固詰[4]里居。女曰：「君視妾當非能咋[5]噬者，何勞窮問？」于心好之，遂與寢處。羅襦[6]既解，腰細殆不盈掬[7]。更籌方盡[8]，翩然遂去。由此無夕不至。

一夕共酌，談吐間妙解音律。于曰：「卿聲嬌細，倘度一曲，必能消魂。」女笑曰：「不敢度曲[9]，恐消君魂耳。」于固請之。曰：「妾非吝惜，恐他人所聞。君必欲之，請便獻醜；但只微聲示意可耳。」遂以蓮鉤[10]輕點足牀，歌云：「樹上烏臼鳥[11]，賺奴中夜散。不怨繡鞋溼，祇[12]恐郎無伴。」聲細如蠅，裁[13]可辨認。而靜聽之，宛轉滑烈，動耳搖心。歌已，啓門窺曰：「防窗外有人。」遶[14]屋周視，乃入。生曰：「卿何疑懼之深？」笑曰：「諺云：『偷生鬼子常畏人[15]。』妾之謂矣。」既而就寢，惕然[16]不喜，曰：「生平之分，殆止此乎？」于急問之。女曰：「妾心動，妾祿[17]盡矣。」于慰之曰：「心動眼瞤[18]，蓋是常也，何遽[19]此云？」女稍懌[20]，復相綢繆[21]。更漏既歇，披衣下榻。方將啓關[22]，徘徊復返，曰：「不知何故，惿惴[23]心怯。乞送我出門。」于果起，送諸門外。女曰：「君竚[24]望我；我踰垣去，君方歸。」于曰：「諾。」視女轉過房廊，寂不復見。

方欲歸寢，聞女號[25]救甚急。于奔往。四顧無跡，聲在檐間。舉首細視，則一蛛大如彈，摶[26]捉一

物，哀鳴聲嘶。于破網挑下，去其縛纏，則一綠蜂，奄然將斃矣。捉歸室中，置案頭。停蘇移時，始能行步。徐登硯池，自以身投墨汁，出伏几上，走作「謝」字。頻展雙翼，已乃穿窗而去。自此遂絕。◆

1 益都：古縣名，今山東省青州市。

2 醴泉寺：位於山東省鄒平縣西南的長白山中，始建於南北朝，距今一千五百年前，由一位名叫莊嚴的法師所創建，本名龍台寺。唐中宗時，寺僧仁萬重建，寺院落成之日，剛好東山有一泉湧出，中宗賜名醴泉，為濟南七十二名泉之一。

3 相公：古時對年輕讀書人的稱呼。

4 詰：讀作「傑」，問。

5 咋：讀作「則」，嚙、咬。

6 羅襦：讀作「羅如」，絲質短襖。

7 掬：讀作「菊」，以雙手捧取東西。此指以雙手合抱。

8 更籌方盡：意即天快亮了。

9 度曲：照著譜歌唱。

10 蓮鉤：古代女子纏足成金蓮小腳，足尖小，彎曲如鉤狀，一雙鞋稱為雙鉤。

11 烏臼鳥：候鳥名，即鴉舅，又名黎雀，形似鴉而小，天亮時啼喚。

12 祇：讀作「汁」，僅、只之意。

13 裁：通「纔」、「才」二字，僅、只之意。

14 遶：環繞、圍繞；同今「繞」字，是繞的異體字。

15 偷生鬼子常畏人：意即做壞事的人最怕被人撞見。

16 惕然：讀作「替然」，膽戰心驚的樣子。

17 祿：福、善。此指壽命。

18 瞤：讀作「順」，眼珠跳動。

19 遽：就、遂。

20 懌：讀作「亦」，喜悅。此應解作釋懷。

21 綢繆：讀作「愁謀」，纏綿、親密。此指男女交歡。

22 啟關：把門打開。關，門閂。

23 惿㽱：讀作「提斯」，提心吊膽。

24 竚：讀作「祝」，站立良久；同今「佇」字，是佇的異體字。

25 號：讀作「豪」，呼叫求救。

26 摶：讀作「團」。捏聚搓揉成團。此處應解作「抓」。

◆**但明倫評點：**寫色寫聲，寫形寫神，具從蜂曲曲繪出。結處一筆點明，復以投墨作字，振翼穿窗，作不盡之語。短篇中具賦物之妙。

作者描寫綠衣女的姿色聲音，描繪牠的體態神韻，都從蜜蜂的角度著手。結尾時，一筆點明綠衣女真實身分，又讓牠投墨寫字，振翼穿過窗戶飛走，留給了讀者想像空間。此短篇深具賦物流形之妙。

山東益都有個書生姓于名璟，字小宋，在醴泉寺讀書。某晚，正翻書記誦時，忽聽窗外有名女子讚嘆道：「于相公，你讀書眞是努力啊！」于璟心想，深山古寺中哪來的女人？正疑惑不解之際，女子已推門而入，笑道：「你眞用功啊！」于璟驚訝起身一看，此女身穿綠衣長裙，絕妙無雙，他心知對方不是人，仍一直問人家家住何處，綠衣女答：「你看我，應該就知道我不會吃人，又何必苦苦追問？」于璟心裡喜歡她，便和她上床就寢。綠衣女脫下羅衫後，以雙手捧握其纖腰仍綽綽有餘。天快亮時，女子翩然離去。從此每晚必至。

某晚，兩人一同飲酒，談話間，綠衣女顯得通曉音律。于璟說：「你聲音嬌細婉轉，若能唱一曲，必銷人心魂。」綠衣女笑道：「我可不敢隨便亂唱，怕你聽完後魂飛魄散。」于璟堅持要她唱，綠衣女說：「我不是吝於唱歌，而是擔心讓人聽見。你既然想聽，那我獻醜便是，我小聲唱一曲，你聽得見就行。」女子便以金蓮小腳輕點床前踏墊，打起節拍，唱道：「樹上烏臼鳥，賺奴中夜散。不怨繡鞋濕，祇恐郎無伴。」聲音微細如蒼蠅鳴叫，隱約可聞唱了些什麼；靜心聆聽，曲調委婉曲折，圓潤激昂，心神蕩漾。一曲唱畢，女子開門窺視：「小心窗外有人。」繞屋一圈察看後，才又進屋裡來。于璟說：「你爲何如此緊張害怕？」綠衣女笑道：「俗話說得好：『偷生的小鬼怕見人。』說的就是我。」接著兩人上床就寢，可綠衣女內心驚惶，不怎麼開心：「難道我倆的緣分，就這麼盡了嗎？」于璟忙相詢何出此言，綠衣女答：「我心神不寧，壽命將盡。」于璟慰道：「心動眼跳，十分平常，何以說得如此嚴重？」綠衣女這才稍微釋懷，又與他翻雲覆雨一番。天將亮時，女子披衣下床，開門欲出，正要跨出門又折了回來，說：「不知是何緣故，我一直提心吊膽，想請你送我出去。」于璟果然起身送她出門，綠衣女說：「你看著我，待我跳牆離去後，再回屋。」于璟說：「好。」見綠衣女轉過走廊，已不見蹤影。

正欲回屋就寢，忽聽聞綠衣女呼救得很急切，趕緊循聲跑去。于璟四顧無人，發現聲音從屋簷傳來。

抬頭一看，有隻彈珠那麼大的蜘蛛正抓著一個東西，那東西不斷發出哀鳴。他扯破蛛網，趕走蜘蛛，發現一隻奄奄一息的綠蜂。于璟將牠捉回屋裡，放於桌案。綠蜂花了些時間才醒來，牠緩慢爬上硯池，跳進墨汁中，出來後趴在桌上，在桌上邊行走邊寫了個「謝」字，又頻頻揮動雙翅，從窗口飛了出去。綠衣女從此再沒來過。

（卷五未完，請見下冊）

參考書目

王邦雄，《莊子內七篇・外秋水・雜天下的現代解讀》（台北：遠流出版社，2013 年 5 月）
牟宗三，《中國哲學十九講》（台北：台灣學生書局，1999 年 9 月）
朱其鎧主編，蒲松齡原著，《全本新注聊齋誌異》（北京：人民文學出版社，1989 年 9 月）
何明鳳，〈《聊齋志異》中的「異史氏曰」與評論〉，《文史雜誌》2011 年第四期
張友鶴，《聊齋誌異會校會注會評本》（台北：里仁書局，1991 年 9 月）
郭慶藩，《莊子集釋》（台北：天工出版社，1989 年）
馮藝超，〈《子不語》正、續二書中僵屍故事初探〉，《東華漢學》第六期，2007 年 12 月，頁 189-222
楊廣敏、張學豔，〈近三十年《聊齋志異》評點研究綜述〉，《蒲松齡研究》2009 年第四期
樓宇烈，《王弼集校釋——老子指略》（台北：華正書局，1992 年 12 月）
盧源淡注譯，蒲松齡原著，《聊齋志異　卷一至卷八》（新北市：台科大圖書股份有限公司，2015 年 3 月）

電子工具書

中央研究院漢籍電子文獻 http://hanji.sinica.edu.tw
百度百科 http://baike.baidu.com
佛光大辭典 https://www.fgs.org.tw/fgs_book/fgs_drser.aspx
教育部重編國語辭典修訂本 http://dict.revised.moe.edu.tw/cbdic
教育部異體字字典 http://dict.variants.moe.edu.tw
維基百科 https://zh.wikipedia.org/zh-tw

好讀出版　圖說經典28

聊齋志異五：神靈有難

原　　著／（清）蒲松齡
編　　撰／曾珮琦
繪　　圖／尤淑瑜
總 編 輯／鄧茵茵
文字編輯／簡綺淇
美術編輯／許志忠、王廷芬
行銷企劃／劉恩綺
圖片整輯／鄧語葶

發 行 所／好讀出版有限公司
台中市407西屯區工業區30路1號
台中市407西屯區大有街13號（編輯部）
TEL:04-23157795 FAX:04-23144188
http://howdo.morningstar.com.tw
（如對本書編輯或內容有意見，請來電或上網告訴我們）
法律顧問／陳思成律師

戶名／知己圖書股份有限公司
總經銷／知己圖書股份有限公司
台北市106大安區辛亥路一段30號9樓
TEL:02-23672044／23672047 FAX:02-23635741
台中市407西屯區工業30路1號
TEL:04-23595819 FAX：04-23595493
E-mail: service@morningstar.com.tw
網路書店／http://www.morningstar.com.tw
讀者專線／04-23595819#230
郵政劃撥／15060393（戶名：知己圖書股份有限公司）

國家圖書館出版品預行編目資料

聊齋志異五：神靈有難／
（清）蒲松齡原著；曾珮琦編撰
—— 初版 —— 臺中市：好讀，2018.07
面：　公分，——（圖說經典；28）
ISBN　978-986-178-459-5（平裝）
857.27　　107006638

印刷／上好印刷股份有限公司
初版／西元2018年7月1日
定價／299元
ISBN 978-986-178-459-5
如有破損或裝訂錯誤，請寄回台中市407西屯區工業區30路1號更換（好讀倉儲部收）

Published by How-Do Publishing Co., Ltd.

ISBN 978-986-178-459-5

讀者回函

只要寄回本回函，就能不定時收到晨星出版集團最新電子報及相關優惠活動訊息，並有機會參加抽獎，獲得贈書。因此有電子信箱的讀者，千萬別吝於寫上你的信箱地址。

書名：**聊齋志異五：神靈有難**

姓名：______________________________ 性別：□男 □女

生日：______年______月______日　教育程度：____________________

______職業：□學生　□教師　□一般職員　□企業主管

□家庭主婦　□自由業　□醫護　□軍警　□其他 ____________

電子郵件信箱（e-mail）：______________________________

電話：______________________________

聯絡地址：□□□□□

____

你怎麼發現這本書的？

□學校選書　□書店　□網路書店______________________________

□朋友推薦　□報章雜誌報導　□其他 ______________________________

買這本書的原因是：______________________________

□內容題材深得我心　□價格便宜　□封面與內頁設計很優　□其他 ________

你對這本書還有其他意見嗎？請通通告訴我們：

____

____

你購買過幾本好讀的書？（不包括現在這一本）

□沒買過　□1～5本　□6～10本　□11～20本　□太多了

你希望能如何得到更多好讀的出版訊息？

□常寄電子報　□網站常常更新　□常在報章雜誌上看到好讀新書消息

□我有更棒的想法 ______________________________

最後請推薦幾個閱讀同好的姓名與E-mail，讓他們也能收到好讀的近期書訊：

____

____

我們確實接收到你對好讀的心意了，再次感謝你抽空填寫這份回函，請有空時上網或來信與我們交換意見，好讀出版有限公司編輯部同仁感謝你！

好讀的部落格：howdo.morningstar.com.tw

好讀的粉絲團：www.facebook.com/howdobooks

請填妥後對折黏貼，直接投郵即可，無須貼郵票。

廣告回函
臺灣中區郵政管理局
登記證第3877號
免貼郵票

好讀出版有限公司　編輯部收

407 台中市西屯區何厝里大有街13號
電話：04-23157795-6　傳眞：04-23144188

沿虛線對折

買好讀出版書籍的方法：

一、先請你上晨星網路書店 http://www.morningstar.com.tw
檢索書目或直接在網上購買

二、以郵政劃撥購書：帳號15060393　戶名：知己圖書股份有限公司
並在通信欄中註明你想買的書名與數量

三、大量訂購者可直接以客服專線洽詢，有專人為您服務：
客服專線：04-23595819轉232　傳真：04-23597123

四、客服信箱：service@morningstar.com.tw